# LES LOUVES DU CAPITOLE

*Paru dans Le Livre de Poche :*

LES HISTOIRES D'AMOUR DES PHARAONS (2 vol.)

LES PHARAONS MÈNENT À LA VIE ÉTERNELLE

ZÉNOBIE, L'HÉRITIÈRE DE CLÉOPÂTRE

Les Pharaons du Soleil :

LA PHARAONNE
1. La Princesse de Thèbes
2. Le Pschent royal
3. Le Voyage d'éternité

THOUTMOSIS
1. Le Rival d'Hatchepsout
2. L'Ibis indomptable
3. Au royaume du Sublime

AMÉNOPHIS
1. Le Prince de lumière
2. Le Breuvage d'amertume
3. Vénérable Tiyi

NÉFERTITI ET AKHÉNATON
1. La belle est venue
2. L'Horizon d'Aton
3. Le Faucon d'or

TOUTANKHAMON
1. L'Héritier
2. La Fille de Néfertiti
3. Le Pharaon assassiné

VIOLAINE VANOYEKE

# *Les Louves du Capitole*

ROMAN

LE LIVRE DE POCHE

*à Philippe,*
*sine quo nihil esse posset*

« Rien au monde n'est aussi fragile et aussi fugitif qu'un renom de pouvoir qui n'est pas appuyé sur une force qui lui est propre. »

Tacite, *Annales*, XIII, 19.

# Avertissement au lecteur

Ce livre est fondé sur un document authentique, les *Mémoires* d'Agrippine, qu'aucun historien n'avait jusque-là traduit du latin et qui a été découvert depuis peu. On y trouve des trésors historiques sur les mœurs, les tempéraments, les actions politiques de deux femmes qui furent ennemies jusqu'à la mort et qui ont incontestablement influé sur l'histoire de Rome : Agrippine et Poppée. Des détails de coulisse parfois humoristiques aux grands événements politiques, des querelles entre belle-mère et belle-fille jusqu'aux assassinats, ces *Mémoires* nous révèlent enfin la réaction des principaux protagonistes d'une page célèbre de l'histoire romaine, leur état d'esprit, leur influence occulte. L'histoire « par le menu » dévoile souvent bien des mystères inexpliqués. Elle a aussi l'avantage de nous montrer de glorieux personnages dans les coulisses du pouvoir avec leurs ridicules et leurs problèmes privés. Saint-Simon en est un parfait exemple pour la cour du Roi-Soleil. On pourra en tirer deux leçons : que ceux qui font l'Histoire ne sont pas toujours ceux que l'on croit, et qu'une grande décision politique n'est parfois pas tant l'aboutissement d'une profonde réflexion que l'humeur d'un instant.

# Chapitre 1

*Octobre 48 ap. J.-C.*

La litière d'Agrippine suivit la Via Tusculana jusqu'au Forum. La nièce de l'empereur Claude était arrivée la veille de sa maison d'Antium, lieu de séjour à la mode des riches familles romaines, situé à une soixantaine de milles au sud de Rome. Elle venait de plus en plus souvent au palais depuis la mort de l'impératrice Messaline, dont elle n'avait plus à redouter les manigances, et comblait son oncle de présents et de caresses, collant à lui comme un *argentarius* à ses débiteurs.

Claude n'était-il pas le veuf le plus convoité de l'Empire ? Après la mort de Messaline, il avait bien juré ne plus se remarier, en ordonnant aux prétoriens de le tuer s'il violait son serment. Mais en homme longtemps assujetti aux volontés féminines, il était incapable de supporter le célibat. Avec sa lucidité habituelle, Agrippine l'avait tout de suite compris. Aussi avait-elle guetté les rumeurs, les ragots, les commérages en provenance de la Cour. Pallas, l'un des affranchis de Claude, qui était son amant, l'avait tenue informée des intrigues qui s'y nouaient et lui avait révélé, en ce mois de l'an de Rome 801, que l'empereur s'apprêtait finalement à choisir une nouvelle épouse. Pour se rassurer, Claude ne cessait de répéter que la prochaine impératrice ne pourrait jamais être plus vindicative que la première, plus éphémère que la deuxième, morte le jour même de ses noces, ou plus débauchée que la troisième et la cinquième. La quatrième lui laissait un assez bon souvenir. C'est pourquoi son secrétaire, l'affranchi Narcisse, avait décidé de l'imposer de nouveau au palais. Elle s'appelait Aelia Paetina et appartenait à la maison des Tuberones ; Calliste, le maître des archives, prenait, au contraire, le parti de Lollia Paulina, la fille du consul Marcus Lollius ; quant à Pallas, il défendait, bien entendu, Agrippine.

Chacune rivalisait de tant de beauté et de richesse que Claude, flottant comme à son habitude dans l'incertitude, penchait tantôt pour l'une tantôt pour l'autre, suivant l'avis du dernier conseiller qui avait parlé.

Si Agrippine était anxieuse, elle ne le montrait pas. Elle gardait le visage impassible, le regard dur et froid, grave et altier, avec une ébauche de sourire au coin de ses lèvres minces. Sa fierté, son intelligence, son courage se lisaient dans ses yeux fixes, intenses, sombres. Elle tenait de sa mère, Agrippine l'Aînée, un caractère indomptable et opiniâtre qui ne se pliait ni à l'obéissance ni au silence ; de son père, la volonté d'être aimée ; de sa grand-mère, Julie, l'orgueil aristocratique et une audace effrénée ; de son aïeul, Agrippa, le sens du pouvoir et l'aptitude à administrer les affaires. Toute sa vie, elle avait souffert que son père Germanicus n'eût pas succédé à Auguste. Elle n'avait jamais pu oublier le bûcher dressé sur la place du marché d'Antioche où se consumait sa dépouille, sa mère, entourée de ses six enfants, ramenant sur le navire voguant vers Rome l'urne contenant les cendres de son père. Germanicus avait toujours été pour elle un exemple, par sa réussite militaire, sa popularité, sa culture, son amabilité qui lui avait valu la haine de Tibère et la mort. Elle-même était née dans la cité des Ubiens au moment où les troupes de son père s'apprêtaient à combattre les Germains. Elle n'avait rien abdiqué de son rang, de sa naissance, de son ambition qui pouvait bien être, en ce jour, satisfaite.

Au fond de sa litière cloisonnée de « pierre spéculaire » d'où elle voyait sans être vue, Agrippine se cala contre ses coussins et soupira d'aise en constatant que les bustes de Messaline avaient tous été ôtés du Forum. Un décret sénatorial avait proscrit son nom même des monuments de Rome et de tous les lieux publics et privés. Elle en ronronna de satisfaction, tendit le cou vers l'atrium des Vestales pour voir s'il ne demeurait pas là un souvenir de sa rivale. Mais non. Il n'y avait décidément plus aucune trace de l'ex-impératrice !

— Tout de même, les dieux existent ! se dit-elle en se frottant la nuque. Cette Messaline est à jamais oubliée…

— Je n'ai pas entendu ce que tu me demandais, maîtresse…

— Je ne te demandais rien, Acerronie, répondit Agrippine, agacée par la mollesse de sa servante. Nous allons nous arrêter là. Ces colosses nous trimbalent comme des olives dans le bissac d'une mule. Il y a trop de monde. C'est franchement inconfortable !

Les six robustes Syriens précédés d'esclaves qui portaient la litière avaient en effet beaucoup de mal à se frayer un passage dans la foule tant elle était dense. Comme un pâle soleil frappait déjà les vingt colonnes cannelées du portique entourant le temple de Jupiter en blanchissant les bas-reliefs de la frise, Agrippine leur ordonna de l'attendre à l'ombre des arcs de la basilique Jules-César et invita les esclaves à l'accompagner. Le *prandium* de l'après-midi terminé, de nombreux Romains discutaient sur les marches du temple de Castor et Pollux ou contre le petit sanctuaire de marbre de Vesta. Quelques orateurs infatigables poursuivaient, près des rostres, leurs débats de la veille. Des marchands vendaient des légumes, des fruits, du vin. Un charmeur de serpents jouait de la flûte et de la sambuque, entouré de danseuses orientales mitrées. Des malades montaient, en tirant la jambe, les marches du temple de Jupiter pour déposer des corbeilles au pied des autels. Cette Rome étrangement cosmopolite était autant peuplée de Romains que de Grecs, d'Éthiopiens, de Sicambres, d'Égyptiens à la tête rasée et d'Arabes ossifiés, de grands rouquins venus du nord, Germains, Gaulois, aux braies de toile bariolée, Bretons ; on y voyait des sârs, des hommes de l'Inde basanés, les cheveux et la barbe couleur brique, des Juifs, des Numides, des Africains musclés, luisants d'huile, et des prêtres de Sérapis et d'Isis, avec leurs palmes, dont les autels étaient plus honorés que ceux de Cybèle. Le Forum était surtout envahi par ces mendiants qui couchaient dans les cryptoportiques, sous les arcades ou les ponts, qui volaient du blé dans les greniers du bord du Tibre et qui ramassaient des morceaux de gâteaux à la sortie des cirques. Le soir, avant d'aller dormir dans les ruines du Transtévère, certains d'entre eux se hasardaient vers les riches villas, guettant le moment où les esclaves jetaient les reliefs de leur repas.

Quand elle séjournait à Rome, Agrippine achetait chaque jour un présent à Claude. Aussi s'attarda-t-elle un long moment devant les boutiques de bijoux lorsqu'elle fut attirée par un Grec, petit et râblé, aussi astucieux qu'habile et beau parleur, qui s'installait non loin de la curie en vantant la richesse de sa marchandise. Un groupe d'enfants qui se récitaient des vers d'Ennius accourut aussitôt vers lui tandis que deux patriciens, le pan de la toge élégamment jeté sur l'avant-bras, l'apostrophaient en riant. Ce Grec vendait des jeux de toutes sortes — osselets, damiers, lots de dés — ainsi que des flacons de parfums rares.

— Ah ! ces Grecs ! On ne sait jamais s'ils sont du devant ou du derrière, plaisanta l'un des patriciens. Sens-moi cette odeur ! Si les censeurs Publius Crassus et Lucius Caesar étaient encore vivants, celui-ci serait déjà emprisonné pour commerce de parfums prohibés. *Vir recte olet ubi nihil olet!* Un homme sent bon dès lors qu'il ne sent rien !

Le marchand les ignora.

— Toi, au moins, tu as du goût, dit-il à Agrippine qui tournait un dé entre ses doigts.

— Ce sont des pierres ? demanda-t-elle en observant chaque face marquée de un à six par des éclats d'émeraude.

— De vrais petits bijoux... Les dés sont en ivoire.

Agrippine savait que Claude n'y résisterait pas.

— Je les prends, lui dit-elle. Quels sont ces parfums ?

Elle ouvrit les flacons vermiculés, huma longuement.

— Voilà un parfum fabriqué à partir du curcuma des Indes, un autre à base de cardamome et de gingembre. Je te conseille le costus extrait de l'herbe du même nom. Il n'est pas cher et il sent bon.

Le Grec roulait entre ses doigts une herbe haute, lancéolée, d'une riche inflorescence, à calice en cloche. Agrippine jugea l'odeur dense et agréable.

— Certes, lui répliqua-t-il, tu ne trouveras pas chez moi du vulgaire nard indien. Ce que tu sens là est du kyphi. C'est suave, doux comme du koupi-t égyptien. C'en est d'ailleurs, mêlé à de la cannelle, du safran et du séséli de Ligurie.

— Je croyais que le koupi-t adoucissait le vin ou endormait certaines maladies du foie...

— Il excitera aussi la précieuse de tes amants si tu t'en parfumes.

Agrippine sourit. Le nez du Grec bourgeonnait de

gros boutons purulents prêts à éclater comme des prunes trop mûres. Son attirail l'étonnait. Ici séchaient des tiges de palmier. Là bouillaient toutes sortes d'huiles prêtes à être filtrées dans un récipient largement évasé enduit de miel. À côté infusaient une racine d'iris orangée et un morceau de myrrhe dans un vieux vin liquoreux.

— Ton kyphi ressemble étrangement au métopion…

— Il est plus sucré.

— Bien ! Je le prends. Tu me donneras aussi celui-ci…

— Il est très cher… Six cents deniers. C'est du parfum royal : huile de ben, amome, suc de noix comaque, marum, casia, ladanum, acore, jonc, œnanthe, serichatum, aspalathos…

— Je le prends, te dis-je ! Ah ! Mets-moi aussi du baume de Judée. Il est pur au moins ? Tu ne l'as pas coupé avec du miel ou de la résine ?

Le marchand invoqua les dieux comme si Agrippine venait de les injurier.

— Pour te plaire, je t'offre cette racine d'iris, lui dit-il. Elle te procurera une haleine fraîche et agréable.

Agrippine le remercia et ordonna à Acerronie de le payer alors qu'il s'était déjà remis à haranguer la foule, puis elle retourna aussitôt vers sa litière. Elle avait hâte de fuir cette populace qu'elle n'appréciait pas autant que son père l'avait autrefois aimée ; elle se sentait trop bien née pour se mêler à un peuple agité, sentant l'huile et les fèves grillées, s'époumonant, suant et jouant à la *mora* sous les péristyles, car elle n'avait rien hérité de l'exubérance des Romaines. Au moment où elle montait dans sa litière, des Parthes, tirant des mules lourdement chargées, écartèrent les passants en criant. Ils prônaient la valeur des songes et l'interprétation des rêves. Agrippine se retourna vers eux et les observa avec curiosité. Puis elle entraîna de nouveau sa servante avec elle.

— Attends... Viens..., lui dit-elle en lui prenant le haut du bras.

Elle réajusta sur sa tête le pan de sa tunique blanche qui dissimulait sa longue chevelure sombre et tressée afin de camoufler son identité, puis elle s'avança vers les trois hommes qui arboraient une tunique courte à demi-manches serrée à la taille sous une longue tunique talaire entrouverte, garnie en hauteur d'une frange à glands. Deux d'entre eux portaient une barbe courte et une épaisse chevelure retenue par un lien qui entourait leur front. Ils parlaient latin avec un fort accent en durcissant le son de certaines syllabes. Le troisième était rasé. C'était un bârû, un devin. À cet instant, un puissant rayon de soleil jaillit entre deux colonnes votives de la basilique Julienne.

— Salut, femme ! dit le bârû à Agrippine qui le regardait, les yeux brillants comme des astres. Souhaites-tu connaître ton avenir ? Nous venons de Séleucie, la nouvelle Babylone, cité de la divination, qui le restera pour l'éternité bien qu'Alexandre ait envahi notre pays et les Grecs occupé puis administré notre ville. Nos dieux sont ceux de Babylone et de l'Avestâ.

— Combien prends-tu ? lui demanda Agrippine en pointant le menton en avant.

— Cinquante sesterces.

— Dix fois le salaire de mes domestiques ! Pour ce prix-là, tu as intérêt à être efficace !

Agrippine avait beau avoir hérité d'un des hommes les plus riches de Rome, elle n'en demeurait pas moins attentive aux dépenses.

— Que veux-tu savoir ?

— Je souhaite connaître mon avenir et celui de mon fils.

— Par Ishtar, tu comptes me voler ? Deux services pour le prix d'un ! Ce sera cent sesterces... payées d'avance !

Agrippine saisit à contrecœur la bourse que lui tendait Acerronie et la jeta aux pieds du devin.

— Si tu n'as pas confiance, tu peux recompter. Mais dépêche-toi. Je suis pressée.

Les trois hommes entrouvrirent la bourse et plongèrent leurs mains à l'intérieur.

— Bon, ça ira, lui dit-il en désignant du menton la basilique Émilienne. Assieds-toi sur ces marches en face de moi et concentre-toi. Ces deux hommes qui m'accompagnent sont des kalu, des chantres, si tu préfères. Le bârû qui, en Eridu, la ville sainte d'Ea, a été créé, c'est moi.

Il la regarda intensément sans parler en s'appuyant sur l'une des colonnes de marbre coloré qui séparaient les boutiques. Le bruit qui les entourait ne paraissait pas le gêner. Ses yeux étaient fixes et clairs, grandement ouverts. Il avait un nez aquilin et un large front qu'il leva vers le ciel. Il murmura alors le nom de plusieurs dieux selon les pratiques d'Emmeduranki de la ville de Sippar, roi d'avant le déluge, son maître, puis les chantres firent mine de tracer un cercle autour d'Agrippine.

— Le cercle magique est dans ma main. Quel est ton nom et celui de ton fils ? finit-il par demander à Agrippine avec une voix douce comme sortie d'un songe.

— Je ne puis te révéler mon identité.

— C'est indispensable. Sinon, je serai incapable de connaître ton avenir.

Elle l'entraîna à l'écart de la foule et le lui dit en lui faisant promettre de le garder pour lui.

— Qu'importe pour moi ton nom maintenant que tu me l'as révélé. Par le dieu suprême Anu qui porte le nombre parfait soixante, tu ne seras plus désignée désormais que par le chiffre 77-29-8 et ton fils par les chiffres 10-59-29. Marduk a créé la terre, et le ciel a réglé le cours des astres. Il nous aidera dans notre recherche. Chaque année, à Babylone, avait lieu la grande fête de Marduk. Après les processions au temple de la campagne, de l'akîtu, les dieux se réunissaient en conseil et fixaient les destins. Ces destinées étaient autrefois écrites par le scribe Nabu sur des tablettes et régissaient l'univers. La parole de Marduk est immuable. Je parlerai par sa voix. Aussi ton destin sera-t-il définitif. Il s'accomplira car ce qui sera dit ou seulement pensé sera déjà prêt à se réaliser.

Le devin suivit des yeux un peloton de vigiles qui longeait la basilique Julienne ; ses yeux s'écarquillèrent comme des palets de discobole. Sa mâchoire aussi lisse que son crâne se mit à trembler. Son front répandit toute son eau. Il était en transe. Puis sortit de sa bouche un flot saccadé de mots d'un débit intarissable.

— Je vois au ciel sur le chemin d'Ea aux quinze étoiles que tu es née près du Rhin. Tu es maintenant sur un char d'or éclatant tiré par quatre chevaux blancs à côté d'un homme beau, célèbre. C'est ton père, revenu victorieux des nations comprises entre le Rhin et l'Elbe. Tibère lui a décerné les honneurs du triomphe. 770... Nous sommes au mois de Teshrit en l'an de Rome 770. Cette date figure dans ton chiffre et tu te tiens près de lui avec ta mère, tes frères et ta sœur. Il me faut leurs chiffres. Comment s'appellent-ils ?

— Ils se nommaient Néron, Drusus, Caligula et Drusilla, répondit Agrippine, impressionnée par le talent du devin qui lui décrivait les faits aussi précisément qu'elle les relatait chaque soir dans ses *Mémoires*. Ils sont tous morts.

— Tu es là, toute petite... Oh ! Tu n'as guère plus de quatre ans. Le peuple romain s'est rué pour acclamer ton père. Les trompettes de bronze retentissent, se mêlent aux cors. Ton père porte la tunique brodée de palmes, la toge de pourpre à rosaces d'or. Il est couronné de lauriers, il lève le sceptre d'ivoire surmonté d'une aigle. Le cortège s'ébranle... Les sénateurs, les chariots de butin passent...

La mâchoire sévère d'Agrippine se mit à trembler. Elle refoula ses larmes. Son imagination quitta un instant le Forum pour rejoindre le théâtre de Pompée où les chariots remplis d'armes, de boucliers, de lances burgondes, de framées chérusques, de longs couteaux saxons, de chevelures rousses, blondes, ondulant au vent, cahotaient, trente ans plus tôt, sur les dalles irrégulières menant au portique des Saepta Julia. Elle se souvenait au geste près du triomphe de son père, des prisonniers traînés sur le Champ de Mars sous le cri des légions, peuples colossaux vêtus de peaux de bêtes en lambeaux, la tête rasée, le regard haineux, la nuque courbée sous le cep des soldats. Les couronnes d'or offertes par les villes alliées l'avaient éblouie par leur nombre et leur éclat. Puis le cortège avait défilé dans le Cirque Maxime. Et, de là, jusqu'au temple de marbre blanc de Jupiter Capitolin où elle avait accompagné son père. Fascinée, elle l'avait regardé parler au dieu comme elle observait aujourd'hui ce bârû parthe. Les vivats du peuple résonnaient encore dans son cœur. Depuis ce jour, elle ne vivait plus que dans l'espoir de retrouver ces moments glorieux plaçant sa famille au rang des dieux.

— Je ne distingue plus que les sept démons qui t'entourent, poursuivit le devin. Ton père est trop populaire pour ne pas déclencher la colère de Tibère qui l'envoie en Asie. Ta mère l'accompagne. Toi tu restes à la Cour auprès… auprès d'une vieille femme…

— Mon arrière-grand-mère Livie.

— Ta mère la déteste…

En l'entendant évoquer les démons, les chantres s'étaient mis à chanter doucement pour apaiser le cœur des dieux et délivrer Agrippine des démons qui l'accablaient. L'un frappait sur des lilissu, des tambours en forme de timbales, un autre pinçait les cordes d'une harpe aux tons graves, ornée d'une tête de taureau.

Le devin leva alors les mains vers le ciel. Les gouttes de sueur parcouraient sans obstacle la surface lisse de son front pour venir se suspendre un instant au bout du nez. Il fourragea à l'intérieur comme s'il y résidait le lieu sacré de son inspiration.

— Que ne puis-je observer les astres ! dit-il.

Puis il lui demanda si elle avait récemment interrogé un haruspice. Agrippine hocha la tête mais elle lui raconta le rêve qu'elle avait fait la nuit précédente en l'invitant à poursuivre. Son passé ne l'intéressait pas. Elle le payait pour connaître son avenir.

— Par Ishtar aux colombes symbolisées par le chiffre 15, je suis obligé de remonter aux sources ! Ta vie est bien compliquée… Je vois maintenant des images d'Égypte… et de deuil. Ton père est étendu dans un palais entouré de lauriers-roses sur l'Oronte. Ta mère ramène ses cendres à Rome. Il a été emprisonné et envoyé dans le pays sans retour, l'arallu.

Agrippine revit le visage anxieux de Tibère, l'assassin de son père, quand sa mère lui avait dit : « Maintenant que je suis veuve, donnez-moi un époux ! Je suis jeune encore et je ne veux pas d'amant. Il y a peut-être des citoyens romains qui daigneront recevoir la veuve de Germanicus et ses enfants. » Mais Tibère n'avait vu dans cette requête qu'un but politique. Il avait incarcéré Agrippine l'Aînée, son fils Drusus, et exilé Néron qui s'était tué sous la menace. Quatre ans plus tard, Drusus et sa mère étaient morts de faim dans leur prison. Elle-même avait été mariée par Tibère à Domitius Ahenobarbus, une brute ignoble dont elle était veuve et dont elle avait un fils, Domitius, aujourd'hui âgé de onze ans.

Le Parthe rejeta la tête en arrière, les yeux au ciel. Son crâne bronzé brilla comme un œuf de poule. Agrippine s'impatientait. Ces chantres à la barbe en couenne de lard l'endormaient.

— Il t'est facile de deviner tout cela à partir des rêves que je t'ai racontés, mais parle-moi plutôt de mon fils et de notre avenir...

Le visage du devin s'assombrit. Les chantres se remirent à chanter.

— Je vois le glaive et... je vois le sang. À sa naissance, ton fils a été frappé des rayons du soleil avant la terre. Destin néfaste... Le jour de la purification, le jour même où il recevait son nom...

— On a déjà tenté de l'assassiner.

— Je vois un serpent près de lui et la pourpre du pouvoir... L'impératrice défunte se penche sur lui et lui étreint le cou de ses mains blanches... Le serpent l'effraie. Elle se sauve. Maintenant je vois le glaive... et je vois le sang...

— Que veux-tu dire par là ? Je savais déjà que Messaline avait autrefois tenté de l'assassiner.

— Le chiffre 9 te poursuit. Domitius régnera mais il te fera revêtir un vêtement d'ailes.

Agrippine écarquilla ses yeux soulignés de khôl sans comprendre.

— Il commettra un meurtre, lui expliqua le bârû, un meurtre en neuf lettres comme MA... TRI... CIDE. Il te tuera !

Acerronie poussa un cri. Agrippine resta interdite, doutant soudain du pouvoir du devin tant on refuse d'envisager sa propre mort. Elle revit Domitius courir entre ses jambes et jouer avec ses poneys. Elle se souvint alors de cet astrologue perse qui lui avait prédit quand elle était enceinte de six mois : « Tu auras un fils qui sera empereur mais qui t'assassinera. »

— Qu'il me tue, dit-elle finalement, le front grave, pourvu qu'il règne ! Mais es-tu sûr qu'il sera empereur ?

— Son destin et le tien se jouent en ce moment même au palais.

— Je m'en doutais. Raconte ! Que vois-tu ?

Elle avait rapproché ses larges épaules du devin en lui glissant des pièces dans la main. Son nez, légèrement tombant et pointu, ses pommettes saillantes, tous ses traits étaient à l'affût. Elle ne songeait même plus à remonter le pan de sa tunique qui avait glissé de sa chevelure sur ses épaules. Elle buvait des yeux chaque mot du prophète. Sa mort ne la concernait pas autant que son pouvoir ou sa gloire. Reconquérir l'héritage d'Auguste, la popularité de son père ! Régner, donner à son fils un trône usurpé ! Entendre de nouveau ces acclamations qui avaient éveillé chez une petite fille de quatre ans l'orgueil démesuré des Césars !

Le bârû commença alors son récit.

— Comme sur le Forum où les marchands grecs l'emportent par leur ingéniosité et leur habileté, au palais, ce sont les trois affranchis grecs de Claude, tu le sais, qui gouvernent l'Empire…

*

* *

— Viens ! dit l'empereur à Pallas qui l'entretenait depuis le début de l'après-midi dans les somptueux jardins du palais. Narcisse et Calliste doivent nous attendre. J'avoue accorder moi aussi ma préférence à ma chère nièce, mais il me faut entendre leurs arguments. Je l'ai promis et je ne veux pas m'engager à la légère. Héra ne m'a guère aidé jusque-là dans mes mariages. Il est vrai qu'elle donne elle-même un bien piètre exemple de l'entente conjugale ! Tu comprends, Pallas, Agrippine est ma fille, ma pupille ! Je l'ai élevée sur mes genoux !

— Inutile de le souligner en public, Claude, car les Romains ne manqueront pas de te reprocher de prendre pour épouse ta propre nièce !

Ils suivirent en silence les allées bordées de statues aussi imposantes que les cyprès, les pins, les chênes, les oliviers et les myrtes. L'irroration des jets d'eau nappant les bocages de roses rafraîchissait leurs bras nus. Comme Claude contournait un étang verdâtre où dormaient deux cygnes, Pallas l'observa de dos, à son insu. Avec l'âge, l'empereur claudiquait et se voûtait davantage. Les banquets dont il était friand jusqu'à des heures avancées de la nuit l'avaient rendu dodu, presque obèse. Le sommet de son crâne s'était dégarni : son cou empâté s'était marqué d'un triple menton, son regard était devenu vitreux. Sa personne avait cependant conservé une certaine prestance et une noblesse affinée par l'habitude du pouvoir. Si ce n'étaient ses ridicules — un rire désagréable, une colère plus hideuse encore et un perpétuel hochement de tête —, Claude aurait pu être aimé par la future impératrice pour sa culture, son sens de la justice, sa simplicité démocratique et sa générosité.

— Où sont les gardes ? demanda-t-il inquiet en se retournant vers Pallas. Je leur ai ordonné de m'attendre ici !

Depuis que l'on avait surpris un homme du peuple armé d'un poignard au milieu de la nuit près de sa chambre et que deux chevaliers avaient tenté de l'attaquer, l'un à sa sortie du théâtre, l'autre pendant qu'il sacrifiait au temple de Mars, Claude, naturellement peureux et méfiant, ne circulait qu'entouré de gardes armés de lances et ne recevait personne qu'il n'ait auparavant fait fouiller méticuleusement. Même les scribes accompagnant ses visiteurs devaient confier leurs poinçons et leurs tablettes à ses esclaves dès leur arrivée au palais.

— Ne t'inquiète pas si promptement, magnanime empereur, lui répondit mielleusement Pallas. Serait-ce par « metéôria » ou par « ablepsia » que tu aurais oublié tes propres ordres ? Tu leur as signifié de nous attendre dans l'atrium.

Pallas avait employé des termes grecs pour signifier « l'étourderie » et « l'inconscience » habituelles de Claude comme pour en adoucir la portée.

— Me prendrais-tu pour un âne bâté, Pallas ? Je leur ai ordonné de m'attendre ici !

L'affranchi sourit discrètement en regardant l'empereur pointer un index dodu et sévère vers le sol. Ses grands yeux intelligents et profonds s'animèrent dans son visage embelli par le désir de plaire. Sa démarche était souple et non sans noblesse. Il eut l'élégance de ne pas insister. D'ailleurs, un bruissement de pas les interrompit ; deux esclaves venaient à leur rencontre.

— Ah ! Ah ! Pallas ! dit Claude avec satisfaction en levant le nez au ciel et en drapant les plis statuaires de sa longue toge blanche. Je ne suis peut-être pas aussi riche que toi mais je suis certainement moins gâteux !

Ils montèrent rapidement les trois marches en marbre blanc donnant accès au second vestibule que gardait un *janitor* jeune et robuste enchaîné près de deux chiens à la gueule rebutante. De là, ils se rendirent dans l'atrium où le *nomenclator* informa l'empereur que Narcisse et Calliste l'attendaient. Des serviteurs s'empressèrent aussitôt autour d'eux, leur présentèrent des sièges et glissèrent des tabourets sous leurs pieds. De l'atrium lumineux émanait une impression de grandeur et de pure beauté. D'en haut, par une large baie, éclatait un faisceau de lumière dardant de mille rayons des bustes trônant aux quatre coins de la pièce. Les murs étaient peints. Pourpre et bleu sombre mêlés de scènes mythologiques encadrées d'un liséré de laurier. Un dégagement donnait directement accès au *tablinium* et à l'un des péristyles du palais, plus lumineux encore, au centre duquel se dressait un satyre tenant sur sa tête une vasque d'où surgissait un jet d'eau. Il était entouré d'anémones et d'iris, de lis blancs, rouges, saphir, frémissants qui recevaient sur leurs pétales de la poussière d'eau.

Claude s'approcha du bassin central et étendit ses jambes sur la mosaïque en se laissant rafraîchir les tempes avec de la verveine.

— Les dieux sont avec nous, dit Calliste à l'empereur. La santé de ton fils s'améliore, l'automne est exceptionnellement chaud, certains Romains auraient même vu la statue de Jupiter s'animer sur le Forum ! Il faudra faire de grands sacrifices aux dieux dès que nous aurons choisi la nouvelle impératrice !

Claude reconnut que de tels signes n'étaient pas négligeables et que des offrandes s'imposeraient si les dieux se montraient favorables à leur choix.

Sur le fond sombre des myrtes du péristyle, sa toge brodée se dora des éclats lumineux jaillissant du toit. Le dégagement devint lilas, violet ; les silhouettes des cyprès auréolées d'or se fondirent subitement dans l'obscurité pour réapparaître, traversées en leur opacité, dans des effets d'ombre et de lumière. Les odeurs s'adoucissaient, suaves, délicieuses, fleuries, citronnées, onctueuses...

— Bien ! Je vous ai donc réunis pour choisir aujourd'hui même ma nouvelle épouse, dit l'empereur. Nous ne quitterons pas l'atrium tant que je n'aurai pas pris de décision. Les tergiversations ont assez duré.

Il fixa son regard de chien faussement endormi sur Calliste à qui il donnait ainsi la parole. L'affranchi fronça les sourcils, passa sa main dans ses cheveux plats coiffés « en bol » et sembla réfléchir, chercher ses mots. Il avait gardé les traits sereins et le visage doux bien qu'il eût servi plusieurs empereurs. Sa silhouette longiligne s'était juste un peu épaissie sous le règne de Claude. Pendant un court instant, on n'entendit que le vin couler d'une amphore dans la coupe de Narcisse qui s'était levé pour se servir.

— Tu connais ma préférence, dit enfin Calliste. Elle va à Lollia Paulina. La raison en est simple. Elle est, tout d'abord, la fille du consulaire Lollius et d'une sœur de L. Volusius, ainsi que la petite-nièce paternelle de Cotta Messalinus. Ensuite, elle est depuis longtemps divorcée et n'a jamais été mère. Aussi n'éprouvera-t-elle aucune jalousie à l'égard de Britannicus et d'Octavie. Lollia est la femme la plus riche et la plus belle de Rome depuis qu'elle a hérité de son grand-père, autrefois gouverneur en Orient. Sa mère était déjà une des beautés de son temps. Elle saura tenir son rang. Il n'est pas non plus négligeable qu'elle ait été mariée au proconsul de Macédoine Memmius, homme intelligent et pertinent, avant que Caligula ne l'épouse…

— … et ne la répudie deux mois plus tard ! l'interrompit Narcisse. Il est tout de même curieux que Caïus s'en soit si vite lassé ! Elle ne donnerait sans doute pas la quenouille à Jupiter lui-même !

— Cesonia qui lui a succédé était plus experte en amour, je te l'accorde. Elle se prêtait à tous les caprices de Caligula mais elle n'était ni jeune ni belle. Crois-moi, divin empereur, Lollia sera trop satisfaite d'être reprise pour ne pas se plier à toutes tes volontés, d'autant que Caligula lui avait interdit d'appartenir à un autre homme après leur divorce. Elle a connu une longue période de solitude…

— … qui l'a rendue revêche et frigide ! rétorqua Narcisse. Rien de pire qu'un sexe de femelle moisissant dans son coffre !

Claude exprima une moue dubitative. Tout en cherchant à éviter une épouse dépravée, il n'en souhaitait pas pour autant une vestale. Il aimait les femmes et appréciait les raffinements amoureux.

Narcisse devina ses pensées et sourit en jugeant Calliste bien mal parti. L'empereur le surprit en l'interrogeant.

— Alors, Narcisse, qu'en penses-tu ?

— Lollia est une manœuvrière. Méfie-toi d'elle !

L'affranchi remonta sur son épaule le pan de sa toge qui glissait sur son bras et revint s'asseoir près de Claude.

— Inutile de sacrifier de blanches colombes sur les autels de Cypris, lui dit-il sur le ton de la confidence. Tu as autrefois été touché par les flèches de l'Amour en voyant Aelia Paetina, et tu as reconnu toi-même que tu l'avais répudiée sans motif sérieux. Elle aussi est fille d'un ancien consul. Et, en plus, elle t'a donné une fille Antonia que tu as toujours chérie, que tu as mariée un peu hâtivement à Cneus Pompée avec qui elle n'a pas été heureuse, mais tu as prouvé ton amour pour elle en la remariant à un jeune homme de haute naissance.

Claude soupira en pensant à Antonia. Elle était belle et douce. L'affection qu'il éprouvait pour elle était réciproque. Il eut un sourire attendri.

— Le palais ne s'apercevra d'aucun changement au retour d'une épouse déjà connue, insista Narcisse en regardant l'empereur de ses yeux perçants, aussi noirs que ses cheveux.

Il avait le teint mat et la taille râblée des Grecs.

— Bagatelles que cela, par Jupiter ! répliqua le vieux Calliste. Ce long divorce l'a condamnée pour toujours ! Quel orgueil si elle rentre au palais après en avoir été chassée ! Quelle revanche pour elle ! Elle va être insupportable de prétention !

Narcisse s'était de nouveau levé.

— Aelia n'a jamais fait preuve d'orgueil ! protesta-t-il.

— Aucune femme ne saurait rivaliser avec Agrippine, intervint à son tour Pallas. Lollia n'aime que le luxe et Aelia ne serait qu'une belle-mère jalouse et tyrannique !

Claude l'approuva d'un geste. Pallas défendit alors une femme ayant pour elle l'attrait de la nouveauté et qui, grâce à ses entrées au palais et à ses liens de parenté avec l'empereur, l'avait déjà conquis en usant de son droit de venir l'entretenir à toute heure. Narcisse pinça les lèvres de mécontentement car les minauderies d'Agrippine ne lui avaient pas échappé. Il n'avait pas réussi à se débarrasser de Messaline pour se voir imposer Agrippine qui exerçait déjà auprès de Claude l'autorité d'une épouse.

— Aucune femme, répéta Pallas, n'est d'une famille plus illustre qu'Agrippine ! Claude, tu as tout intérêt à t'attacher la noble race Domitia et à unir les descendants des familles Julia et Claudia en évitant qu'Agrippine ne porte dans une autre maison l'illustration des Césars. Elle associera à la famille impériale le petit-fils de Germanicus. Elle aura d'autres enfants puisqu'elle en a eu. Trente-trois ans… Elle est encore jeune…

Narcisse haussa les épaules.

— Ce mariage est impossible. Claude ne peut épouser sa nièce ! Cette union attirera la colère des dieux et le malheur sur l'État !

— Le sénat y remédiera. Agrippine plaît au peuple. Elle est sérieuse, droite et affiche un souci des convenances. Après Messaline, c'est ce dont le peuple a besoin.

Claude fut tenté d'ajouter que cette austère apparence de matrone ajoutait bien du piment à ses abandons et à ses caresses prétendument filiales. Depuis longtemps, il n'avait été aussi tendrement bercé, admiré, choyé.

En toute autre circonstance, Pallas ne l'aurait pas emporté face à la détermination de Narcisse mais il plaidait pour une cause gagnée d'avance. D'ailleurs, l'empereur s'était déjà levé en remettant en place les plis de son vêtement.

— Je pense que vous serez d'accord avec moi pour conclure qu'Agrippine triomphe de ses rivales. Pourtant, Lollia a du charme, et cette chère Aelia… Ah ! La justice a tranché ! Les Moires ont tracé la destinée de ma chère nièce. Qu'on aille la chercher ! Je brûle de la lui apprendre. Un grand banquet est prévu ce soir en l'honneur de la future impératrice. J'ai employé quatre cents têtes de ma domesticité pour le préparer !

L'empereur prit Narcisse par les épaules.

— Allons, mon ami, lui dit-il en grec. Quitte cet air renfrogné. Avant que la moitié du disque solaire ne se couche derrière le Janicule, j'ai le temps de recevoir Agrippine et d'ajouter un petit chapitre à mes mémoires. Appelle les scribes ! Je me sens l'âme bucolique et tendre…

Calliste suivit Claude des yeux en soupirant. Il n'approuvait pas le choix hâtif de l'empereur. Les soupirs lui étaient pourtant devenus habituels car ses conseils étaient bien souvent vains. Il quitta son siège en se tenant les reins et en hochant la tête, murmurant entre ses dents gâtées que Rome ne tirerait rien de bon d'un mariage qui offensait les dieux.

*
* *

Le bârû s'était interrompu. Il semblait épuisé. Ses joues étaient flasques et creuses, son regard lourd.

— Tu me racontes tout cela, devin, comme si tu l'avais toi-même vécu.

— Ainsi le veut Marduk.

Agrippine n'osait encore se réjouir ; elle était tiraillée par le doute.

— Mais comment peux-tu être aussi savant ?

— Fais-moi confiance.

— Tu entends, Acerronie ? dit Agrippine, les yeux brillants. Tu entends ?

La servante hocha la tête en priant Jupiter de les aider. Sa maîtresse oubliait sans doute le fatal destin que lui avait prédit ce prêtre asiatique. Le peuple romain faisant cercle autour d'eux observait Agrippine avec des yeux de chouette. Avait-il réellement devant lui celle qui serait ce soir même impératrice ?

— Ne t'ai-je pas payé pour que tu me racontes aussi le destin de mon fils ? ajouta Agrippine en se retournant vers le bârû.

— Ce serait trop long, par Ishtar. Mais je te promets de poursuivre mon récit un autre jour… au palais.

— Qui me dit que tu ne cherches pas à me rouler !

— Je le jure par Marduk. Comprends-moi… Je ne pensais pas découvrir à ton sujet un destin aussi fabuleux !

Agrippine resta pensive. Elle leva les yeux vers le soleil. Il était tard. Aussi remercia-t-elle le bârû puis elle retourna naturellement vers sa litière. Agrippine marchait vers son destin et elle ne pensait déjà plus qu'à cette soirée dont elle serait la reine. C'était ce soir… Ce soir, Claude la désignerait devant la Cour comme sa future épouse, l'impératrice de Rome ! Ce soir… Elle frissonna d'aise. Régner enfin !

Les prêtres la suivirent des yeux avec admiration, éblouis par sa beauté.

— J'ai préféré ne pas lui décrire le règne de son fils…

— Ne crains-tu pas qu'Agrippine cherche maintenant à détourner le cours de sa destinée ? demanda l'un des chantres au bârû.

— On ne change pas le cours de son destin. Les Moires, Emmeduranki, l'ont tracé. Et puis elle risquerait d'y perdre le pouvoir.

— Et si jamais…

Le bârû bâilla à avaler un essaim de guêpes. Il avait décidément trop sommeil pour réfléchir davantage.

— Oh ! Elle peut toujours essayer…, dit-il en tirant la longe de sa mule. L'important pour nous est d'avoir comme cliente l'impératrice de Rome ! Il nous faudra augmenter dès ce soir nos tarifs !

## Chapitre 2

La Rumeur s'était répandue dans la ville comme l'eau dans la vallée du Nil. L'empereur avait invité au banquet toutes les beautés ornant de leurs atours les festins impériaux, des sénateurs trop manifestement lettrés, des pontifes qui le conseillaient à bon escient puisque au nom des dieux, une bande de chanteurs, de mimes, de musiciens, de danseuses orientales, des lecteurs lisant en échange de quelques sesterces des extraits de son *Histoire des Carthaginois* écrite en grec. Il avait aussi convié tous les philosophes de Rome, ceux qui se goinfraient sans retenue, ceux qui reconduisaient les plats avec dédain, ceux qui le mettaient en garde contre une secte osant adorer un certain Chrestos à l'égal de Jupiter dans un lieu entouré de murs, non loin de la route Nomentane, des cochers célèbres, des thaumaturges, des acteurs, des gladiateurs qui cachaient sous leurs cheveux bouclés leurs oreilles percées, signe d'esclavage. Certains espéraient leur affranchissement en montrant leur talent lors d'une soirée de fête.

En tout, six cents convives étaient attendus.

Agrippine venait juste de passer dans son *unctorium* particulier quand Pallas se présenta. Elle lui prit aussitôt les mains dans les siennes et le remercia chaleureusement.

— Ah ! Pallas ! Je suis comblée ! Qu'est-ce qui te ferait plaisir ? De l'or ? Une nouvelle villa ? Des chevaux ?

— Nous verrons cela plus tard. Tu sais combien tes présents me sont doux…

— Cette soirée sera sans doute la plus belle de toute ma vie depuis celle où Claude m'a rappelée d'exil. Ah ! Pallas ! Mon père sera bientôt vengé ! Je régnerai puisqu'il n'a jamais régné ! Mon fils régnera !

Elle ponctuait ses propos en enfonçant son ongle dans la tunique de l'affranchi.

Elle savait aussi que ses rivales seraient présentes au banquet et qu'il lui faudrait trouver un subterfuge pour faire accepter son mariage incestueux par le sénat et le peuple. Elle se vit huée, publiquement insultée, avilie. Son visage s'assombrit. Ses lèvres se pincèrent. Pallas à qui elle confia ses états d'âme la regarda, surpris. Qui pouvait contrecarrer les plans de l'empereur, s'opposer à ses volontés ? César était assez puissant pour inventer toutes les lois susceptibles de le servir. Il rapprocha son visage fin du sien et lui murmura :

— Le pouvoir est entre tes mains. Claude t'écoutera. Aie confiance en moi si je t'affirme que je ne l'ai depuis longtemps vu aussi amoureux.

— Et Narcisse ?

— Narcisse a toujours pris le vent comme il venait. Il te sera tout dévoué. Certains individus n'ont ni chair ni poisson ; ils savent changer de tunique au bon moment.

— Il devait être furieux contre toi, lui qui a toujours le dernier mot auprès de l'empereur !

Pallas sourit sans répondre en faisant tourner les énormes chatons de ses bagues autour de ses doigts.

— Ne t'inquiète pas, je veille à tout !

— Alors, réfléchis dès maintenant à la manière dont ce mariage pourrait être accepté par le sénat et à la possibilité d'unir mon fils à la fille de Claude.

L'affranchi s'étonna et s'effraya presque de la rapidité avec laquelle Agrippine voulait agir.

— Mais Octavie est déjà fiancée par Claude lui-même à Lucius Junius Silanus… Il est jeune, beau… Il a autrefois reçu les honneurs du triomphe et produit un légendaire combat de gladiateurs…

— Je sais, mais ces fiançailles anciennes ne semblent pas présenter d'inconvénient majeur. Si je suis aussi influente auprès de Claude que tu veux bien me le laisser entendre, si son âme ne ressent ni affection ni haine que je ne lui aie suggérées ou prescrites, tout paraît possible.

L'affranchi redouta presque son ton complice, calculateur et froid, sous ses apparences enjôleuses.

— Laisse-moi, murmura-t-elle, sa bouche si proche de la sienne qu'elle respira son souffle. J'entends déjà des bruits de voix dans le palais. Le soleil descend sur l'horizon. Les invités seront bientôt là...

Pallas s'inclina. Elle attendit qu'il fût sorti pour laisser le vêtement dont elle s'était enveloppée à la hâte glisser le long de son corps, puis elle enleva les épingles qui maintenaient ses cheveux en catogan; d'un mouvement de la tête, elle les étala sur ses épaules nues, ondulants et cuivrés, comme baisés par la clarté de la lune. Elle avait pris l'habitude de les laver avec du « sapo », un mélange de suif de chèvre et de cendre de hêtre, pour se décolorer à la manière des Gauloises. Les esclaves frottèrent son corps avec les aromates qu'elle avait achetés sur le Forum puis poudrèrent ses cheveux d'or. Elles la revêtirent d'une tunique brodée d'or, souple et sans manches, avant de l'abandonner aux mains de l'*ornatrix* qui lui confectionna une savante coiffure mêlée de bouclettes et de petites nattes torsadées sur la nuque, selon la mode qu'avait lancée Messaline. Elles essuyèrent ensuite le khôl qui avait débordé de sa paupière, rougirent ses joues avec de la lie de vin, atténuèrent la brillance de son front avec de la craie et lui mirent pour tout bijou un collier de perles.

Agrippine s'observait dans son miroir, les yeux plongés dans le domaine du rêve. Elle tripotait avec la même béatitude les aryballes, les alabastres et les pyxides étalés devant elle. N'était-ce pas là un tour des dieux ? Jupiter ne s'était-il pas substitué à Claude pour la posséder ? Encore une fois, comme si son bonheur présent ne pouvait pas ne pas s'entacher de son malheur passé, elle revit sa mère périssant dans sa cellule; elle ferma les yeux pour mieux sentir dans le souvenir l'étreinte puissante et chaude de son père, trembla d'émotion, les paupières soudain gonflées de larmes. Un soupir étouffé de sanglots s'échappa de ses lèvres. Elle avait mal. Le soleil déclinant empourpra les sombres coffres à vêtements de l'*unctarium*. Était-ce bien elle que l'on parait ce soir, elle que l'empereur allait présenter comme la future impératrice ? Elle dont le Palatin allait devenir le royaume ? Son cœur se serra d'orgueil. Elle eut un sourire satisfait à travers ses larmes.

— Acerronie ! dit-elle, le regard vague. Glisse-toi discrètement dans le péristyle pour voir si la foule se trouve encore aux portes du palais…

Acerronie ne se le fit pas dire deux fois. Avec sa lenteur coutumière accentuée par la rondeur de ses formes, elle gagna le péristyle, les yeux pétillants de curiosité. Les invités passaient déjà l'arc de la porte d'entrée surplombé du quadrige de Lysias en évitant avec peine la bousculade. Bien qu'elle fût gênée par les derniers rayons du soleil couchant rosissant le marbre jaune des colonnes, Acerronie fut impressionnée par le flot ininterrompu de la foule qui avançait en discutant bruyamment dans la galerie. Elle distinguait chaque Romain entre deux statues de dieux ou de héros à moitié noyées dans l'ombre. Abandonnant leur *pallium* à l'entrée et défilant devant la colossale statue d'Hercule, les sénateurs portant la toge d'apparat à larges bords précédaient les chevaliers et les matrones drapées à la romaine, à la grecque ou vêtues à l'orientale, avec des coiffures pyramidales ornées de fleurs, tantôt blondes comme les Germaniques, tantôt brunes comme les Indiennes.

Beaucoup parlaient avec les mains en dégageant des effluves parfumés ou s'interpellaient de loin en se reconnaissant. La gaieté se lisait sur leurs visages.

Venant de la Via Nova et de la voie d'Apollon, la foule grossissait inlassablement. À l'extérieur parlementaient les clients qui accompagnaient leurs patrons, des Éthiopiens ou des Numides aux casques empennés et aux anneaux auriculaires. Acerronie avait beau se hisser sur la pointe des pieds et tendre le cou, elle les distinguait à peine au bout du couloir, dans l'encadrement de l'immense porte aux lourds battants. Comme elle était sans cesse dérangée par une suite d'esclaves apportant instruments de musique et flambeaux, elle finit par rejoindre sa maîtresse en bougonnant, la tunique sautillant au rythme de ses fesses charnues.

— Laissons-les s'installer, lui dit Agrippine à qui elle rapporta l'allégresse et l'empressement de la foule qui envahissait le palais. Je dois maintenant rejoindre Claude.

Quand le *nomenclator* annonça Agrippine, les esclaves mettaient une dernière touche à la parure de l'empereur.

— Heureux, mes yeux qui te voient aussi belle qu'une déesse ! lui dit-il en portant sa main à ses lèvres. Il me faudra prendre soin de toi pour empêcher qu'un dieu ne t'enlève à moi ! Je suis fier de donner au peuple romain une impératrice telle que toi, mon enfant.

L'expression amusa Agrippine. Elle lui prit solennellement le bras pour l'accompagner jusqu'à la salle à manger. Alors son cœur se serra davantage.

Elle avait peur, subitement peur des sénateurs, des artistes, des personnalités qui l'attendaient. Mais quand l'esclave souleva le *velarium* doré qui les dissimulait aux regards des invités déjà attablés, quand toute cette foule se leva pour les applaudir, son cœur palpita de bonheur, ses joues s'empourprèrent. Elle était heureuse sans pourtant réaliser vraiment la félicité de son destin. Elle s'étendit à la droite de Claude sur le grand lit de table officiel tandis que deux esclaves couronnaient de fleurs le front de l'empereur. Oui. Elle serait impératrice, intouchable et parfaite dans sa majesté.

À leur table prirent place les flatteurs habituels : Narcisse, Pallas, Lucius Vitellius et le prêteur Lucius Silanus. Les corbeilles regorgeaient de figues de Chios, de poires de Signia, de raisins de Naples gonflés de sucs, de pruneaux de Damas et de coings farcis aux clous de girofle. Les peintures murales, gigantesques couronnes de roses et de lierre, s'animèrent à la lueur des lampes. De l'intérieur de grands vases glacés de neige et ourlés de lierre, les domestiques tiraient déjà les cratères de cécube, de falerne et d'aquilée aromatisés au thym et à l'absinthe, fumés dans le *fumarium*.

Tous les visages étaient tournés vers Agrippine.

— Pallas, crois-tu aux songes ? demanda Claude à l'affranchi en essuyant sa bouche du revers de la main. Calliste nous a confirmé tout à l'heure que les dieux semblaient favorables à mon mariage. J'ai rêvé que nous choisissions Agrippine. Peut-on considérer ce songe comme un présage ?

— Très certainement, lui répondit Pallas en détachant avec délicatesse des grains de raisin noir d'une lourde grappe. Rappelle-toi la description du songe de Scipion Émilien que Cicéron, l'un de tes orateurs préférés, a rapporté dans son *De Republica*…

— Ce texte n'était qu'un prétexte pour évoquer sa philosophie stoïcienne, son jugement sur l'immortalité de l'âme et son goût pour la philosophie astrale de Pythagore, intervint Calliste en se retournant vers eux.

— Il n'en est pas moins un songe dans lequel Scipion dialogue avec son grand-père adoptif Scipion l'Africain puis avec son père Paul-Émile.

— Ce pythagorisme est dépassé ! déclara Lucius Vitellius en s'insérant dans la conversation alors qu'il discutait de son côté avec le vieux Phèdre. Les cultes de Cybèle, d'Attis, d'Isis et de Sérapis attirent les foules en promettant aussi la purification et le salut de l'âme, mais dans des cérémonies passionnées à grandes mises en scène. J'ai assisté à l'une d'entre elles ; les femmes s'y abandonnent avec une lascivité savoureuse…

— Par Jupiter ! Là n'est pas notre propos ! s'exclama Claude.

— Pardonne-lui, plaisanta Narcisse en grec, Lucius est déjà ivre. Il voit des prêtres rasés partout. Mais il les confond avec les nègres qui portent sa litière. Souviens-toi plutôt du songe que Zeus envoya à l'Atride Agamemnon et que nous rapporte Homère, poète entre tous les poètes : « Le songe trouva l'Atride endormi et s'arrêta au-dessus de sa tête pour lui parler. Le lendemain, aucun de ses hommes ne mit en doute son récit. Au contraire, chacun obéit à la volonté divine. »

— Et toi, qu'en penses-tu, Lucius ? demanda Claude à Silanus qui butinait le bras de sa sœur Julia à grand renfort de baisers.

Le fiancé d'Octavie bredouilla quelques phrases inaudibles et préféra joindre ses exclamations à celles des autres invités qui saluaient l'arrivée des plats. La procession des domestiques avança avec une solennité étudiée. Chaque invité modulait ses cris d'admiration selon ses goûts, gloussant, sifflant ou débitant force interjections pour plaire à l'empereur. On éventra un gibier d'où s'échappa une volée de grives et quelques cris de Romaines extasiées. Des surmulets de quarante livres soulevèrent l'admiration. Les Romains plongeaient le nez dans les plats pour constater leurs tailles étonnantes et en évaluer le prix. Pas moins de cinq mille sesterces à coup sûr... La finesse des mets et la rareté des aromates étaient en tout point dignes d'un dîner officiel.

— Ajoute du poivre à cet oignon de jacinthe ou à ces pignons et tu ouvriras sans peine la porte de Vénus ! constata Phèdre avec son goût des formules en observant la société étalée devant lui. Même ces jeunes gens assis au pied des lits seront bientôt grisés par Bacchus. Divin Claude, ton festin est plus riche que ceux des princes orientaux ! Avant qu'ils n'aient tous l'esprit tournicoté par Bacchus, je te conseille d'appeler le lecteur qui illustrera de tes œuvres ce festin.

Octavie et Britannicus, qui étaient couchés aux

côtés d'Agrippine, manifestèrent eux aussi leur impatience d'assister aux spectacles prévus.

Seule Lollia Paulina, couverte de bijoux, somptueusement parée d'améthyste, regarda le lecteur s'avancer au milieu de la salle avec dédain. Agrippine le remarqua aussitôt. Dans son œil monoculaire et grossissant, elle ne cessait d'observer, depuis le début du repas, les rivales qu'elle avait habilement évincées, de guetter la réaction des sénateurs, de surprendre des réflexions.

— Pourquoi Lollia Paulina n'applaudit-elle pas le lecteur des œuvres de César ? glissa-t-elle insidieusement à l'empereur en se penchant vers lui et en se levant elle-même pour l'acclamer.

Tous les invités suivirent son exemple et lui firent une ovation où revint plusieurs fois le terme d'Augusta.

— Voilà qui me rassure ! dit Claude à Pallas, les lèvres luisantes de sauce. Agrippine est acceptée par la Cour. Il ne reste qu'à convaincre le sénat que l'union d'un oncle avec sa nièce est voulue par les dieux !

— Si tu le permets, divin Claude, proposa Vitellius, je réglerai cette affaire. Es-tu prêt à céder aux ordres du peuple, à l'autorité du sénat ?

— Je ne suis qu'un citoyen incapable de résister à cet accord.

— Je me fais fort de l'obtenir pour l'intérêt de l'État. Devant les lourds travaux qui t'incombent, tu as besoin d'appuis qui te dégagent des soins domestiques afin de veiller au bien général. Agrippine s'est distinguée par sa noblesse, sa fécondité, sa vertu.

L'union avec les filles d'un frère est nouvelle parmi nous. Mais elle est consacrée chez d'autres nations et n'est défendue par aucune loi. Les mariages entre cousins sont devenus fréquents. Fais voter un décret qui autorise dorénavant les mariages des oncles et des nièces ! Plusieurs sénateurs nous sont d'ores et déjà acquis. Ils sauront convaincre les autres en haussant la voix !

Lucius Vitellius qui avait été le servile serviteur et amant de Messaline lançait des œillades admiratives à la nouvelle élue. Mais Agrippine demeurait de marbre, aussi impassible que les statues des Néréides trônant derrière elle. Ni elle ne rougit, ni elle n'approuva Vitellius qui lui était insupportable d'humilité. Elle l'avait trop vu baiser les pieds de Messaline pour lui accorder un semblant de considération. « En voilà un qui est prêt à s'enrichir avec la vulve d'une vieille ! » se dit-elle.

Le lecteur, lauré, avait déjà commencé à déclamer au son d'un luth-delta et d'un *nablium*. Il roulait ses petits yeux ronds dans des orbites jaunes de cadavre, le nez court mais épaté, la lèvre pâle dans sa peau de parchemin. Le silence n'était interrompu que par la lente respiration des convives. Quand il baissa la voix pour finir, un tumulte d'applaudissements le félicita, puis la salle entière réclama une lecture de l'empereur lui-même. Alors, Agrippine baissa sa tête étincelante de poussières d'or et pressa ses lèvres sur la main de Claude réticent en la tenant ainsi jusqu'à ce qu'il accepte. Le mime Paris accompagna ses paroles et des danseuses orientales entrèrent, la poitrine nue, emportant dans leurs rondes la spirale de leurs chevelures de jais. Leurs chevilles luisaient de khalkhals d'or. Les pupilles des Romains brillèrent comme les perles de leurs nombrils en suivant avec attention leur déhanchement lascif aux sons plaintifs de la flûte sous les enivrantes senteurs d'encens. Des corybantes les remplacèrent au son des cithares, des cymbales et des tambourins puis deux lutteurs aux torses couverts d'huile saluèrent l'empereur, encouragés par les cris des femmes qui admirèrent leurs muscles bandés et leurs bras noueux. La mosaïque résonna bientôt de leurs chutes successives. Leurs os craquèrent ; leurs mâchoires grincèrent. Le plus fort prit très vite l'avantage en étouffant de son bras son adversaire qui s'affaissa. Agrippine, l'air hautain, semblait seule encore en mesure de s'émerveiller sur la carrure du vainqueur fier de son exploit qui la salua, les bras croisés sur la poitrine, le pied posé sur le vaincu.

Au mécontentement de ceux qui voulaient discourir, la salle était maintenant saturée de musiques où se mêlaient sistres égyptiens, cors, trompes et cymbales arméniennes. Les Romaines suffoquaient sous les odeurs d'huile de safran. Les yeux pleuraient à la fumée des torches ; les coiffures s'affaissaient ; les couronnes de fleurs chutaient sur des fronts mouillés de sueur. Entre deux coupes, le Gaulois Domitius Afer répétait à Phèdre qu'il croyait à l'immortalité de l'âme. Le poète le contredisait en s'appuyant sur la théorie des plaisirs d'Épicure. Comme Claude se plaignait déjà de crampes d'estomac en pestant contre Asclépios à qui il avait pourtant envoyé, à Épidaure, une brebis saine et tendre, Xénophon ordonna aussitôt d'apporter une décoction bien chaude d'écorce de cannelle, de ladanon de Chypre et de saliunca celtique. Les va-et-vient du médecin entre la salle à manger et la bibliothèque n'en finissaient plus, Xénophon ne traitant ses malades qu'après consultation de l'encyclopédie médicale de Cornelius Celsius dont il ne se séparait jamais. Dans le cas d'espèce, une bonne cure à Baies s'imposait.

— La Gaule m'est chère, disait Claude entre deux crises, la Gaule m'est chère. Si ce n'est ces maudits druides... Quelle religion barbare ne pratiquent-ils pas ! Tous les droits romains pour les Gaulois ! Et toutes les perles grecques pour Rome ! Je souhaiterais que tout Rome parle le grec. Pourquoi n'ajouterions-nous pas au latin ces merveilleuses lettres si musicales que comporte l'alphabet hellénique ?

— Voilà une riche idée ! approuva Phèdre.

— Sénèque, qui fait volontiers évoluer la forme de son style et qui ne s'embarrasse guère des schémas classiques tout en admirant les auteurs anciens, te serait bien utile...

— Agrippine a raison, souligna Pallas. Chez lui, l'improvisation est reine et la langue ingénieuse, même si son style ponctué de facilités ou de fantaisies déplaisait à Caligula.

— Sénèque se morfond à Kyrnos, soupira fortement Claude en libérant un petit vent couinant de digestion difficile.

— À cause de Messaline...

Claude but une coupe de styrax mêlé de résine de térébinthe que lui tendait Xénophon. Il s'essuya les lèvres avec une serviette imbibée de citron puis il plaça ses mains en prière devant sa bouche comme s'il réfléchissait profondément.

— Je le ferai rappeler d'exil, conclut-il finalement. Mais dis-moi, Pallas, quelle est donc cette remarquable beauté qui se met à chanter à la table du fond, là-bas ?…

Agrippine ajusta aussitôt son œil monoculaire.

— C'est Calpurnia, Seigneur, répondit-il.

— Ah ! Calpurnia ? Je ne l'avais pas reconnue !

Les flammes des torches semblèrent soudain plus ternes. Des danseuses distribuèrent aux Romaines des gerbes de roses. Les rires couvrirent la monotonie musicale des tambourins. Une fortune d'encens brûlait et grisait les consciences. Du plafond, lambrissé, papillonnaient de la poudre de safran et de baccar ainsi que des larmes de myrrhe rafraîchissantes.

L'aube n'allait pas tarder à poindre.

## Chapitre 3

Le ciel buvait la mer juste derrière la villa défendue par d'épais feuillages persistants si vigoureux qu'il était impossible d'y couler le regard. Ce véritable rempart de pins d'Alep, de lauriers-roses, d'eucalyptus, de poivriers et de cyprès était gorgé de lumière, de pureté et de campagne ensoleillée d'un vert jaunissant, loin du bruit et des nuisances de la ville.

Lucius Domitius s'était assis à l'ombre d'un vieil olivier en attendant celle qui devait l'enlever à cet univers de douceur et de calme où il avait grandi sous le signe de Lara, la déesse du silence.

— Allons ! Ne fais pas ta mauvaise tête ! lui dit Lepida en lui ébouriffant sa tignasse rousse. Ta mère va t'emmener au Palatin. Et alors ? Ce n'est pas une catastrophe ! Le sénat et le peuple la réclament. Tu auras bientôt la chance de vivre avec Octavie et Britannicus…

— Pouah ! Que veux-tu que ça me fasse ? lui rétorqua Domitius.

— Te rends-tu compte du présent que t'accordent les dieux, insista Domitia Lepida en s'asseyant à côté de lui. Rien ne te destinait à vivre un jour au Palatin. Je t'ai recueilli quand ta mère a été exilée. Même ton père, Domitius Ahenobarbus, s'est désintéressé de toi dès ta naissance ! Et te voilà bientôt le beau-fils de l'empereur !

Mais elle ne lui parlait ainsi que pour s'en convaincre elle-même car elle connaissait les redoutables intrigues du palais.

Domitius avait gardé l'habitude de se rendre chez sa tante toutes les fois que sa mère allait à Rome parce qu'il l'aimait profondément, trouvant en elle la tendresse d'une mère. Aussi la perspective de quitter Antium et de ne plus la voir le mettait-il de fort méchante humeur. Il serra ses genoux contre sa poitrine comme s'il voulait se protéger et enfouit son visage solidement planté sur de robustes épaules entre ses mains. Son torse était athlétique, musclé et sa mise plus paysanne qu'aristocratique. Il frissonna légèrement sous le souffle frais venu de l'intérieur du pays, qui annonçait l'hiver en tourbillonnant des montagnes, puis il leva le regard vers elles pour n'en plus perdre le souvenir.

— Toi aussi, tu es d'accord avec eux ?

— Mais non !... lui répondit Lepida en l'attirant contre son imposante poitrine. Mais non... Que tu es bougon !

Son attention fut bientôt distraite par le galop d'un cheval qui soulevait des nuages terreux au bout du chemin.

— Tiens, les voilà ! dit-elle.

Domitius se mit aussitôt debout et se raidit, sur la défensive.

— Allons, calme-toi ! lui dit Domitia en le serrant contre elle. Ne sois pas méchant.

Elle salua le tribun de la garde prétorienne qui s'était arrêté devant eux. Domitius se rembrunit en voyant sa mère écarter le rideau de sa litière portée par huit Africains. Aidée d'une jeune fille tout juste pubère, elle en descendit aussitôt et s'avança vers lui, le port et la démarche hiératiques. Son escorte d'esclaves noirs portait d'éblouissants costumes galonnés d'or et chamarrés de broderies. Le ton sec de sa voix, habituée au commandement, souleva la crainte et le respect de Domitius qui fléchit le genou pour baiser sa main. « Si elle pouvait glisser et mordre la poussière avec sa suite de nègres habillés en paons ! » se dit Domitia. Mais elle ne laissa rien paraître de son hostilité à son égard.

— Salut à toi ! lui dit-elle avec un aimable sourire. Je te félicite de ta popularité dans la capitale et du choix qu'a fait César ! Te voilà donc au-dessus des simples mortels !

Agrippine observa avec dédain les traits de son visage de cinquante ans et les reflets roux de sa chevelure qui lui rappelait trop un mari odieux et cruel.

— Il est décidément impossible d'arriver jusqu'ici ! s'exclama-t-elle sans daigner lui répondre. Toutes les Romaines fuient déjà l'hiver à Rome. Que ne vont-elles chercher le soleil à Syracuse ou faire une cure à Tarente ! L'entrée d'Antium pullule de chars et de litières ! Faute de place sur la côte, une originale a même fait aménager un sol artificiel sur la petite baie située, là, juste au pied de ta villa, pour y édifier une maison !

— Elles ne savent comment échapper à l'insalubrité de Rome…

— N'exagérons rien ! Claude a beaucoup amélioré la vie des Romains. Notre ville est propre et bénéficie d'eau en quantité suffisante bien que la construction des aqueducs ne soit pas achevée. Ce sont là raisonnements de paysanne !

Domitia, qui descendait elle aussi de la famille impériale, haussa les épaules sans répondre aux propos blessants d'Agrippine dont le sourire détendit brièvement les lèvres minces au pli revêche et méprisant. Mais elle reprit vite son air impérieux en voyant Domitia attirer contre elle son neveu.

— Ainsi donc, tu es venue me l'enlever pour toujours ? Domitius ne fêtera même pas son onzième anniversaire à Antium…

— Il sera mieux éduqué à la Cour qu'au milieu de tes barbiers et de tes danseurs fardés aux doigts chargés de bagues ! Je ne veux pas faire de mon fils un efféminé mais un empereur ! Ta vie n'est guère exemplaire pour un adolescent. On raconte que tu vis avec l'un de tes affranchis…

Domitius affronta avec un obscur malaise le regard glacial et déterminé de sa mère que seule semblait émouvoir la passion du pouvoir.

— Je ne suis pas la seule… répliqua Domitia en se moquant d'Agrippine.

— Peut-être… Mais tu es la seule qui ait des esclaves constituant dans le sud de l'Italie des foyers d'agitation. Ils feraient mieux de laver les mosaïques de tes domaines ! Va donc à Ravenne profiter de tes jardins ! Tu ne t'ennuieras pas ainsi de Domitius !

Domitia frissonna. Elle redoutait cette femme implacable.

— Je ne pense pas que tu veuilles te reposer, dit-elle en caressant la tête rousse de l'enfant.

— Non ! Je vais me reposer chez moi. Nous partirons pour Rome demain dès que l'aurore nous éclairera la route. Dans deux jours, nous serons au palais. L'empereur veut hâter notre mariage. Maintenant que Lucius Vitellius a obtenu l'assentiment du sénat et que le peuple romain forme les mêmes vœux que César, nous n'avons aucune raison de le différer. En ce moment, tout doit d'ailleurs être prêt à Rome. Claude n'aime guère attendre ; je retournerai au palais le plus tôt possible. Quant à mon fils, ajouta-t-elle en insistant sur le possessif, nous le fiancerons sans doute à Octavie. Ils seraient mignons tous les deux. Le peuple les adore !

Domitius saisit la main de sa tante et leva vers elle un regard de détresse.

— Ce ne sont que des enfants, protesta-t-elle en blêmissant.

— Des enfants, des enfants… Octavie est encore jeune, c'est vrai, mais Domitius est presque un adolescent ! Nous les marierons dans cinq ans ! À quel meilleur parti Claude peut-il prétendre maintenant qu'Octavie est de nouveau libre ? Je ne comprends pas qu'il se soit laissé berner par ce Silanus !

Domitia pâlit davantage en entendant prononcer le nom de celui qui avait été son beau-fils quand elle était mariée à Appius Silanus. Les propos d'Agrippine n'étaient pas gratuits.

— De quoi accuse-t-on Lucius Silanus ? demanda-t-elle finalement d'une voix blanche.

— Par Jupiter, je suis convaincue que tu es au courant ! Silanus a été l'amant de sa sœur Julia Calvina. Quel affront pour Octavie !

— Qui l'accuse ?

— Vitellius.

— Et que va-t-il devenir ?

— Vitellius l'a chassé du sénat. Il lui restait un jour à être préteur. Eprius Marcellus l'a remplacé pendant cette journée. Quant à Julia, elle a pris le chemin de l'exil.

— Et où est-il maintenant ?

Agrippine haussa les épaules. Elle s'en désintéressait totalement. Domitia refoula ses larmes. Elle sentit son cœur battre plus vite car elle aimait l'honnête et brillante famille des Silani. Ainsi donc, sa fille Messaline n'était plus, mais tout obéissait de nouveau à une femme faisant de la politique et du pouvoir le jouet de ses caprices. Cette femme lui avait parlé comme à une ennemie que l'on somme de rester à l'écart et comme à une rivale que l'on peut faire exécuter d'un moment à l'autre. Agrippine l'avait entretenue de Silanus pour lui montrer son influence sur Claude. C'est elle dorénavant qui dirigeait l'Empire. Domitia comprit que le petit Domitius lui échappait, qu'elle ne le reverrait plus sans protocole, qu'il serait façonné aux turpitudes de la Cour. Elle ne reverrait plus cette tignasse rousse courir à toutes jambes vers la mer ; elle n'entendrait plus cette voix enfantine caresser l'oreille de ses poneys et ces jambes déjà robustes imiter en riant ses danseurs. D'un enfant sensible aux arts, à la nature, on ferait une brute. Elle le retourna vers elle, enfonça ses ongles dans le haut de ses bras pour le serrer plus fort contre elle et l'embrassa passionnément. Cette chair qui sentait encore la chaleur de l'été et l'enfance, ce petit homme quittant si tôt le monde de la jeunesse… Bien que Domitius souhaitât rendre à sa tante ses baisers, la présence de sa mère lui interdit d'étaler sa faiblesse en public. Il s'écarta lui-même des bras qui l'avaient bercé et monta dans la litière d'Agrippine sans dire un mot. Au moment où le cortège s'ébranla, Domitia se retourna pour ne pas offrir à Agrippine le spectacle de sa peine. Elle se dirigea lentement vers sa villa. Quand Domitius jeta vers elle un coup d'œil humide et discret, le rempart de feuillages s'était déjà refermé sur elle.

*

* *

L'aube était à peine levée qu'Agrippine était déjà prête à partir. Une *palla*, aux plis rythmés et d'une teinte améthyste, jetée sur les épaules sur une tunique de même couleur, elle distribuait ses ordres, hâtait les préparatifs en suivant attentivement le chargement de ses coffres sur les voitures. Elle n'en avait jamais autant emporté, signe qu'elle n'envisageait pas de revenir à Antium avant une longue période car elle ne supportait pas d'être séparée des objets parmi lesquels elle aimait vivre. Le tribun de la garde prétorienne, chargé de l'escorter avec une petite troupe et de protéger le convoi des brigands dont le voisinage de Rome était infesté, contrôlait le harnachement des chevaux gaulois, qui avaient la réputation d'être de loin les plus trapus et les plus endurants. Il contourna les voitures en vérifiant l'état des roues puis il monta sur son cheval, prêt à partir. Son manteau en drap épais flottait au vent. Derrière lui, les cavaliers tenaient la tête haute sous leurs casques d'or rutilant aux blancs éclats du soleil levant ; les pointes de leurs lances scintillaient de feux aveuglants.

Domitius détestait les voyages parce qu'il ne supportait pas les routes mal pavées ; les auberges où ils s'arrêtaient, faute de mieux, le temps de se rafraîchir, n'étaient que repaires de pouilleux et de muletiers, quelque alléchantes que fussent leurs enseignes proposant aux voyageurs de les servir « à la mode de Rome ». Il était heureux que sa mère n'ait pas décidé de voyager par la voie littorale d'Antium à Ostie car le parcours lui aurait semblé plus pénible encore.

Comme il soulevait l'étoffe qui obturait l'une des fenêtres de la litière, Agrippine le réprimanda sévèrement en alléguant la fraîcheur de la brise. L'enfant soupira, conscient qu'il devrait dorénavant accepter sans répit les volontés maternelles. Depuis son plus jeune âge, il n'entreprenait rien que sa mère ne discutât. Ce fut, d'ailleurs, l'une des seules paroles qu'elle lui adressa pendant toute la première journée de ce voyage car, après avoir tourné légèrement son siège dos au soleil levant, Agrippine s'occupa à rédiger la suite de ses *Mémoires* sur une écritoire appropriée à cet effet. Domitius s'ennuya vite. Il consulta sans enthousiasme des plans routiers, calcula la distance qui les séparait de leur prochaine étape, s'informa des curiosités que renfermait chaque lieu où ils passaient. Il n'osait interroger sa mère ; aussi tentait-il d'apercevoir derrière le rideau en soie une statue, un cénotaphe ou un monument commémoratif.

Au bout de cinq heures de route, le tribun de la garde conseilla enfin une halte dans un relais de poste où les attendaient des chevaux frais. Agrippine accepta car elle avait hâte de se dégourdir les jambes.

— Ne t'éloigne pas, dit-elle seulement à Domitius. Je vais faire quelques pas. Si tu veux un rafraîchissement, envoie un esclave à la taverne.

Domitius ne se le fit pas dire deux fois car la poussière de la route et la chaleur lui avaient desséché la gorge. Dès que sa mère se fut éloignée, il sauta sur les pavés de la cour et héla un Numide qui rabrouait un voyageur portant une besace sur le dos.

— Quand on n'est même pas capable d'acheter une mule, on ne part pas sur les routes ! criait-il. Non ! Nous ne prenons pas de passager ! Tu n'as qu'à louer un cabriolet !

L'autre le menaçait avec un bâton aussi tordu qu'un cep de vigne. Il devait être grec car il ne cessait de lui crier : « *Corvos pasce !* Repais les corbeaux ! Va aux corbeaux ! » alors qu'un Romain aurait plus naturellement dit : « Va aux enfers ! » ou « Va aux galères ! »

La scène divertit un moment Domitius qui finit par s'impatienter. Il s'approcha du Numide quand celui-ci s'en prit aussi à l'aubergiste.

— Par Jupiter, nous verrais-tu coucher sur des matelas pouilleux rembourrés de barbes de roseau et respirer la fumée du foyer ! lui rétorqua-t-il. Je suis sûr que ton eau pue les égouts de Subure et que ton vin est dix fois coupé d'eau ! Ton auberge fût-elle luxueuse, nous devons être demain à Rome et nous ne nous arrêterons pas avant la fin de la douzième heure dans une villa de César. Nous n'y perdons rien car tu ne mérites sans doute guère mieux que tes homologues ! On ne raconte pas à tort que les aubergistes plument leurs clients comme les épines arrachent la laine sur le dos des moutons !

Le commerçant avait beau montrer son enseigne louant l'excellence de sa nourriture, l'amabilité de l'accueil et la rareté de ses installations, le Numide agacé finit par l'injurier. Domitius soupira en haussant les épaules. Ces aubergistes étaient tous des voleurs ! Il parvint tout de même à interrompre l'esclave et à lui réclamer un gobelet d'eau fraîche.

Le Numide se gratta les fesses et s'exécuta à contrecœur.

— Laisse tomber ! dit Domitius à l'aubergiste qui s'apprêtait à l'interpeller. Je connais ton discours...

Il allait remonter dans sa litière quand il fut attiré par de magnifiques chevaux hauts sur pattes qui attendaient devant la taverne.

Sa passion pour les chevaux lui fit oublier les recommandations de sa mère. Il s'avança vers les animaux au poil soyeux et brillant qui piaffèrent à son approche, les regarda attentivement, quand des éclats de voix attirèrent son attention. Il souleva le rideau taché de vin de la taverne et pénétra à l'intérieur.

Au comptoir, une bande d'athlètes et de chanteurs

paillards et crasseux vidaient d'un trait leurs gobelets de vin. Ils rotaient bruyamment et parlaient fort.

— Vous savez de quoi je rêve ? disait l'un d'eux, d'une bonne cure de bains glacés à Clusium ou à Gabies !

— Tu es fou ! Marcellus y est mort sous une douche trop froide ! Être héritier et finir en glaçon, très peu pour moi !

— Alors, j'irai écouter mugir le souffle des géants enfouis dans l'Etna, ou le gouffre de Phrygie qui asphyxie les hommes. J'irai contempler les marées de l'océan en Gaule, voir le soleil s'enfoncer dans la mer aux limites du monde. Je retrouverai le géant Briarée prisonnier de Cronos, l'argile avec laquelle Prométhée a pétri le premier homme, les débris du vaisseau d'Agamemnon en Eubée, la lance d'Alexandre à Sparte… À Trézène, j'irai voir le myrte que Phèdre a percé de trous quand elle était égarée par la passion ; à Memphis, le cheveu que la déesse Isis s'arracha à la mort d'Osiris ; à Samos, la quenouille de la reine Tanaquil ; à Lacédémone, la chambre d'Hélène ; en Grèce, l'œuf de Léda…

— Et en Égypte, les pyramides ! Alors que tu ne connais même pas les cascades de Tibur ou les monts de la Sabine ! Allons bois et tais-toi ! Tu nous saoules avec tes histoires !

Ils éclatèrent de rire en se tapant sur les cuisses et se moquèrent de Domitius qui restait sur le pas de la porte. L'enfant fit mine de ne pas les entendre ; il cherchait le Numide des yeux. Où était donc cet escogriffe ? Il s'étonna de le voir debout dans un coin sombre de la taverne. L'esclave paraissait en pleine discussion. Il était décidément trop bavard !

Néron se glissa entre les tables en prenant garde aux tessons de gobelets qui traînaient sur le sol.

— Par Jupiter, tu l'as vu ! J'ai bien fait le coup de Vénus ! Tu les as bien vus ces deux six ! disait l'un des hommes attablés autour d'un trépied bancal qui ne demandait qu'à s'écrouler.

Le Numide dodelina de la tête. Il semblait avoir oublié Néron.

— Tu as triché, Brutus ! cria un autre joueur. Tes dés sont truqués ! Je réclame une réparation ! Où est l'aubergiste ?

— Mes dés sont truqués ? Tu es jaloux parce que tu ne réussis aujourd'hui que le coup du chien mais, par Arès, Mars et tous les dieux de l'Olympe, je saurai te faire cracher tes sesterces !

— J'affirme que tes dés ne sont pas réglementaires… Montre-les et, s'ils le sont, j'accepte de te payer !

— Je n'ai pas de comptes à te rendre ! Paie-moi ou je te tue !

Néron regardait le Numide les mains sur les hanches. Qu'allait-il faire ? se mêler à la conversation ? prendre parti ?

Trop captivé par le jeu, l'esclave ne l'avait même pas vu approcher. À ce moment, le joueur lésé tendit vers son adversaire un couteau ciselé qui brilla dans l'obscurité. Néron s'écarta.

— Allons ! Empare-toi de lui ! dit le joueur au Numide. On va lui faire sa fête !

L'esclave allait s'exécuter quand Néron l'interpella ; il se montra gêné d'être ainsi pris sur le fait.

— Viens ! Ne reste pas ici, jeune maître. Les tavernes ne sont pas aménagées pour les princes…

Mais le tribun de la garde était déjà dans la taverne avec ses hommes. Quand il vit Domitius en compagnie du Numide, il se dirigea d'un bon pas vers lui et le secoua par le haut de sa tunique en le traînant vers la sortie.

— Espèce de chien ! lui dit-il. Amener ici le futur beau-fils de l'empereur ! Je vais t'arracher les yeux !

Autour d'eux, le silence était total. Chacun comprit que l'heure était grave. Les joueurs de dés s'étaient tus. Domitius eut beau protester, le tribun conduisit l'esclave devant Agrippine et le jeta à ses pieds en lui ordonnant de s'expliquer. Tous les clients de l'auberge l'avaient suivi dans la cour, attentifs et muets.

— Monte dans la litière ! dit Agrippine à son fils. Trois cents coups de verges pour cet esclave ! Qu'on le fouette en plein soleil et qu'on l'attache à cet arbre !

Elle pointa son bras vers un pommier aux branches sèches.

Le Numide s'accrocha à sa tunique et la supplia de l'épargner, jurant son innocence.

— Oses-tu prétendre que Lucius Domitius est entré de son plein gré dans cette taverne ?

L'esclave, apeuré et blême, regarda en direction de Domitius qui tenta en vain de s'expliquer.

— Qu'on lui donne cinq cents coups de verges ! Ça lui apprendra à mentir ! ordonna Agrippine en faisant taire Domitius.

— Pitié ! Miséricorde ! Par tous les dieux... Je t'ai servie pendant des années de mon mieux...

— Qu'on l'emmène ! conclut Agrippine.

Le Numide saisit alors ses genoux et la supplia encore, la figure couverte d'une pâleur mortelle.

— Cinquante, pas cinq cents... Cinquante, c'est assez !... ou cent... Pitié ! Tous ces hommes sont témoins de mon innocence !

Deux robustes Quades l'empoignèrent aussitôt par les cheveux et le traînèrent vers l'arbre planté là comme une croix à pendouiller les cadavres. Les athlètes se gardèrent bien de prendre sa défense.

— Par Germanicus, ton père, que j'ai toujours honoré et servi, je jure que je suis innocent !

Agrippine monta sans se retourner dans sa litière. Elle n'ajouta aucun mot à l'adresse de son fils. Elle ne se rendait pas compte de son injustice. Elle était trop romaine pour donner raison à un esclave contre son fils, pour seulement écouter les arguments d'un être qui n'était pas considéré à Rome comme un homme mais comme une bête, et pour souffrir de la douleur d'autrui. Si même elle y avait réfléchi, elle eût jugé qu'elle agissait avec équité en punissant un incapable. Mais elle pensa à son père. Tu étais aimé pour ta sagesse et ta mesure. Tu ne punissais pas sans écouter, sans juger... Et ce cri du Numide : « Par Germanicus, ton père, que j'ai toujours honoré et servi ! » Elle résolut finalement de pardonner au Numide en souvenir de son père. Dans cette intention, elle allait appeler le tribun lorsqu'il se présenta lui-même.

— Maîtresse, le Numide a déjà perdu connaissance ! L'aubergiste est parti chercher des tisanes.

Les clients rouspètent. Peut-être est-il mort ? Doit-on continuer à le fustiger ?

— C'est sans doute la peur qui lui a fait perdre connaissance ! Qu'on le ranime et qu'on reparte ! dit-elle.

Le tribun réapparut à la portière quelques instants après.

— Il te remercie de ta grâce.

— Dis-lui qu'il la doit à mon père. Donne-lui à boire et à manger pour qu'il reprenne des forces et nous serve de nouveau.

*

* *

Le lendemain soir, quand ils arrivèrent au palais, Agrippine s'étonna que l'empereur ne vînt pas à sa rencontre pour l'embrasser. Elle se dirigea d'un bon pas vers son bureau quand Pallas l'arrêta dans le péristyle.

— Claude s'entretient avec Lollia Paulina, lui dit-il, gêné.

Agrippine blêmit. Ainsi donc l'empereur la trompait dès qu'elle quittait Rome !

— Assieds-toi là, lui dit Pallas embarrassé. Ne crois pas que Claude…

— Je ne crois rien. Que veux-tu que je croie ?

Ses joues s'empourprèrent de colère contenue. À ce moment, la porte du bureau de Claude s'entrouvrit en craquant. La silhouette de Lollia apparut derrière le jet d'eau central. Elle était revêtue d'une simple tunique de soie qui épousait de trop près ses formes. Claude garda longuement sa main dans la sienne en la caressant et la porta à ses lèvres pour prendre congé d'elle. L'affranchi sentit celle de sa maîtresse se crisper sur le banc. Dès que Lollia eut disparu dans le corridor, il lui demanda, inquiet, ce qu'elle comptait faire.

— Rien ! Que veux-tu que je fasse ? Je vais trouver l'empereur puisqu'il est libre maintenant... Attends-moi là !

Agrippine ordonna aux deux robustes Syriens qui gardaient la porte de Claude de l'annoncer. L'empereur vint aussitôt l'embrasser, somptueusement vêtu d'une tunique blanche et d'une toge améthyste qui bleuissait son visage.

— Ma douce, ma chère... Je ne pensais pas que Jupiter te guiderait si tôt près de moi..., lui dit-il tendrement en réajustant sa ceinture d'une main potelée couverte de tavelures et d'une petite touffe de poils bruns. Votre voyage a été rapide...

— Comme tu me l'avais réclamé, divin Claude, répondit Agrippine en s'allongeant sur un divan recouvert de coussins soyeux aux couleurs variées et en découvrant négligemment l'une de ses jambes jusqu'à la cuisse.

— J'ai une excellente nouvelle ! Tout est réglé ! Notre mariage peut avoir lieu après-demain !

Agrippine balança sa jambe en l'invitant à venir auprès d'elle. Il la lui caressa doucement en mêlant ses lèvres aux siennes. Elle délia alors le nœud de sa ceinture et laissa l'étoffe s'ouvrir, le corps offert, la tête rejetée en arrière. Puis elle guida ses mains dans son intimité, l'attira sur elle en simulant le désir.

Elle le sentait déjà prêt à l'honorer. Son dépit s'accrut en songeant que Claude la caressait comme il avait caressé cette Lollia au charme artificiel.

— Claude, il faut que je te dise… Avant que je n'oublie… Claude, écoute-moi… Ta vie m'est trop chère… Notre mariage aussi…

— Je t'écoute, répondit-il en mordillant sa bouche avec un grognement de satisfaction.

— Tu ne m'écoutes pas…

Il respira plus fortement. Ses gestes devinrent rapides et désordonnés.

— J'ai appris bien des crimes au sujet de Lollia Paulina, tu sais…

— Et lesquels ? demanda Claude, peu attentif aux propos de sa nièce.

— Elle a interrogé des magiciens et consulté la statue d'Apollon de Claros sur notre mariage. Ses projets sont funestes à l'Empire. Elle veut ma mort. Elle a demandé aux devins si notre mariage avait des chances de durer ! Donne l'ordre de l'éloigner… Tu confisqueras ainsi ses biens. Si tu acceptes, je m'en occuperai…

Claude demeura, un instant, interdit. Il regarda attentivement Agrippine qui se trémoussa sous lui en réveillant son désir.

— Pourquoi me parles-tu de Lollia Paulina ? s'étonna-t-il, contrarié. Elle était justement…

— Oui ?

— Non, rien… Elle sera jugée et… exilée, dit-il finalement. On lui laissera… voyons… un million de sesterces…

Agrippine l'embrassa longuement pour le remercier.

— J'ai amené Domitius, souffla-t-elle encore. Pourquoi ne pas le fiancer à Octavie ?... Notre mariage n'en aurait que plus d'éclat...

— Oui, ma chère, ma douce... C'est une excellente idée, mais Octavie... Enfin, j'aviserai.

Agrippine sourit. Elle le sentait disposé à tout lui accorder.

— Un esclave pourrait entrer, murmura-t-elle. Viens plutôt me rejoindre dans ma chambre. J'ai envie de rester longtemps auprès de toi...

Claude grogna en la voyant refermer sa tunique. Il n'aimait pas s'interrompre dans son plaisir. Mais la perspective de passer une nuit d'amour avec sa nièce déclencha chez lui une série de hochements de tête qui valaient mieux que toutes les paroles d'approbation. Agrippine se précipita vers Pallas qui l'attendait.

— Lollia Paulina va être exilée, lui apprit-elle, satisfaite. Dès qu'elle aura quitté le pays, envoie à sa suite le tribun qui m'a escortée. Qu'on me rapporte sa tête le jour même de notre mariage ! Quant à Calpurnia, cette soi-disant « beauté » que Claude a remarquée lors du dîner officiel, trouve un moyen de l'éloigner de Rome !...

Tout en parlant, elle contemplait, par l'une des fenêtres du palais, le Cirque Maxime noyé d'ombre, masse imposante et noire dans le crépuscule, les murs, les colonnes et les sommets des temples rougis de soleil couchant.

Le silence du crépuscule fut brisé par des rugissements semblant issus des profondeurs de la terre.

— Ce sont les lions dans les *vivaria*, dit Pallas. Claude en a fait venir plusieurs milliers d'Afrique pour les réjouissances de votre mariage. Ils ont été parqués dans les cavernes des cirques de la ville, faute de place dans la ménagerie de Laurentum. Ils ont faim. L'empereur a ordonné de ne pas les nourrir jusqu'aux jeux. Dans cette *venatio*, je ne donne pas cher de la peau des condamnés à mort ! Il y a encore de ces Bretons trop fourbes pour devenir des soldats et trop sauvages pour servir d'esclaves ! Les lions n'en feront qu'une bouchée !

Dix, vingt fauves réclamaient maintenant leur liberté, le ventre vide. Leurs grondements sourds étaient inquiétants.

— Sais-tu qu'en ton absence un chevalier s'est distingué en épousant le premier sa nièce et en jurant de combattre en ton honneur dans l'arène ! ajouta Pallas.

Agrippine le regarda amusée.

— Et comment s'appelle-t-il ? Peut-être cherche-t-il a refaire sa fortune en devenant célèbre dans l'arène…

— Je ne m'en souviens pas… Alledius Severus, je crois… mais je n'en suis pas sûr. Il a même juré d'endurer le fouet, le fer et la mort pour te plaire.

— Eh bien, nous le verrons à l'œuvre ! Pour l'instant, c'est à moi de jouer ! dit Agrippine en quittant Pallas.

Les lions se répondaient entre eux si bien que Rome ne devint plus qu'un mélancolique grognement chargé de menaces de mort.

C'était la nuit.

# Chapitre 4

*Octobre 49 ap. J.-C.*

Une année passa, une année riche pour Agrippine qui, en prime de son mariage, obtint la gloire et la perte de ses rivales, mais qui n'en était pas pour autant satisfaite.

Deux objectifs occupaient son esprit : marier Domitius à Octavie et le faire adopter par Claude. Le bârû avait promis de l'aider en invoquant chaque jour Marduk moyennant une confortable somme d'argent. Agrippine n'était pas dupe des escroqueries du prêtre qui était devenu son espion et son conseiller, mais lui seul trouvait toujours une solution à ses fantaisies ou à ses volontés. C'est lui qui lui avait recommandé un certain Memmius Pollio d'une honnêteté douteuse — service pour lequel il avait été doublement payé. Memmius Pollio était donc devenu pour l'occasion consul désigné chargé des hautes affaires de l'État, c'est-à-dire d'Agrippine, et il avait choisi l'une des dernières journées d'octobre pour proposer au sénat une motion visant à marier Octavie à Domitius.

Le cheveu encore humide et la peau exhalant de frais parfums fleuris, les sénateurs discutaient ardemment devant le sénat, des rouleaux de papyrus sous le bras. En cette douce matinée d'octobre, les six cents patriciens n'avaient pas hésité à venir siéger à la curie, l'ordre du jour s'annonçant d'importance même si certains d'entre eux grommelaient que les fiançailles de Domitius auraient bien pu attendre novembre vu qu'ils étaient en vacances obligatoires jusqu'à cette date. D'autres remarquaient que les sessions extraordinaires se multipliaient alors qu'ils n'étaient convoqués que deux jours par mois du temps de Messaline, aux calendes et aux ides — ce qui était bien suffisant. Mais la plupart des sénateurs étaient impatients de suivre l'ascension du petit Domitius. Les accusateurs de Messaline avaient, en effet, laissé courir le bruit que Britannicus serait peut-être tenté de venger plus tard sa mère. En l'évinçant dès maintenant, on écartait habilement une éventuelle menace pour l'empereur et l'Empire.

Quand Memmius Pollio arriva, la démarche raide et l'air hautain, presque suffisant, il fut aussitôt entouré. Afin de ne pas perdre de temps, l'augure chargé du sacrifice et des prières préliminaires ne laissa pas les débats commencer au pied du sénat ; il invita les sénateurs à s'installer sur les trois cents places de la curie, attendit quelques instants le silence puis leva les bras au ciel en invoquant les dieux ; il observa avec attention le poulet qu'un serviteur venait de déposer sur l'autel sacré en lui rivant les ailes sur la pierre, gesticula d'une manière ridicule et inutile puis il enfonça la lame de son couteau dans la gorge de l'animal et descendit d'un coup sec le long des côtes. Le sang gicla et éclaboussa l'autel. Il se pencha alors vers les entrailles fumantes, les renifla bruyamment, tourna entre ses doigts le foie encore frémissant, le pesa d'une main puis de l'autre tel un lanceur de poids aux jeux Olympiques, glissa l'organe sous sa tunique pour juger de sa température et resta ainsi les yeux fermés. Le regard fixé sur son bas-ventre, chaque sénateur attendait avec impatience son verdict.

— On ne lui demande pas de se suspendre une troisième olive mais de nous donner un avis…, chuchota un sénateur en plaisantant.

— Bien ! Bien ! finit par dire l'augure en ressortant l'organe et en gloussant de satisfaction comme s'il venait de chevaucher une courtisane. Quelle merveille ! Aucune tache suspecte sur ces organes ! Ils sont gros et bien formés. Les dieux sont avec nous. Hier, l'appétit des poulets sacrés était exceptionnel et un vol de colombes est passé sans s'arrêter au-dessus de Rome. Ce ne sont que présages favorables. À vous maintenant de parler et de voter selon la volonté des dieux.

— Je vois bien Agrippine monter cet augure maigrichon, murmura encore le sénateur en donnant un coup de coude à son voisin. Depuis qu'elle règne, tout semble obéir à cette femme…

— Tais-toi, Marcus. Tes propos sont passibles de la peine capitale. Après tout, Agrippine est une impératrice plus convenable que Messaline…

— Convenable, mais austère et ambitieuse…

Le président les interrompit en prenant place face à eux sur sa chaise curule. Il lut l'ordre du jour avec application et consulta la liste de l'*album* avant d'appeler Memmius Pollio qui devait parler en premier.

Le consul se leva sous le regard attentif des patriciens, traversa le jet de lumière qui éclairait d'une fenêtre le centre de la curie et s'assit à la place du président. Il observa, un instant silencieux, les toges blanches alignées dans l'ombre comme des statues de marbre. Il savait que son discours devait être favorablement accueilli par l'ensemble des sénateurs car Agrippine ne lui pardonnerait pas un échec. Elle se l'était attaché à prix d'or et avait déjà préparé les esprits aux fiançailles de son fils si bien qu'il lui était aisé d'emporter la totalité des suffrages, si aisé qu'il était bien décidé à faire en ce jour un excès de zèle. Le bârû ne lui avait-il pas avoué que l'impératrice envisageait l'adoption de Domitius par Claude ? N'envoyait-elle pas régulièrement Pallas la lui suggérer ? Lui-même avait surpris un entretien accordé par l'empereur à son intendant des finances. « Le divin Auguste, lui aussi, quoiqu'il eût des petits-fils pour soutiens de sa maison, a donné à ses beaux-fils une part de puissance, disait Pallas à l'empereur. Tibère, ayant déjà un héritier, a adopté Germanicus ; tu dois à ton tour mettre à tes côtés, divin empereur, un jeune homme qui partage tes travaux. Depuis Attius Clausus, il n'y a eu aucune adoption dans la branche patricienne des Claudius et elle s'est perpétuée sans mélange. Le moment est venu d'imiter l'exemple d'Auguste et de Tibère… »

Après avoir jeté un regard circulaire sur l'assemblée, jugeant sans doute que sa haute taille et sa prestance ajouteraient plus de poids à son discours, Memmius se leva, arrangea le pan de sa toge couvrant son avant-bras, et commença son monologue. Il s'inspira à la fois de Vitellius parce que le censeur avait réussi à convaincre le sénat du bien-fondé du mariage d'Agrippine et de Claude, et de Pallas, reprenant tantôt les arguments de l'un, tantôt les raisonnements de l'autre. Suspendus à ses paroles, les patriciens suivaient avec attention le mouvement de son bras et le léger balancement de sa toge quand il marchait.

— Britannicus est encore un enfant, dit-il en s'arrêtant et en fixant l'assistance de ses yeux de hibou. Il faut songer à l'État, donner un appui à Britannicus et à l'empereur, un auxiliaire précieux pour les affaires de l'Empire, un jeune homme éclatant de santé !…

Puis coulèrent comme des torrents intarissables les raisonnements habituels de Vitellius, de Pallas et d'Agrippine. Memmius Pollio rejouait Œdipe à Colone. Les sénateurs admiraient sa faconde, approuvaient d'un balancement de la tête son argumentation. À la fin du discours, tous se levèrent pour l'applaudir. Seul l'un d'entre eux osa émettre des réserves sur l'adoption de Domitius, au risque d'être dénoncé à l'impératrice et d'y perdre la vie.

— Par Jupiter ! dit-il en pinçant nerveusement sa tunique et en prenant place à son tour au centre de la curie, si Claude n'avait pas de fils, je comprendrais que vous réclamiez tous un héritier, mais Messaline lui en a donné un ! N'est-il pas dangereux de mettre Domitius et Britannicus sur un plan d'égalité ?

— Britannicus est malade, l'interrompit Memmius. Si les dieux lui accordent la grâce d'atteindre l'âge adulte, comment peut-on envisager qu'il règne seul un jour, sans auxiliaire ? Domitius lui serait d'une aide précieuse…

— Allons donc ! Ce sont là des histoires pour enfants ! Deux hommes n'ont jamais réussi à gouverner en parfait accord. Un empire pour deux héritiers, c'est une tête de trop ! Aucun des triumvirats n'a résisté à l'ambition de ses fondateurs ! Même un père peut être en danger quand il ne meurt pas assez vite pour céder son royaume à son fils. J'en prends pour preuve Radamiste qui reproche déjà à son père Pharasmane de garder trop longtemps le royaume d'Ibérie. Non, sénateurs ! Il faut être conscients que, si vous accordez l'adoption à Domitius, vous donnez à l'Empire deux Césars possibles qui, un jour ou l'autre, s'entre-tueront ! Je suis d'avis, par Minerve, d'éviter ce carnage et de ne pas réclamer à Claude cette adoption.

Encouragé par cette intervention, un autre sénateur plus âgé remarqua qu'il était peut-être maladroit d'imposer au peuple de si nombreux honneurs en faveur de Domitius.

— Le peuple romain nous applaudira, répliqua encore Memmius en prenant à témoin l'ensemble de l'assemblée. Il adore Domitius et l'acclame dès qu'il en a l'occasion.

— C'est vrai…

— Cependant, afin de ne pas multiplier, dans un espace de temps très court, les marques d'honneur envers Domitius, je propose que nous votions pour que les fiançailles soient proclamées le plus tôt possible. Nous pouvons également procéder au vote concernant l'adoption même si elle a lieu dans quatre ou cinq mois. Cette procédure nous évitera de nous réunir de nouveau…

Un murmure d'approbation accueillit ces paroles.

— L'impératrice sera sensible, n'en doutez pas, à ce vote. Je lui fournirai moi-même la liste des sénateurs présents à cette séance…

Cette conclusion quelque peu maladroite entraîna dans les rangs une certaine agitation. Plus les sénateurs étaient serviles, moins il convenait de les croire corrompus.

Le soleil atteignait tout juste son zénith quand les sénateurs se regroupèrent pour voter. Cela faisait bien quatre saisons qu'ils n'avaient pas traité aussi vite une affaire. Il est vrai que le pouvoir d'Agrippine était grand. Le mariage d'Octavie et de Domitius fut unanimement approuvé, l'adoption fut rejetée par trois sénateurs audacieux.

— C'est nous qui décidons de ces fiançailles, conclut le président. Allons maintenant convaincre Claude et le remercier d'agir pour l'intérêt de l'État.

Les sénateurs se levèrent, soulagés d'en terminer si promptement, et convaincus de tirer de leur décision les plus grands biens de l'impératrice. Ils franchirent le seuil de la curie en se congratulant et en se tapant chaleureusement dans le dos. Certains plaisantaient ou s'invitaient pour le *prandium*. Quand

Memmius reçut en plein visage le chaud soleil de la mi-journée, il ressentit une profonde fatigue mêlée d'une intense satisfaction. Il vit subitement s'accumuler sous ses yeux tout l'or du Palatin et une statue gigantesque s'ériger sur le Forum, une statue qui porterait son nom. Il avait hâte d'annoncer à l'impératrice deux excellentes nouvelles alors même qu'elle n'en attendait qu'une.

## Chapitre 5

*Hiver 50 ap. J.-C.*

Memmius avait eu le nez fin de proposer au sénat l'adoption de Domitius, car l'impératrice l'avait comblé de présents même si sa statue ne dominait pas encore le Forum d'un marbre flambant neuf. Et puisque tout Rome approuvait Agrippine, il convenait d'agir au plus vite, de neutraliser Britannicus et de précipiter le mariage et l'adoption de son fils. Britannicus l'exaspérait par sa présence même. Le bârû avait raison : « Ôte-lui sa cour et ses serviteurs, lui conseillait-il chaque jour. Ils complotent tous contre toi ! » Agrippine s'acharnait avec tant de haine contre lui que le fils de Claude était délaissé par les courtisans eux-mêmes.

— Voilà deux fois que je vais trouver Britannicus ce matin ! dit-elle à Pallas. Et il dort ! Le fils de l'empereur passe son temps à dormir !

L'affranchi entoura les épaules d'Agrippine de ses bras blancs. Dehors, il neigeait à gros flocons.

— Ne t'impatiente pas, lui dit-il en embrassant son cou. Nous sommes sur la bonne voie !

Il caressa sa nuque.

— Britannicus ? ajouta-t-il en claquant des doigts. C'est du vent, de la poussière. Tiens ! De la neige ! Et la neige… ça fond…

Agrippine se blottit contre lui. Pallas lui ressemblait tellement qu'il comprenait souvent ce qu'elle souhaitait avant même qu'elle ne le formulât. L'aimait-elle vraiment ? La question ne se posait pas puisqu'il était riche, puissant, influent. Mais elle se serait difficilement passée de sa force, de sa complicité.

Britannicus se réveilla vers le milieu du jour : la veille, au dîner, il avait été pris du mal sacré, l'épilepsie, qui le tourmentait de plus en plus fréquemment. Un bon bain suivi d'un habile massage calmait habituellement sa nervosité tout en ranimant ses forces si bien qu'il sortait de l'*elaeothesium*, la dernière salle consacrée aux bains, revigoré, l'œil vif et les joues rosies. Mais la rudesse de sa belle-mère le rendait plus malade encore qu'il ne l'était à l'accoutumée.

— Que tu m'as fait peur, mon bonhomme ! répéta encore une fois Pasiphae. Pauvre petit canard… Tu es si maigre, si blanc, si souvent malade !… L'héritier de l'Empire n'a pas le droit d'être souffrant, même à neuf ans… Pauvre… Pauvre… Viens là… Allonge-toi…

Britannicus embrassa sa nourrice et s'allongea sur la table de massage couverte d'un moelleux tapis de byssus égyptien, suavement parfumé de verveine.

Les mains imbibées d'huile, deux *balneatores* africains, solidement bâtis, commencèrent à masser son dos et ses jambes. Pasiphae les observait attentivement et les réprimandait dès qu'ils pétrissaient la chair fragile de l'enfant avec trop d'énergie. Il ferma les yeux, sentant avec un bien-être incomparable la chaleur du *laconicum* pénétrer en lui.

— J'ai dormi longtemps ?

— Ne t'inquiète pas, mon petit. Le soleil frappe encore de ses rayons les monts Albains… Prends ton temps… Nous allons te porter dans le *tepidarium*. Ça te fera le plus grand bien.

Britannicus se laissa dorloter avec plaisir. Il se plongea avec délice dans la baignoire en éclaboussant la mosaïque, y écouta des vers de Virgile, et se glissa même sous le jet d'eau glacé du *frigidarium*. Les deux Africains le frottaient de parfums orientaux, trois Phrygiennes s'apprêtaient à le coiffer, tenant dans leurs mains des miroirs d'acier et des peignes en os, quand le *nomenclator* annonça l'impératrice.

Le lecteur rangea en toute hâte ses rouleaux de papyrus dans un étui de bronze et fila vers la sortie en saluant bas Britannicus. Chaque esclave contrôla sa mise et s'écarta du fils de Claude. Seule Pasiphae ne bougea pas ; bien plantée sur ses jambes, le ventre bombé en avant, les mains sur les hanches, elle regarda, d'un air méfiant, entrer une femme de qui, selon elle, ne pouvait naître que le mal et qui portait, depuis l'adoption de Domitius, le titre d'« Augusta ».

— Alors, comment vas-tu, Britannicus ? demanda Agrippine à son beau-fils sans ébaucher même un sourire. Mieux, à en juger par ton teint ! Mais que fait toute cette volaille autour de toi ? Un enfant n'a pas besoin d'un tel entourage ! Je m'évertue à faire des économies, à conseiller à l'empereur plus de modération dans les festins et les jeux. Pallas, lui-même, tente de renflouer les caisses de l'État et, pendant ce temps, tu gardes à ton service tout un bataillon d'esclaves ? Allons, allons, je veux que, dès demain, ces serviteurs quittent tes appartements !

Parce qu'elle connaissait le nombreux personnel qui servait Lucius Domitius, et surtout parce qu'elle craignait de quitter celui qu'elle avait vu naître, Pasiphae blêmit. Britannicus suppliait déjà Agrippine de la garder.

— À quoi bon une nourrice à ton âge ? lui répondit-elle. Tu as plus souvent besoin d'un médecin. Tu n'as même pas pu assister au triomphe de L. Pomponius après sa victoire sur les Germains, ni à celui, plus prestigieux encore, d'Ostorius sur les Bretons, alors que Caratacus y était traîné en vulgaire prisonnier devant ton père comme Syphax l'avait été autrefois par Scipion et Persée par Paul-Émile. Que va penser le peuple ?

Agrippine souleva de sa main le menton de Britannicus, écarquilla ses paupières et se déclara satisfaite de sa santé.

— Pasiphae peut me servir d'éducatrice… murmura Britannicus. Sénèque n'est-il pas le précepteur de Domitius et n'a-t-il pas lui-même engagé deux professeurs pour l'initier à la philosophie de Zénon et d'Aristote ?

Agrippine éclata de rire et lui tapota la joue.

— Mon pauvre Britannicus, que connaît cette

Pasiphae ? Il n'y a bien que Sénèque pour assimiler les esclaves aux êtres humains. Comment, toi, un Romain, oses-tu comparer une race inférieure aux meilleurs savants ? Chairemon, qui dirige la bibliothèque d'Alexandrie, enseigne à Néron la philosophie stoïcienne, et le Macédonien Alexandre d'Égée lui apprend les théories d'Aristote…

— Mais Domitius est plus grand…

— Tu oublies que mon fils est devenu ton frère ! lui dit Agrippine d'un ton sec et glacé. Il ne s'appelle plus Domitius mais Tiberius Claudius Nero depuis que Claude l'a officiellement adopté en le faisant passer dans la gens Claudia, comme Jules César avait adopté Octave, ou Auguste, Tibère. De cela, il y a presque un an ! Aussi ne peux-tu l'ignorer ! Le ferais-tu que ce serait un affront manifeste à l'égard de ton frère et de ton père…

Britannicus retint difficilement ses larmes. Sa mâchoire se mit à trembler en voyant Pasiphae éclater en sanglots.

— Allons, allons, quelle indécence ! Ces pleurs m'incommodent ! Qu'on l'emmène loin d'ici !

— Attends ! intervint Britannicus en osant soutenir le regard impartial de sa belle-mère et en prenant Pasiphae par le bras.

— Que veux-tu que j'attende ? Par Asclépias, je me suis déjà interrompue pour prendre des nouvelles de ta santé ! Je te laisse te reposer. Conserve avec toi un esclave, ce sera suffisant, et renvoie-moi toute cette faune !

Le *nomenclator* n'eut pas plutôt refermé la porte que Britannicus se réfugia auprès de Pasiphae.

— Mais que nous arrive-t-il ? Explique-moi... J'ai entendu dire beaucoup de mal sur ma mère. Elle ne s'occupait guère de nous, mais je l'aimais. Depuis qu'elle est morte, notre père nous délaisse. Depuis qu'il est remarié, il ne vient même plus nous embrasser. Il me déteste, c'est bien cela, hein, nourrice ? Il me déteste parce que je suis toujours malade, parce que je n'assiste pas aux cérémonies officielles. Il me préfère sans doute Domitius. C'est vrai que Domitius est plus grand, plus âgé, plus robuste. Tu le sais comme moi : aux jeux troyens où nous montrons nos talents, il me domine et entraîne l'enthousiasme de la foule. Mon père est si sensible aux acclamations des Romains... Il doit y lire des signes ou des présages...

Pasiphae ne cessait de sangloter et de renifler tout en berçant Britannicus contre sa poitrine. Elle observait avec inquiétude et avec la perspicacité d'une femme les manigances d'Agrippine et de Pallas, qui avaient fait approuver par le sénat puis par Claude les fiançailles de Domitius et d'Octavie, avec l'appui du consul désigné Memmius Pollio. L'empereur avait cédé, comme il avait approuvé, quatre mois plus tard, l'adoption de Domitius. Elle avait assisté avec tristesse à la cérémonie en jetant des regards inquiets vers Britannicus pendant que Claude embrassait son nouveau fils sous les acclamations de la foule.

— Que vais-je devenir ? Que vais-je devenir ?... Et toi, nourrice, et toi ?

— Allons, allons, cesse maintenant de te lamenter. Tu dois être courageux. L'Augusta a tous les droits. Nous devons lui obéir, d'autant qu'elle est très populaire. Le peuple l'a acclamée quand elle a fait ériger dans sa ville natale d'Oppidum Ubiorum un monument à sa gloire et quand elle a donné à cette ville le nom de Colonia Agrippinensis pour y commémorer sa naissance. Lors du triomphe d'Ostorius, les prisonniers bretons lui ont rendu les mêmes actions de grâce et les mêmes hommages qu'à l'empereur. Or, jamais une femme n'avait siégé devant les enseignes romaines. C'est un signe. Un signe qu'elle possède le pouvoir sur les hommes et au palais, un signe qu'elle est aussi protégée des dieux sinon les divinités auraient envoyé ce jour-là la foudre et le tonnerre. Il serait dangereux de s'opposer à sa puissance, crois-moi. Si le bon Calliste était encore de ce monde, nous aurions pu compter sur son influence auprès de Claude…

— Et si nous parlions à Narcisse ?

— Narcisse n'a plus la faveur qu'il connaissait sous Messaline. L'impératrice le déteste. Et il ne m'écouterait pas, moi, une simple esclave.

Les autres domestiques entouraient Pasiphae, la tête baissée, en s'interrogeant sur leur sort et en plaignant Britannicus. Le palais n'était que silence, austère empreinte du pouvoir d'Agrippine.

— Je convoquerai moi-même Narcisse, conclut Britannicus. Je suis sûr qu'il m'aidera.

# Chapitre 6

*Avril 51 ap. J.-C.*

Ce 16 des calendes d'avril, quand Agrippine apparut à la tribune impériale, jamais le cirque ne lui avait semblé aussi grand, aussi magnifiquement inséré dans la vallée Murcia. Peut-être étaient-ce tous ces Romains debout, acclamant la famille impériale, qui lui donnaient cette apparence de majesté. Elle était fière. Son fils était beau, fort, populaire. Bien qu'il eût revêtu la robe virile prématurément, il la portait avec grâce. Des boutiques entourant le Cirque Maxime étaient montés les marchands, les astrologues et les prostituées venus admirer leur jeune prince. Derrière Néron debout se tenait Britannicus encore revêtu de la toge prétexte de l'enfance, sa chaîne d'or autour du cou. Il semblait presque ridicule mais c'était pourtant lui que la jeune Poppea Sabina observait. Elle s'était assise aux premiers rangs au milieu des femmes de dignitaires qui étalaient près des vestales la complexité de leur perruque louée pour l'occasion. Poppea recherchait, dans l'allure empruntée de l'adolescent, des airs ou des gestes de Messaline. Comment pouvait-il être le fils d'une criminelle ? Car il lui était impossible d'oublier la mort de sa mère, tuée sur ordre de Messaline. Et voilà qu'hier un devin lui avait prédit son avenir, sur la place du Forum. Elle n'en avait pas cru ses oreilles. « Tu régneras, lui avait-il affirmé. Je ne sais de quelle manière, mais tu régneras ! » Poppea n'avait jamais consulté de bârû ; aussi était-elle très sceptique quant aux révélations qu'il lui avait faites. Elle n'imaginait pas un seul instant comment elle pourrait un jour s'insérer dans cette famille qui se tenait debout devant elle. Épouser Britannicus ? Le souvenir de sa mère le lui interdisait. Néron ? Il était fiancé à Octavie. Claude ? Il était trop vieux. Décidément, ce bârû avait profité de son innocence et de sa jeunesse pour lui voler son argent. Poppea remit en place son voile qui avait glissé de son visage, car elle ne sortait jamais en public autrement que voilée, la grandeur et la profondeur de ses yeux déchaînant à eux seuls les passions.

Dès que la famille impériale se fut assise, les chevaux des factions s'élancèrent de leurs boxes. Agrippine regardait du coin de l'œil Néron qui ne quittait pas des yeux la *spina* centrale.

— Tu devrais t'occuper d'Octavie, murmura-t-elle à son fils. Ne la laisse pas seule. Parle-lui de temps en temps. Elle doit s'ennuyer, cette pauvre enfant !

— Et que veux-tu que je lui dise ?

— Es-tu heureux, au moins ?

— Si ma tante Domitia était présente, je serais comblé, répliqua froidement Néron.

Agrippine accusa le coup sans répliquer.

Les factions présentèrent leurs chevaux qui venaient de Sicile, d'Afrique, de Thessalie ou de Cappadoce. Le défilé solennel, qui était parti du Capitole pour traverser le Forum, le Vicus Tuscus et le Vélabre, pénétrait enfin dans le cirque sous les applaudissements de la foule. En tête venait, sur un char argenté, le magistrat des jeux, vêtu d'une toge de pourpre et d'une tunique brodée de palmes. Il portait un sceptre d'ivoire surmonté d'une aigle ; un esclave tenait au-dessus de sa tête une couronne en or. De jeunes fils de chevaliers l'entouraient à cheval. Ils étaient suivis des chars et des auriges aux factions blanches, bleues, rouges et vertes. À l'autre extrémité défilaient les prêtres, les consuls, des chars d'or et d'argent ornés de statues, d'attributs de dieux — chouettes ou paons — et de bustes d'empereurs. Au milieu de ces deux processions dansaient, aux sons des lyres et des flûtes, des guerriers empanachés, vêtus de tuniques rouges, et des satyres qui agitaient en cadence leurs croupes couvertes de peaux de chèvre, sous des fumées d'encens.

On procéda ensuite au tirage au sort pour connaître la position des quatre cochers sur la ligne de départ, puis les chevaux jaillirent de nouveau de leurs *carceres* en foulant l'étoffe blanche que le président des jeux venait de laisser tomber de sa loge pour donner le signal du départ. Les spectateurs se levèrent, criant aux auriges des conseils de prudence ; ils s'exclamèrent sur la beauté des chevaux, admirant la hauteur des Hirpini samnites. Les cochers attachèrent les rênes autour de leur taille ; certains tentèrent aussitôt de serrer la *spina*, d'autres de gêner l'adversaire. La plupart modéraient, dans ce premier tour, l'ardeur de leur meilleur cheval, attaché à l'extrême gauche de leur attelage. Le corps légèrement penché en arrière, ils tentaient de gagner du temps à chaque virage sans toutefois briser leur char contre les bornes de marbre. Sur la *spina*, un œuf en bois fut ôté, la tête d'un dauphin basculée en avant : le premier tour était passé. Puis le deuxième, le troisième… Plus les tours passaient, plus les cochers s'arc-boutaient vers l'avant, ne se redressant qu'au virage en faisant porter le poids de leur corps sur l'arrière, se retournant parfois pour contrôler avec inquiétude ou satisfaction la place de leurs concurrents. Le dixième tour… Les cochers roulaient de front, roue contre roue, sur la longueur de la piste ; leur fouet claquait au-dessus des bêtes. La gueule des chevaux écumait, le sable giclait sous les sabots. Les auriges fouettaient maintenant leurs chevaux à toute volée, renversaient les chars qui les talonnaient. L'un d'entre eux « fit naufrage » devant la loge impériale. Le caisson de son char fut pulvérisé en pleine vitesse et le cocher traîné par ses chevaux sur toute la longueur de la piste.

— Qu'attendent ces serviteurs pour lui apporter de la merde de sanglier ? Il faut le soigner ! râla Néron en se penchant vers la piste. Il ne va pas se relever tout seul ! C'est Corax… Il serait dommage de perdre un tel aurige !

Sabina Poppea observait Néron s'agiter avec ses yeux de chat tandis que Claude somnolait presque sur son siège. Les autres chevaux avaient passé la ligne blanche de l'arrivée. Un héraut agitait déjà, au centre de la piste, l'étoffe verte de la faction victorieuse puis il lâcha un pigeon qui tourna autour du cirque en libérant quelques crottes avant de gagner les airs. On offrit au vainqueur cinq esclaves jeunes et robustes. Claude sursauta sous les acclamations. Sa tête venait de chuter vers son épaule dans un abandon au sommeil.

— Vitellius doit être malade ! remarqua Néron. Lui qui serait capable d'envoyer un adversaire des Bleus aux galères parce que son fils a commencé comme palefrenier dans cette faction ! J'irai dîner demain au pied du Capitole chez les Verts. Ils sont décidément bien supérieurs aux autres ! Peut-être y trouverai-je un *doctor* qui m'apprendra à conduire un char aussi bien ?

— Pourquoi ne fréquentes-tu pas plutôt les Bleus ? marmonna Claude en rétractant son menton dans ses plis graisseux. C'est la faction des aristocrates, non du vulgaire peuple…

— Les Verts ont de remarquables cochers…, répondit Néron comme s'il s'excusait.

— Pousse-toi un peu, Domitius, lui dit Britannicus en se penchant lui aussi pour voir l'état dans lequel se trouvait Corax.

Agrippine, qui était déjà irritée par la remarque de son fils concernant Domitia Lepida, se tourna vers Claude les joues empourprées :

— C'est ainsi, Claude, que tu laisses ton fils mépriser une auguste adoption ? L'as-tu entendu appeler Néron Domitius ? Tu l'as entendu ? Et tu ne dis rien ! Un acte voté par le sénat, ordonné par le peuple, on l'abroge ici même ! Si l'on ne réprime la méchanceté de ceux qui donnent de telles leçons de haine, elle éclatera pour le malheur public !

— L'impératrice a raison ! approuva Claude qui évitait de contrarier Agrippine. Qu'on emmène immédiatement au palais cet enfant désobéissant ! Je lui donnerai de meilleurs éducateurs. Tu sauras mieux que moi, divine, les choisir pour lui. Je t'en confie la tâche…

Un grondement l'interrompit. Un craquement sourd, inquiétant. Le sol trembla. Les matrones crièrent. Cérès, Déméter et Cybèle s'étaient déjà manifestées les jours précédents mais leur colère n'avait pas éclaté aussi fort. Les Romains eurent alors la sensation que le Cirque Maxime allait s'ouvrir en deux parties, que le ciel même charriant d'épais nuages s'apprêtait à se fendre. Les spectateurs se précipitaient déjà vers les sorties en se bousculant et en se piétinant. Les jongleurs et les musiciens, qui distrayaient l'assemblée dans l'attente de la course suivante, les esclaves qui balayaient le sable, les *agitatores* qui annonçaient le nom des prochains auriges coururent se réfugier sous les arcades.

— Que se passe-t-il ? demanda Agrippine, inquiète.

— La terre tremble, lui répondit Claude. Viens ! Rentrons !

Sabina courut à travers les gradins, suivie de ses esclaves, mais les vomitoires étaient noirs de monde. La foule braillait, affolée ; les femmes du commun jouaient des coudes, s'agrippant aux toges blanches des magistrats.

— Par ici ! cria la jeune fille en grimpant vers la tribune impériale.

— Mais c'est le *pulvinar* !...

— Qu'importe ! Nous n'avons pas le choix ! Vite ! Aidez-moi !

Elle retroussa sa tunique et escalada les têtes d'Hermès qui entouraient la tribune.

— Vite ! Vite !

Elle se retourna pour aider ses esclaves quand deux mains énergiques la saisirent par la taille.

— Ce n'est pas un travail de fillette, lui dit Néron en tirant vers lui les servantes apeurées.

— Excuse-moi, Seigneur, bégaya-t-elle. Je croyais que tu étais parti...

— Jupiter m'aurait ainsi privé d'une vision bien agréable...

Un nouveau craquement ébranla l'édifice.

— Par Arès, que fais-tu donc ?! s'exclama Agrippine en revenant chercher son fils. Nous t'attendons !

Néron prit le temps de ramasser l'une des boucles d'oreilles de Sabina, qui était tombée à terre. En le voyant faire, la jeune fille porta la main à son oreille, étonnée.

— Tiens ! Je ne m'étais pas aperçue que je l'avais perdue ! dit-elle.

Mais, au lieu de remettre celle que lui tendait Néron, elle enleva la deuxième et le pria de les garder.

— En souvenir de notre rencontre, lui dit-elle,

car on ne parle pas tous les jours au fils de l'empereur !

Néron fit sauter les bijoux dans sa main et referma les doigts sur eux.

— Rentre vite chez toi ! lui dit-il. Descendez par cet escalier qui longe la tribune. Vous arriverez au pied du cirque. Une porte donne accès aux arcades ! Dépêchez-vous !

Néron les regarda descendre avant de rejoindre Agrippine. Mais il prit soin de camoufler auparavant le présent de Sabina dans les plis de sa toge.

En un instant, les rues de Rome se couvrirent d'une foule s'agitant en tous sens. Certaines maisons de rapport, peu solides, s'écroulèrent avec fracas le long de la Via Lata. Les femmes hurlaient, les bras au ciel, sans savoir quelle rue emprunter pour échapper au désastre ; elles se heurtaient à la masse des Romains arrivant en vagues puissantes à leur rencontre. Le Tibre lui-même plus noir que gris roulait des flots anormalement agités. Le peuple criait, soudain privé de raison : « Les dieux veulent détruire Rome ! Après la famine, ils cherchent maintenant à nous anéantir dans les profondeurs terrestres ! Il faut quitter la Ville ! » Les augures, guère plus rassurés, rappelaient que les dieux leur avaient déjà envoyé des signes néfastes depuis le début du consulat de Claude et d'Orfitus. On avait ainsi vu des corbeaux se percher sur le Capitole et des enfants en bas âge mourir sans raison. D'énormes fragments de pierre détruisaient le toit des maisons particulières et recouvraient les rues en écrasant des enfants, obstruant les passages. La peur des hommes s'accrut avec le crépuscule ; la terre bougea davantage encore ; les Romains chancelaient sur les chemins ; aucune litière ne tenait en équilibre, même sur les voies les plus régulières et les mieux pavées. Les *insulae* n'étaient plus qu'un amas de bois et de pierre d'où surgissait parfois un début d'incendie, conséquence d'une lampe ou d'une torche abandonnée dans la panique et la fuite. Le vent s'était levé ; la pluie commençait à tomber, si bien que le ciel menaçant n'en paraissait que plus redoutable ; les hommes comprenaient, désespérés, leur impuissance. Les uns fuyaient vers le Tibre, les autres vers la campagne, désordonnés, éperdus, déconcertés. La pluie tombait maintenant si fort que certains cherchaient un abri, hésitant pourtant à s'arrêter. On s'enfuyait au hasard ; on priait les dieux d'apaiser leur courroux.

Sabina tentait d'avancer en se glissant dans la foule, mais elle était emportée malgré elle par le flot ininterrompu qui gagnait le Tibre. Dès qu'elle put s'accrocher à l'escalier d'un immeuble qui résistait au tremblement de terre, elle s'y agrippa de toutes ses forces et monta quelques marches en échappant ainsi à la bousculade. Elle chercha en vain ses esclaves des yeux. Alors, elle s'assit sur l'une des marches et contempla tous les Romains qui s'agitaient sans but sous ses yeux. Elle était fourbue.

Agrippine regardait elle aussi de ses appartements la foule en désordre à travers les rideaux de pluie drue. Elle serra son châle sur ses épaules en frissonnant.

— Agrippine ! Des soldats racontent dans le palais que les dieux se révoltent contre les honneurs accordés à Néron. Ils prétendent que seul Britannicus doit être considéré comme le prince héritier…

— Fais taire ces infamies, Pallas ! ordonna-t-elle en se retournant vers lui. Qu'on se débarrasse de ces intrigants ! Les Romains tremblent comme des femmes dès que la terre rappelle à notre raison son existence. Ce n'est pourtant pas la première fois, ni la dernière !

L'affranchi admira sa sagesse en un moment aussi critique. Il rattrapa de justesse un vase en marbre qui allait tomber.

— Tu as raison ! l'approuva Sénèque en entrant. Je ne puis que souscrire à ton stoïcisme. Il faudra cependant apaiser les esprits dès que les divinités elles-mêmes se seront calmées. Sinon, Néron perdra de sa popularité. Les soldats ont trouvé en lui la source de nos malheurs, aidés par Narcisse, il est vrai…

— Tu entends, Pallas ? Pouvons-nous encore compter sur la fidélité de Narcisse ? Je savais bien que cet affranchi n'était qu'un traître !

— Oh ! Ce n'est pas un traître, divine Augusta. Mais il te hait ; ce n'est un secret pour personne.

— Et il a fait tuer Messaline. Ce n'est plus un secret non plus.

— Je te conseille d'être très prudente…

— Rassure-toi, Sénèque. Je ne commettrai pas la même erreur que Messaline !

Un craquement plus violent que les autres, comme une déchirure gigantesque, accueillit ses paroles pour s'éteindre subitement en silence. La terre venait-elle de jeter son dernier cri ? On eût pu le croire, quand elle bougea de nouveau plus vivement. Dans le palais, tous les objets s'entrechoquèrent dans un bruit de cymbales. Les esclaves couraient d'un meuble à l'autre pour les rattraper, glissaient eux-mêmes sur les mosaïques.

Rome n'était plus qu'une immense blessure.

## Chapitre 7

*Été 52 ap. J.-C.*

Néron pensa longtemps à Sabina. Il tenta même de la retrouver, mais à quoi bon ? Il ne connaissait rien d'elle : ni son nom ni le quartier où elle résidait. Habitait-elle seulement à Rome ? Il n'avait jamais éprouvé de tels sentiments auparavant. Cette envie irrésistible de lui parler, de la revoir, l'étonnait. Il s'était renseigné autour de lui, espérait la rencontrer au détour d'un chemin ou dans un jardin à Rome. S'il l'avait revue, sans doute n'aurait-il rien eu à lui dire. Il aurait caressé ses cheveux, son visage… Mais aurait-il osé ? Non. Il l'aurait tout bonnement regardée, admirée. Oui, admirée ! Car elle était belle même avec un voile. Pourquoi le portait-elle ? Avait-elle un défaut à cacher ? Une cicatrice, peut-être ? Mais non ! Ses yeux étaient trop beaux pour que le bas de son visage ne fût pas d'une égale perfection. Il avait ressenti une si violente attirance qu'il aurait couru aux limites du monde pour la retrouver. Sans la connaître, il ressentait déjà le besoin de l'entourer, de la choyer, de visiter son univers, un besoin irrésistible de tout partager avec elle.

L'hiver était passé, rigoureux et dur pour tous les Romains : Rome était encore au bord de la famine. Le printemps leur avait redonné espoir.

Bien avant qu'Agrippine ne fût au pouvoir, Narcisse avait été chargé par l'empereur d'entreprendre des travaux à l'est de Rome. Comme certains particuliers s'étaient engagés à supporter une partie des frais Claude les avait donc fait réaliser moins dans l'espoir d'un profit que pour sa gloire. Il s'agissait de creuser un canal dans la montagne qui séparait le lac Fucin du fleuve Liris, de telle sorte que, les écluses ouvertes, l'eau remplît le canal et fertilisât des terres jusque-là stériles. L'ouvrage était enfin terminé. Il avait réclamé onze ans, pendant lesquels trente mille hommes avaient travaillé sans relâche, tantôt en creusant, tantôt en taillant la montagne sur une longueur de trois mille pas. Afin que la magnificence de l'ouvrage pût être vue par plus de spectateurs, Claude avait décidé de suivre les conseils de Narcisse et de donner sur le lac même un combat naval, comme l'avait fait autrefois Auguste sur un bassin construit en deçà du Tibre et, parce qu'il souhaitait l'emporter en prestige sur son prédécesseur, il avait employé des vaisseaux plus grands et plus de combattants : des galères à trois ou quatre rangs de rames et dix-neuf mille prisonniers. Agrippine avait tenté en vain d'enlever le projet à Narcisse.

Néron se réjouissait d'assister à une naumachie dans un lieu naturel, aussi verdoyant, où les campagnes montueuses s'étendaient à perte de vue. Il n'en avait vu jusque-là que dans des amphithéâtres momentanément transformés en bassins aquatiques par un système de réservoirs et de canaux, ou dans la naumachie d'Auguste où ne s'affrontaient que trois mille hommes. Une enceinte de bateaux sur lesquels les prétoriens, rangés en manipules, fermaient tout passage à la fuite, brillait sous le soleil ; elle embrassait un espace où s'alignaient les galères aux proues d'oiseaux. Devant elle avaient été dressés des parapets d'où l'on pouvait faire jouer catapultes et balistes. Le reste du lac était occupé par les équipages embarqués sur des vaisseaux pontés. De toute cette organisation se dégageait une impression grandiose de majesté. Les rivages, les collines et les sommets des montagnes ressemblaient à un théâtre où s'était pressée une foule immense, accourue des villes voisines et de Rome même, par curiosité ou pour faire leur cour au prince ; on avait déjà oublié les signes néfastes de l'année précédente. Il en était venu de l'Apulie, du Latium, des Abruzzes, à pied, sur des mules, des ânes ou des chevaux. Claude lui-même avait revêtu un manteau de guerre magnifique et Agrippine une chlamyde tissée d'or pour présider au spectacle. Tous les dignitaires siégeaient dans la tribune en bois aménagée sur le flanc même de la colline dominant le lac. Alors qu'Agrippine était nerveuse — le spectacle à la gloire de Claude mais aussi de Narcisse l'indisposait — Néron, lui, était heureux, car les splendeurs d'un paysage hellénique s'étendaient devant ses yeux.

Il est vrai qu'il trouvait fort terne la vie au palais

depuis son adoption. Il se rappelait souvent ce jour où sa mère était arrivée en soulevant le rideau de cuir de sa chambre pendant qu'il prenait sa leçon avec Sénèque sur la terrasse et qu'elle lui avait dit :

— À partir de maintenant, tu t'appelleras Nero Claudius et, un jour, tu seras Nero César !

Il avait alors fixé les jardins impériaux descendant aux flancs du Palatin, rêveur et perplexe.

Depuis, il passait ses rares loisirs à dessiner, à peindre et surtout à composer des vers. Néron était un poète. La poésie et la beauté dramatique le bouleversaient. Le sens du spectacle, aussi bien dans la vie qu'au théâtre, le fascinait. Il appréciait, certes, la pompe que sa mère avait introduite à la Cour et la gloire qui l'entourait — ainsi avait-il peu à peu pris goût au pouvoir et au faste — mais il ne s'épanouissait que dans la création. L'affranchi Anicetus, qui avait été son précepteur avant le rappel d'exil de Sénèque, favorisait sa passion pour l'art ; il le conduisait même en secret voir fréquemment une pièce nouvelle ou un jeune acteur dont le talent venait de se révéler — ne serait-ce que pour tromper Agrippine qui l'avait mis dans l'ombre de Sénèque.

Au milieu du faste, et bien qu'il fût seulement dans sa quinzième année, les traits de Néron s'étaient déjà alourdis. Domitia n'aurait pas retrouvé le bambin qu'elle avait chéri et qu'elle n'avait revu que très rarement depuis qu'il vivait à la Cour. Néron avait d'épaisses paupières. Sa myopie lui donnait l'air rêveur. Il mettait en évidence la rousseur de sa chevelure, fier d'être de la race des Ahenobarbi, « des aristocrates jusqu'au bout des ongles », disait-il à

Anicetus en grec avec un accent très pur. Il était devenu d'autant plus dédaigneux qu'il avait accompli l'apprentissage de l'humilité des hommes en voyant, quotidiennement, sénateurs ou chevaliers courber l'échine devant lui ou embrasser ses genoux pour obtenir ses faveurs, à l'insu d'Agrippine. Lui aussi aurait bientôt, à l'instar de sa mère, son profil gravé sur des pièces d'or et un manteau royal devant lequel s'inclineraient les étendards. Il ne marcherait pas toujours dans la poussière à côté de la litière de sa mère ! Le temps était révolu où il participait aux banquets, couché à ses pieds ! Instinctivement, Néron, qui avait grossi, avait acquis de la dignité dans ses gestes, une expression hautaine et mélancolique dans le visage. Ses lèvres épaisses et sa bouche légèrement tombante, masque tragique, le faisaient paraître plus âgé qu'il n'était et témoignaient de son perpétuel ennui. Même Octavie, qu'il détestait, ne parvenait pas à éveiller en lui une autre passion que celle qu'il éprouvait pour l'art. Sa mine s'assombrissait à la seule pensée qu'il devait l'épouser dans moins d'un an. Pourquoi n'était-ce pas plutôt cette jeune fille qu'il avait rencontrée par hasard l'année précédente ? Elle était si belle et surtout mystérieuse. Oui, c'est cela, « mystérieuse ». Octavie était pourtant habitée par la simplicité, la discrétion et la douceur, mais, avec ses cheveux noirs ramenés en catogan, sa peau tristement blanche et ses grands yeux sombres et passifs dépourvus de flamme, elle manquait de cette sensualité et de cette pétulance que Néron commençait à apprécier chez les femmes mûres à la beauté éclatante, épanouie. Il la trouvait fade.

Sénèque toussa en interrompant le fil de ses pensées. Il toussait continuellement depuis son retour d'exil. Une toux sèche et nerveuse.

— L'homme heureux n'est pas celui qui contemple, lui dit-il, mais celui qui agit. La vie doit être vécue, non pas contemplée oisivement par la pensée. Mieux vaut qu'elle soit faite de mille actions mauvaises que d'une seule magnifique uniquement imaginée par l'esprit. Tu ne peux vivre de contemplation. Souviens-toi qu'entre tous les humains, si tu montes un jour sur le trône, tu joueras le rôle d'un dieu. Tu porteras entre tes mains la vie et le destin de tout l'Empire. Tu seras le plus aimé et peut-être le plus haï. Tes épaules seront chargées du terrible fardeau de ta grandeur…

— Sénèque a raison, dit Agrippine.

— Par Minerve, déesse des arts et de la sagesse, lui répondit Néron, agacé par ses aphorismes, laisse-moi pour une fois partager le plaisir des Romains et imaginer un autre mariage que celui qui m'attend ! Ne me dis pas que tu ne préfères pas, toi aussi, contempler les splendeurs de tes jardins et de ta villa plutôt que les ivrognes et les pouilleux qui traînent sur les trottoirs de Subure ! Sinon tu te serais contenté d'un simple appartement dans une maison de rapport. On sait qu'en bon parangon de toutes les vertus anciennes, tu prônes la pauvreté en te roulant dans le confort, et que tes jardins auraient fait pâlir de jalousie Lucullus !

— Pour être capable d'apprécier la pauvreté, point n'est besoin d'être pauvre soi-même, lui répondit Sénèque, vexé, en pointant son nez vers le haut des collines comme s'il voulait en respirer l'aubépine. En fait, les pauvres sont probablement les seuls qui ne pourront jamais être convertis à une vie d'abstinence !

Néron sourit. Ce philosophe de l'austérité appréciait curieusement le luxe. On ne lui demandait que d'être pour Néron le symbole de la vertu et des valeurs chères aux Romains, même si sa vie n'était pas le reflet de sa morale. Agrippine s'impatientait. Elle avait hâte que le spectacle commençât.

— Ce n'est pas toi qui aurais agi comme Pallas en refusant quinze millions de sesterces et les ornements de la préture ! Avoue-le ! dit-elle au philosophe en regardant Pallas.

— Pallas a agi avec sagesse, répondit Sénèque en pinçant les lèvres et en resserrant le lien de sa tunique comme s'il avait froid malgré la chaleur estivale — il était de plus en plus maigre et son teint jaunissant donnait des doutes sur l'état de sa santé —, mais je ne possède pas non plus trois cents millions de sesterces ni un palais où rutilent le marbre et l'argent ! Et je ne crains pas de m'encanailler avec mes domestiques comme Pallas depuis qu'il s'est découvert descendant des rois d'Arcadie !

— Allons ! Allons ! Je te trouve bien aigri... Pallas est un exemple...

— Tu vois, Sénèque, dit Néron, il ne me manque qu'un poète ou un avocat qui relise chaque soir pour moi seul ses œuvres... Ou une jeune étrangère qui me comprenne...

Néron revit les yeux noirs de Sabina.

— Contente-toi pour l'instant d'écouter le professeur de rhétorique que j'ai engagé ! Il t'apprendra comment préparer des allocutions et des discours selon toutes les règles de la sophistique, avec le geste et l'accent appropriés ! Et cesse de rêvasser !

Le son éclatant des trompettes l'interrompit. Mû par un ingénieux mécanisme, un triton d'argent sortit de l'eau et donna le signal du combat. Tel Xerxès contrôlant la bataille, Claude se leva et ordonna de commencer. Mais, à la place d'un vaillant général, on ne vit qu'un vieillard à la voix enrouée branlant gâteusement la tête. En quelques mois, Claude avait étonnamment vieilli.

Les Romains furent aussitôt transportés cinq siècles en arrière dans la rade grecque de Salamine. Les galères s'entrechoquèrent. Les prisonniers imitèrent le péan hellénique et l'écho se répercuta clair sur les collines avoisinantes. Ils frappèrent l'eau du lac de leurs rames. L'aile droite s'avança en bon ordre suivie de la flotte entière.

— Allez, fils des Hellènes ! Délivrez la patrie ! Délivrez vos enfants, vos femmes, les autels de vos dieux ancestraux, les tombes des aïeux…

— C'est aujourd'hui la bataille suprême ! poursuivit Néron en grec. Ah ! Eschyle ! Ils récitent Eschyle ! Tu entends, Sénèque ?

— Oui, mais je ne crois pas que l'empereur ordonnera d'achever les vainqueurs…

Les combattants se massacraient à coups de rames, assommant ceux qui tombaient à l'eau, poussant ceux qui gisaient à la surface comme des poissons morts. Jugeant le nombre des blessés important et estimant que les criminels s'étaient bravement battus, Claude épargna en effet les survivants. Le spectacle terminé, d'un geste magistral du bras il demanda que l'on ouvrît passage aux eaux. Des ouvriers s'exécutèrent aussitôt et actionnèrent les écluses qui empêchaient les eaux du lac de rejoindre le fleuve Liris, quand l'imperfection du travail se révéla. Tout d'abord, rien ne se passa, la pente ayant été mal calculée, puis une masse d'eau se précipita avec une telle violence vers le canal qu'elle entraîna tout ce qui se trouvait près d'elle, les parapets, les spectateurs imprudents qui s'étaient approchés trop près, des enfants qui s'étaient laissés glisser le long des collines. La tribune où siégeait la famille impériale fut ébranlée par la secousse. Claude devint blême de terreur. Octavie se précipita contre Agrippine, effrayée par le fracas et le bruit. Le peuple grimpa maladroitement vers le sommet des collines.

— Dis donc, Narcisse, dit sévèrement Agrippine qui était sans doute la seule à garder son sang-froid, c'est toi qui as dirigé ces travaux. L'État t'a donné suffisamment d'argent pour les mener à bien. Si tu n'y es pas parvenu, c'est parce que tu as volé cet argent pour t'enrichir. Tu as volé l'État ! Tu nous as volés ! Et maintenant, tu attentes à notre vie !

Comprenant qu'Agrippine cherchait à le perdre, Narcisse, qui surveillait debout les opérations, se retourna vers l'empereur. Mais, tandis qu'Agrippine parlait, le masque impérial avait changé d'expression, révélant tour à tour la crainte, l'effroi, l'étonnement, le chagrin, la colère. Claude baissa finalement la tête, anéanti :

— Pourquoi, Narcisse ? Par Apollon, Athéna et

Zeus, pourquoi nous as-tu trahis ? En ce jour où je donnais aux Romains un tel spectacle qu'ils se seraient souvenus de moi pendant des siècles ?

L'affranchi se vit bien mal engagé. Il se dit aussitôt : « Tu dois sauver ta peau. Ne laisse pas cette femme prendre l'avantage. » Cette considération l'emporta sur tout, bien qu'il comprît à quel point la partie allait être inégale. Aussi parla-t-il avec fermeté et nonchalance, en homme innocent du crime dont on l'accusait.

— Ainsi l'impératrice a trouvé un coupable ! Et quand l'Augusta a parlé, la justice a prononcé son verdict ! Seul un tribunal a le droit de juger ! Écoute-moi, César : l'impératrice a l'autorité, la force ; elle a même chassé Geta et Crispinus, qu'elle croyait attachés à la mémoire de Messaline, pour mettre un homme à elle à la tête des prétoriens. Qu'a-t-elle prétendu alors ? Que la rivalité entre deux chefs divisait les cohortes ; que, sous l'autorité d'un seul, la discipline serait plus ferme ! Allons donc ! Claude, ne berne pas ta conscience ! Ne te laisse pas tromper par le caractère impérieux et l'ambition démesurée de cette femme ! Réfléchis, César ! Agrippine ose m'accuser ! Et ses propres crimes ? N'a-t-elle pas écarté le vrai fils de l'empereur ? N'a-t-elle pas fait égorger Sosibius, le précepteur de Britannicus, sous prétexte que ton fils avait appelé par mégarde Néron Domitius, afin que le vrai héritier de l'Empire se retrouvât seul relégué au fond des appartements impériaux, abandonné même des esclaves qui le servaient ? Tous ses fidèles ont été écartés et remplacés par des gens à sa solde ! Des centurions et des tribuns ayant pris le parti du malheureux Britannicus ont été bizarrement mutés ! Ouvre les yeux, César, par les dieux tout-puissants ! Ouvre les yeux avant qu'il ne soit trop tard !

Narcisse sentit son cœur battre à tout rompre sous le regard froid d'Agrippine. Il ne s'illusionnait pas sur les conséquences de l'échec d'un tel discours. « Pourquoi me suis-je ainsi révélé ? se dit-il. Je n'ai plus maintenant qu'à attendre le verdict. » Mais il ne doutait point que Claude, qui tremblait encore et qui affichait toute la faiblesse d'un empereur sénile, prendrait le parti de son épouse.

Le silence, succédant au terrible fracas, se fit plus pesant. Claude réfléchissait en plissant les lèvres, indécis.

— Tu laisserais ainsi insulter l'Augusta ? s'écria Agrippine en attirant vers elle Octavie et Britannicus. Eh bien ! Je t'abandonne à ta conscience ! Les dieux me vengeront ! N'est-ce pas toi qui m'as chargée de donner de meilleurs éducateurs à ton fils ? ! Alors, dis-le à ce chien d'affranchi !

Comme l'empereur s'apprêtait à la retenir, Narcisse se dit : « J'ai perdu. Je suis perdu… » Mais Claude se contenta de la regarder partir. Il leva alors les yeux vers Pallas et Sénèque qui étaient restés muets, par prudence.

— Qu'en penses-tu, Pallas ?

— C'est un accident, divin Empereur, répondit l'affranchi sur un ton pourtant peu convaincant. Narcisse n'y est sans doute pour rien. Quant à ses paroles, elles ont dépassé ses pensées…

— Je le crois aussi, approuva mollement Sénèque.

Garde-toi de juger trop vite. Ton goût pour la justice pourrait en souffrir ensuite. Pourquoi Narcisse, qui t'est dévoué, attenterait-il à la vie de la famille impériale ?

Bien que cette dernière phrase fût prononcée sur un ton ironique, ils se rapprochèrent tous de l'affranchi. Le visage blême, Narcisse arrangea d'une main indolente les plis de sa tunique en attendant la sanction de Claude. L'hypocrisie de Pallas et de Sénèque ne lui avait pas échappé. Pallas ne saisirait-il pas cette occasion pour falsifier les chiffres et le faire accuser ? Le risque était trop grand…

— Soit ! conclut l'empereur. Puisque vous le dites, vous avez sans doute raison. J'ordonnerai une enquête au sujet de ces travaux. Narcisse, tu m'apporteras, dès demain, les plans du canal ! Je préfère qu'il en soit ainsi…

Néron observait Narcisse que sa mère lui avait appris à détester. Il est vrai que cette animosité était partagée.

— Cet incident est tout de même curieux… dit-il en fixant l'affranchi de ses yeux clairs.

Narcisse comprit que Claude venait de lui sauver momentanément la vie. Mais l'empereur était vieux. Sa fin signerait à coup sûr son arrêt de mort. Il soutint, cependant, le regard de l'adolescent et dit simplement à Claude :

— Je te conseille, divin Claude, de rentrer au palais. L'impératrice doit t'attendre dans sa litière. J'ai suffisamment éveillé son courroux… Je vais moi-même donner des ordres pour qu'on amène devant toi les architectes. Tu pourras ainsi les interroger et leur demander quels sont les frais qui ont été engagés pour la réalisation de ce canal. Compare-les avec la somme que m'a octroyée Pallas. Tu constateras que je n'ai pas volé l'État.

— Qui nous dit que ces architectes ne sont pas à ta solde ? prétendit Néron avec un étonnant aplomb.

— Rien. Un homme est toujours coupable quand on veut le croire coupable. Si l'empereur me juge sans jugement, je ne chercherai pas à me défendre. J'aurai tort quoi que j'avance. Pourquoi me justifier ?

— Mais non, Narcisse, intervint Claude en bégayant légèrement. Tu connais ma réputation de censeur... Me prends-tu pour un âne bâté ?

— Mon père, comment peux-tu laisser un affranchi mettre en doute ton sens de la justice ? Cet homme t'accuse d'iniquité et tu ne rétorques pas ?

— Narcisse est un confident, un ami. Comment pourrais-je le condamner ou le punir ? Bien qu'il m'ait fait terriblement peur, je veux qu'il sache que mon cœur ne connaît pour ses amis que le pardon.

Les collines avaient retrouvé leur verte nudité parsemée de bosquets touffus. Tous les Romains avaient rejoint leur ville à la hâte. Ce tribunal improvisé dans la loge impériale en bois avait un caractère féerique, presque théâtral, au-dessus du lac asséché où des esclaves clapotaient dans la boue pour évacuer des dizaines de cadavres. La somptuosité des acteurs tranchait étonnamment avec la misère qui s'étalait à leurs pieds. L'eau s'était tue, de nouveau silencieuse, noyée à jamais dans le Liris, emportée vers la campagne.

— Le spectacle était beau, reconnut Néron les yeux dans le vague.

Puis il ajouta durement :

— Il est dommage qu'un affranchi m'en ait gâché la fin sublime !

Pallas et Sénèque furent les derniers à se retirer.

— C'est le moment de…

— Non, Pallas, lui dit Sénèque qui s'attendait à la proposition de l'affranchi. C'est impossible. Des particuliers connaissent les chiffres engagés. Nous aurons Narcisse d'une autre manière. Il finira bien par faire une erreur…

## Chapitre 8

*Mai 54 ap. J.-C.*

Comme Agrippine l'avait programmé, Néron fut solennellement et tristement marié à Octavie.

Pendant deux ans, Sénèque le prépara à ses futures fonctions d'empereur alors que Claude annulait séances de réunion et discours les uns après les autres. Sa santé déclinait et son intestin le faisait terriblement souffrir. Aussi Xénophon lui conseilla-t-il, dès le retour du printemps, une cure à Sinuessa en Campanie, une station thermale proche de la Via Appia, célèbre pour la douceur de son climat, l'excellence de son vin et la luxueuse villa que Cicéron s'y était autrefois fait construire. Claude accepta aussitôt, enthousiasmé.

Le peuple, qui aimait son empereur et avait observé sans joie son déclin, redoutait que ce ne fût là son dernier voyage. C'est pourquoi, au jour dit, il se réunit très tôt sur le Palatin pour acclamer le long cortège qui s'apprêtait à partir en direction d'Ostie où l'empereur devait embarquer pour Sinuessa. De même que César ne se séparait jamais d'un parquet de mosaïques et Antoine de sa collection de vases en or, Claude emportait en voyage tous ses objets familiers, si bien que ses esclaves pouvaient reconstituer, à chacune de ses haltes, son décor de travail ou de plaisirs. Dans ses déplacements — il est vrai peu nombreux — il était contraint de s'adjoindre une véritable armée de domestiques, d'autant que tous les membres de la famille impériale possédaient les mêmes manies. Et Claude avait tenu à être accompagné de sa famille et de ses amis. On notait même la présence d'Alledius Severus que l'empereur avait élevé aux plus grands honneurs après sa victoire aux jeux du Cirque en procurant aux autres chevaliers les mêmes avantages qu'aux préteurs. Le divin Auguste n'avait-il pas confié autrefois à ceux qui gouvernaient l'Égypte l'administration de la justice ? Aussi Claude s'entourait-il, sur l'exemple de son ancêtre, de nombreux chevaliers tout dévoués à sa personne.

Depuis l'aube, les serviteurs s'affairaient ainsi que les prétoriens, les favoris du prince et leurs escortes. Une délégation était déjà partie prévenir les bergers de Campanie de rassembler trois cents ânesses à Sinuessa afin que l'Augusta pût prendre son bain de lait quotidien, propre à conserver l'éclat de sa jeunesse. La plèbe tendait le cou pour tenter d'apercevoir un visage impérial. Elle lançait sur la route fraîchement balayée des pétales de fleurs. Certaines familles s'étaient même assises sur des bornes de pierre en mangeant des gâteaux au miel. On y jacassait sur la santé de l'empereur, sur ses voyages, sur l'état des routes, sur les bienfaits des eaux de Sinuessa ou de Baies. Les vétérans rapportaient, d'un ton docte, combien étaient bénéfiques les climats de Sicile et de Grèce. Les enfants écoutaient avec stupeur des miracles de guérisseurs hindous. Puis on pérorait sur ce fameux navire alexandrin qui venait d'accoster à Ostie. « Il a rapporté du blé pour plus d'un an et des bêtes sauvages que jamais un Romain n'a admirées dans un cirque ; Claude le visitera à coup sûr. Il contrôlera aussi la flotte impériale et les vaisseaux de guerre… »

— Tu es sûr, bârû, que le moment est venu pour moi de connaître Néron ? demanda Sabina qui s'était elle aussi jointe à la foule.

— Aie confiance en moi, Sabina. Depuis que tu m'interroges, est-ce que je t'ai trompée, ne serait-ce qu'une seule fois ?

L'adolescente était devenue une magnifique jeune femme, élégante et fine.

— Il est pour moi difficile de te juger, par Junon. Voilà quatre ans que tu me prédis que je régnerai un jour mais je ne vois pas encore de quelle manière je pourrais parvenir au pouvoir ! Surtout depuis que je suis mariée !…

— Avoue que tu ne fais rien pour aider ton destin. Tu as déjà rencontré Néron : tu lui as même parlé et tu n'as pas persévéré. Ta maison est certes bien fréquentée, mais tu ne sors jamais !

— Pourquoi veux-tu que je sorte ? Mon époux me comble…

— Un empereur te comblerait bien davantage, dit le bârû en grimaçant, et il est temps qu'il pointe son nez car je commence à avoir les fesses en bouillie sur ces bornes de pierre !

— Mais pourquoi t'es-tu acharné à me traîner ici !…

— Les astres, Sabina, les astres ! Ils me l'ont conseillé !

Sabina soupira en regardant autour d'elle.

— Je ne comprends pas pourquoi tu en veux tant à Octavie…

— Messaline a fait fouetter mon père parce qu'il se refusait à elle ! mentit le bârû. Je hais cette famille de malheur ! Si tu vois Néron, tu ne reviendras pas sur ta promesse ?… Nous sommes bien tombés d'accord pour quarante sesterces ?…

Sabina le regarda du coin de l'œil.

— Ah ! Tu es bien un voleur, et je ne sais pourquoi je t'écoute !… dit-elle en se levant.

— Parce que tu es plus maligne et plus ambitieuse que tu veux bien me le laisser croire…

À ce moment, les cavaliers numides de la garde prétorienne passèrent devant eux. Le cortège s'ébranla à leur suite avec des chars remplis de vaisselle d'or et d'argent, de tapis d'Orient, de meubles, de cages d'oiseaux, d'amphores de vin, de paniers de gâteaux et de fruits. Des porteurs numides prenaient soin des statuettes, des vases grecs et corinthiens, ou des coupes fabriquées en verre d'Alexandrie. Ils les transportaient à pied pour éviter les chocs sous l'œil vigilant de Sicambres équipés de fouets à mèches de plomb. Le front suant de crainte de trébucher, les serviteurs tenaient les objets devant eux avec une précaution extrême. Derrière eux venaient, sur des chars, des musiciens et des danseuses apostrophant la foule aux sons des luths et des lyres. Suivaient les prétoriens, d'une stature impressionnante, précédés par les porte-étendards haussant les aigles romaines. Les voitures impériales, tirées chacune par six étalons d'Idumée, s'avançaient enfin, encadrées d'un détachement de prétoriens. Les soldats durent écarter la populace qui se pressait pour mieux voir, si bien que Sabina se retrouva dans les bras du bârû.

— Doucement… Doucement…, marmonna le devin à la foule. Claude n'est pas Marduk quand même !

— Attends ! Pousse-toi ! lui dit Sabina en l'écartant de peur de manquer Néron. Je ne me suis pas grillé les bouclettes pendant des heures pour que tu me caches le spectacle !

Les Romains saluaient l'empereur, applaudissaient, portaient leurs enfants à bout de bras pour leur montrer le cortège. Des exclamations de joie partaient de tous côtés. Les femmes continuaient à lancer des fleurs sur la voie en pleurant d'émotion. On constata alors l'incroyable : dans le char découvert qui venait en tête, l'empereur était accompagné de Britannicus qu'il serrait affectueusement contre lui en lui murmurant des paroles que tous les Romains mouraient d'envie de connaître. Derrière, dans une voiture couverte, suivaient Agrippine et son fils. Néron était-il en disgrâce ? À en juger par le visage radieux de l'impératrice, rien ne le laissait supposer. Était-ce là caprice de vieillard ? Le peuple hésita un instant avant d'acclamer Claude puis, comme un troupeau servile fidèle à lui-même, il lança :

— Gloire à toi et à ton fils, divin Claude ! Que les dieux te guérissent ! Que les dieux te protègent !

Vêtu d'une toge de pourpre, l'empereur avait retrouvé le sourire. Agrippine se contenta de saluer la populace d'un geste de la main en la jugeant, comme toujours, aussi basse et vulgaire que de la lie de vin. « On leur ferait acclamer un bouffon ! » siffla-t-elle entre ses dents tout en adressant de complaisants sourires à droite et à gauche.

— C'est bizarre…, s'étonna le bârû. Néron n'accompagne pas Claude…

— Je le vois bien ! répliqua Sabina. Décidément tu n'es pas plus prêtre que je ne suis barbier ! Et puis toute cette foule m'étouffe ! Je vais bientôt avoir autant de bleus sur les bras que la statue de Jupiter de trous dans la pierre. Si j'avais su, j'aurais mis des brodequins ! Mes pieds vont finir en polenta et mon derrière en datte !

Une file de chars transportaient les costumes et les bijoux impériaux : des dizaines de voitures tirées par des mules ferrées d'argent et conduites par des muletiers habillés de laine rouge de Carnusium. Des housses brodées ornaient le dos des animaux qui semblaient tout droit sortis d'un conte oriental. Puis venaient Octavie dont on s'étonna qu'elle n'accompagnât pas son époux, les consuls Asinius et Acilius, les nouveaux complices de Néron, Marcus Othon, Claudius Sénécion et le jeune poète prodige Lucain, le neveu de Sénèque.

Certains Romains regardaient, les yeux grands ouverts, les richesses qui défilaient devant eux parce qu'ils traînaient quotidiennement leur misère dans les quartiers puants de Rome, mais ils n'éprouvaient aucun sentiment de révolte devant ce luxe étalé sur les pavés de la ville. Seuls les habitaient le respect et l'admiration. Fuyant la chaleur et la malaria, les riches Romains des hauts quartiers résidentiels de la ville avaient déjà déserté Rome pour les campagnes environnantes.

Claude quittait Rome en lui procurant un intarissable sujet de discussion : Britannicus. Serait-il le futur empereur ? Devait-on le considérer comme l'héritier du trône ?

Agrippine elle-même commençait à s'inquiéter. Son mari lui faisait peur car le vieillard, si faible envers les femmes, auparavant si attentif à ses moindres désirs, se rebiffait. Que s'était-il passé ? Longtemps dupé, Claude se rebellait au terme de sa vieillesse, ne souffrant plus aucune autorité, aucune domination qui entravât ses jugements. Ses colères se multipliaient. D'un lymphatisme inquiétant, il passait au plus violent courroux sous l'effet de la moindre contrariété. Agrippine appréhendait ses intempérances verbales en public. Elle craignait même d'être répudiée à l'instar de Messaline et de périr comme une impératrice adultère, se souvenant de l'impassibilité inquiétante avec laquelle Claude avait accueilli la mort de Messaline. Elle le savait : Narcisse agissait encore en coulisses. Contre elle.

— J'en ai assez vu ! dit Sabina au bârû en repoussant les Romains qui s'affalaient sur elle ou qui piétinaient ses sandales. Ramène-moi chez moi !

Mais elle ne put s'empêcher d'observer Néron qui croisa incidemment son regard. Si elle n'avait pas porté son voile, peut-être ne l'aurait-il pas reconnue mais ce détail intrigua aussitôt le fils adoptif de l'empereur qui ne parvint pas à quitter des yeux la tunique bleue et légère de Sabina.

— Tu sais, Néron, dit Agrippine en tirant le rideau de soie de sa voiture, ton père devient vieux. Je suis sûre qu'il serait heureux de connaître son petit-fils avant de mourir. Voilà un an que tu es marié. Qu'attends-tu pour lui en donner un ?

Elle espérait attendrir l'empereur par ce nouvel artifice.

— Non, attends ! lui dit Néron en soulevant le rideau de soie.

Agrippine suivit son regard.

— Qui c'est ?

— Je ne sais pas, répondit Néron. Mais… je crois connaître cette jeune fille.

Le bârû s'était aussitôt assis au milieu de la foule pour ne pas être reconnu.

— Tu crois ou tu en es sûr ? demanda Agrippine, la bouche pincée.

— Je crois…, répondit froidement Néron en laissant retomber le rideau et en s'apprêtant à faire arrêter la voiture.

— Non ! lui ordonna Agrippine. Pas de démonstration en public ! Pense plutôt à ce que je viens de te dire…

Néron hésita. Il souleva de nouveau le rideau mais Sabina avait disparu.

— Octavie ne me plaît pas, répondit-il à sa mère. Je n'ai guère envie de lui faire un enfant…

Sous prétexte qu'elle avait chaud, Agrippine

découvrit ses épaules. Depuis quelques mois, elle avait observé que la crainte respectueuse de son fils à son égard s'était muée en attrait charnel. Lui qui n'avait jamais goûté le parfum de sa peau parce qu'elle ne l'avait ni nourri ni bercé enfant était irrésistiblement attiré par cette chair potelée, par ses formes pleines, par sa sensualité épanouie. Elle guida sa main timide et hésitante sur sa peau, glissa ses doigts sur le haut bombé de ses seins lourds. Sa tunique descendit avec souplesse le long de ses bras en découvrant la pointe de ses seins. Partagé entre un violent désir et l'émotion d'avoir revu celle qu'il avait longuement cherchée, Néron s'étonna d'abord de l'abandon de sa mère ; il n'osait prendre des initiatives tout en contemplant ses charmes qui le troublaient, sa magnifique tunique brodée d'or et de pourpre, son cou blanc entouré d'un collier de pierres précieuses. Qu'attendait-elle de lui ? Des sièges moelleusement habillés de soie rose, des coussins brodés montait une enivrante odeur de costus qu'Agrippine avait définitivement adopté. Néron vit les dorures des dossiers briller d'un blanc d'ivoire. Agrippine saisit de nouveau sa main et l'entraîna vers sa chaude intimité, sous les replis de son vêtement. Il sentit avec un frisson au bas des reins la toison nue de sa mère qui le regarda avec un sourire attendri. Pour la première fois, il lisait sur ses traits une douce tendresse et une satisfaction complices.

— Promets-moi de donner un petit-fils à Claude, lui dit-elle simplement.

Néron hocha la tête d'un air peu convaincu en retirant brutalement sa main chargée de bagues.

— On verra ! Je te l'ai dit : Octavie m'ennuie.

— Tu lui préfères peut-être Paris ou cette putain de tout à l'heure !

— Pourquoi la traites-tu de putain ?

— Parce que toutes les femmes qui font les yeux doux à un futur empereur sont des putains ! Que crois-tu qu'elles attendent de toi ?

— Rien ne m'empêchera de connaître cette fille !

— Parce que tu irais toi-même la chercher ?

— Je me gênerais !

— Par Jupiter, je ne tirerai jamais rien de bon de toi !

Ils arrivaient à Ostie. Près de la porte de la ville s'était rassemblée une foule cosmopolite de six mille personnes, aussi dense qu'à Rome, qui escaladait les monuments. Les soldats avaient bien du mal à la maintenir le long du Decumanus Maximus, la rue principale bordée de boutiques et d'oliviers. Certains marins étaient même montés dans les branchages pour admirer les richesses échafaudées sur les chars, si bien que les prétoriens avaient abandonné la garde des voitures impériales pour les en chasser. Les employés des compagnies de navigation avaient déserté la place des Corporations pour grimper sur les hauts gradins du théâtre d'où ils avaient une vue imprenable sur le cortège, quand ils n'escaladaient pas les latrines publiques dominées par des niches en marbre où trônait la déesse de la Fortune, messagère de bonne santé et de bonheur. Les riches marchands quittaient alors les *foricae* en maugréant pour se soulager, comme les misérables, dans les jarres ébréchées du foulon du coin.

Claude fit arrêter le cortège sur la place du Forum. Il était fatigué. Là s'achevait sa première étape au milieu des bois exportés des Gaules, des étoffes orientales et des salaisons d'Espagne.

— Tu me promets de ne jamais revoir cette fille ! insista Agrippine.

— Fiche-moi la paix ! répliqua Néron en descendant de voiture.

— Où vas-tu ?

— Aux latrines ! Tu veux peut-être me soulever la tunique ?

*

* *

Après avoir quitté le port d'Ostie où trônaient des escadres de souples trirèmes, le cortège impérial parvint en trois jours à Sinuessa. L'empereur avait refusé de se hâter. Il était « en convalescence », disait-il, et blâmait quiconque l'entretenait de politique. Toutes les villes de bains qu'il avait traversées avaient pu constater à quel point il entourait son fils. Pas un lieu de villégiature où soupirait autrefois Délie avec Tibulle qui n'eût remarqué les faveurs dont bénéficiait Britannicus.

Alors qu'on l'aurait pu croire harassé par ce voyage, Claude exigea, le soir même de son arrivée, que l'on préparât un grand dîner en l'honneur des Muses puisque de nombreux artistes l'accompagnaient dans sa suite. Les esclaves s'activèrent aussitôt dans le *triclinium* aux murs majestueusement peints de chaudes scènes érotiques et sous le portique au treillis ruisselant de lierre et de roses qui n'en était que la continuité. Le soleil déclinant vers la mer rosissait les fresques murales. De la terrasse surplombant la falaise en sa pente la plus raide s'évadaient les regards, captifs de l'infini aux vagues plates, argentées. Après l'avoir fixement contemplé dans une chaise en osier rembourrée de coussins moelleux, Agrippine se leva, agacée. Elle avait écouté, sans réellement l'entendre, le bruyant va-et-vient des serviteurs déchargeant les chars. Où Claude voulait-il en venir ? Un songe lui avait-il suggéré de chérir Britannicus ? Un rêve où lui était apparu le fantôme de Messaline ? « Narcisse a été insolent pendant tout ce voyage. Seul Pallas influence suffisamment Claude pour me débarrasser de lui. Sans cet affranchi de malheur, Rome serait à mes pieds ! » se dit-elle.

Pallas la regardait marcher comme une panthère en cage sans oser lui parler. Il était négligemment allongé sur un divan et fouinait du bout des doigts dans une corbeille de fruits. Ses orteils rutilaient de bagues multicolores assorties aux pierres qui parsemaient le bandeau de ses cheveux. Il ramena le pan de sa tunique qui glissait sur sa jambe et agita paresseusement ses doigts de pied. C'était chez lui signe de nervosité.

— Tu l'as vu comme moi ! rugit Agrippine. Claude est devenu fou ! Complètement fou ! J'ai peur, Pallas ! Oui, j'ai peur ! J'ose l'avouer. Ne parviendrais-je pas à berner ce vieux pervers alors que Messaline l'a trompé toute sa vie ? Quel échec insupportable !

Les oscillements de la lampe suspendue près de la fenêtre de la chambre lui constituaient un visage de cire. Ses appartements étaient encore plus somptueux qu'au palais. La pièce était si large qu'il y avait place pour de nombreux *triclinia* coulés en bronze, aux pieds d'ivoire et d'argent massif.

— Allons, rétorqua Pallas en l'attirant contre lui, pourquoi cette crainte excessive ? Nous saurons juguler Claude. Que redouter d'un vieillard gâteux ? Je ne te reconnais plus, toi qui es d'habitude si calme, si maîtresse de toi.

— Tu as raison. Mais derrière Claude, tu sais comme moi que manœuvre Narcisse, et Narcisse est un adversaire dangereux.

— Je connais ses points faibles... Narcisse a toujours choisi le parti le plus avantageux pour lui. Il aura tôt fait d'abandonner un vieillard lubrique ! Messaline n'était qu'entourée d'ennemis. Toi, tu as de ton côté le descendant des rois d'Arcadie, ton serviteur.

— Ton optimisme ne me rassure qu'à moitié, Pallas. Oublies-tu les funestes présages que nous ont envoyés les dieux depuis le début de l'année ? Ces signes ne me rappellent que trop ceux qui ont accueilli l'adoption de Néron et la prise de sa toge virile. Il ne s'agit pas cette fois de famine ou de tremblements de terre mais de manifestations tout aussi inquiétantes ! Un essaim d'abeilles s'est installé au faîte du temple de Jupiter Capitolin, sur la colline qui est le centre historique et religieux de Rome ! La foudre est tombée, au Champ de Mars, sur le tombeau de Drusus, le propre père de l'empereur ! Plusieurs hermaphrodites sont nés le même jour, une truie a mis bas un verrat avec des serres d'épervier !

— Ce ne sont là que rumeurs sans fondement colportées par des esclaves.

— Peut-être, mais tu ne peux nier qu'en l'espace de quelques mois un questeur, un édile, un tribun, un préteur et un consul ont subitement rejoint le Styx ! Sans compter les tentes et les enseignes militaires brûlées par un feu mystérieusement allumé !

Agrippine s'assit près de lui. Elle avait besoin de réconfort.

— C'est vrai, reconnut l'affranchi en dénudant ses épaules qu'il embrassa du bout des lèvres. C'est vrai… Cependant, permets-moi de te faire remarquer qu'aucun présage ne t'a empêchée jusque-là de réaliser tes desseins. Pourquoi voudrais-tu que ça change ?

Pallas l'embrassa. La mer sembla s'agiter. Les torches crépitèrent en illuminant les objets précieux disposés sur les étagères de marbre. Les volets claquèrent contre les murs. Partout les vases, les coupes et les cratères tremblèrent sur leurs supports.

— Mes ennemis sont habitués aux intrigues, murmura Agrippine en désunissant ses lèvres de celles de Pallas. Ils se sont fait les dents avec Messaline.

— De là vient le véritable danger et non d'un feu tombant sur le drapeau des légions !

Pourtant Agrippine avait raison : l'Empire romain n'avait jamais été ébranlé par tant de signes néfastes. Elle plaça sa main sur celle de Pallas comme pour se protéger. Ces présages annonçaient-ils la fin du règne de Claude ? Ou la révolte des dieux contre ses propres intrigues ? Elle guida la main de l'affranchi jusqu'à ses lèvres et y déposa un baiser. Puis elle renversa la tête avec un soupir : elle était lasse de ces contretemps. La lampe s'éteignit d'elle-même. Ils ne cherchèrent pas à la rallumer. Au loin échouaient les vagues chuchotant leur monotonie.

— Claude connaît peut-être notre liaison ? dit-elle, rêveuse. Dans ce cas, préparons-nous à l'exil ou pire encore… à la mort !

Pallas s'était levé. Il prit un fruit dans une coupe d'argent et le tourna plusieurs fois dans sa main.

— Il faut agir ! Tu as raison. Claude est peureux. Avec l'âge, il est devenu de plus en plus méfiant. Je l'ai entendu prétendre que tu cherchais à te débarrasser de lui. Halotus goûte pourtant chaque mets, chaque goutte de vin… Je crains qu'il ne tente de t'atteindre en premier !

— Tu vois… Tu es de mon avis…

— Oui. Parce que Claude change dangereusement. Je ne le gouverne plus.

— Et que proposes-tu ?

— Va voir Locuste. Elle est habituée. Elle seule trouvera une solution… expéditive à notre problème.

— Mais tu es fou ? Par Jupiter, si je tente d'empoisonner Claude, toute la Cour le saura ! Halotus mourra sur-le-champ !

— Nous devons gagner Halotus à notre cause. Locuste saura trouver une potion lente sans l'être trop, qui fera mourir Claude presque naturellement, proposa l'affranchi en engloutissant une noix.

Agrippine restait songeuse. Elle balança sa jambe,

indécise, réfléchit en se mordant les lèvres. Pour la première fois, elle avait réellement peur de Claude.

— Locuste est en prison.

— Je sais. Mais il est facile de l'en faire sortir quelque temps et de lui promettre ensuite un procès rapide qui la libérera.

— Et les prétoriens ? Le sénat ?

— Tu peux avoir entière confiance en Burrus. Il préparera dès maintenant les soldats. Sénèque se chargera des sénateurs. Quant à moi, je m'occuperai de la Cour.

— Les sénateurs sont méfiants.

— Avec des appointements de cinq cent mille sesterces par an, ils ne le seront plus.

Agrippine hocha la tête.

— C'est beaucoup !

— Mais nécessaire. Tu ne dois prendre aucun risque.

— Je crois que tu as raison.

Elle soupira profondément et se retourna sur le divan. Claude l'acculait presque à prendre malgré elle une décision.

— Tu parais soucieuse. Qu'importe un vieillard ! Nous en serons bientôt débarrassés, rassure-toi.

Il crut déceler un sourire triste à la lumière des étoiles. Il la sentit subitement si fragile, si perdue qu'il eut envie de la serrer contre sa poitrine. En cet instant, il l'aimait plus qu'il ne l'admirait. Ces moments étaient rares. Il le savoura.

— Que se passe-t-il ? lui demanda-t-il doucement en revenant près d'elle.

— Oh ! Rien… Je pensais à Domitia Lepida… et

à Néron. Cette irresponsable m'inquiète... Néron lui rend souvent visite à Antium. En le comblant de cadeaux, elle me provoque indirectement. Ne chante-t-elle pas partout qu'elle est mon égale du côté de la noblesse ?

— C'est fâcheux, en effet, reconnut Pallas. Mais nous réglerons cela plus tard. Il nous faut parer à un danger autrement plus imminent.

— Néron est amoureux d'une petite putain. Je suis sûre que c'est elle qui la lui a présentée !

— Qui est-ce ?

— Je ne sais pas. Quand nous avons quitté Rome, elle était dans la foule. Néron l'a regardée comme s'il la connaissait bien. L'éclat de ses yeux ne m'a pas échappé.

— Et pourquoi ne pas rechercher cette fille pour la neutraliser ?

— Je vais payer le bârû pour exécuter ce travail. Il me rapportera son nom. Quand nous saurons qui elle est, nous l'achèterons.

Agrippine s'étendit sur le lit, la poitrine découverte. Elle avait desserré les lanières de ses sandales abandonnées sur le pavement de mosaïques. Sa fine tunique se moulait aux formes pleines de son corps. Elle ôta d'un geste son peigne et ses pinces en livrant sa chevelure aux douceurs de la soie. Pallas l'admira un instant, une lueur de désir dans les yeux. Puis il s'étendit auprès d'elle et la dénuda avec des gestes nerveux et impatients ; il se laissa attirer sur elle.

— L'empereur va nous attendre..., lui dit-il.

— Il attendra ! lui répondit-elle sèchement.

Il savait que son désir serait longuement satisfait

car l'impératrice était aussi froide en affaires qu'enflammée dans ses ébats amoureux. C'était une grande dame, assoiffée d'absolu. Aussi s'abandonna-t-il sans attendre à ses caresses.

*

* *

Pendant toute la soirée, Néron n'avait pu chasser de ses yeux l'image de Sabina. Dès que le dîner fut terminé, il s'éclipsa discrètement et gagna la mer.

Il marcha longtemps au bord de l'eau. L'air était tiède. Le sable mollissait sous ses pas. Ses sandales furent vite recouvertes de boue. Il escalada un rocher puis deux, s'engouffra dans des zones d'ombre où seule brillait la lune. Il avait mal. Pourquoi n'avait-il pas couru vers elle ? La reverrait-il un jour ? Si elle était présente sur le Palatin, n'était-ce pas parce qu'elle habitait Rome ou ses alentours ? Cette fois-ci, il la retrouverait !

Les astres dansaient à la cime des vagues plates, dociles, échouant calmement sur les roches grises, s'engloutissant dans les trous avec des clapotements mystérieux, dénichant des poissons endormis. Elles appelaient l'humain, une présence. Elles étaient seules comme Néron ; ils combleraient ensemble leurs solitudes.

Néron gratta la couche de sel qui avait durci sur une roche plus plate que les autres, détacha un coquillage acéré et le lança de toutes ses forces vers la mer. Il s'apprêtait à s'asseoir quand il entendit du bruit derrière lui. Il se retourna, surpris, et découvrit avec étonnement une jeune femme d'une beauté typée au regard profond et tendre.

— Aide-moi, gémit-elle en se frottant le genou. Je viens de glisser et de m'écorcher les jambes.

Néron se précipita vers elle.

— Mais que fais-tu là? lui demanda-t-il en la reconnaissant. Tu es bien l'une des servantes de l'impératrice?

Elle baissa les yeux sans répondre.

Il la contempla longuement, un sourire triste au coin des lèvres.

— Maintenant, je me souviens où j'ai vu pour la première fois ces yeux noisette et cette beauté mystérieuse, lui dit-il en lui prenant le menton. Ne t'ai-je pas croisée dans le jardin du palais?

— Ce ne serait guère étonnant, maître, répondit-elle en souriant timidement. Je suis Akté et je suis en effet au service de l'impératrice.

— Lorsque je traversais un vestibule du Palatium, tu longeais les colonnades de Luna. Tu ne m'as même pas prêté attention! J'étais très jeune. Il y a deux ans, je crois.

Akté éclata de rire tout en s'excusant de manquer ainsi de retenue.

— Pardonne-moi, Seigneur, mais je ne pense pas être beaucoup plus âgée que toi.

— Quel âge as-tu? lui demanda Néron en s'asseyant à terre et en l'attirant contre lui.

— Dix-neuf ans. Ces vains ornements me font paraître plus âgée que je ne le suis.

— Et qui es-tu donc pour me suivre jusqu'ici? D'où viens-tu? Tu es née à Rome?

— Je suis née en Grèce de parents syriens mais j'ai vécu dix ans dans la province sénatoriale d'Asie. J'ai été vendue à Rome puis affranchie par l'empereur.

Néron la regarda, les yeux brillants. Au moment où il se sentait le plus seul, où la solitude écorchait son âme, les dieux lui envoyaient cette beauté gracieuse et douce. Devait-il y voir un signe ?

— Claude t'a affranchie parce que tu étais sa maîtresse ? lui demanda-t-il en retrouvant son sourire.

— Non, Seigneur, répondit Akté embarrassée. Ce n'est pas pour cette raison qu'il m'a affranchie.

— Mais tu as été sa maîtresse, n'est-ce pas ?

— Oui, Seigneur, répondit-elle en baissant la voix. Comme les autres affranchies. Ne m'en porte pas rigueur.

Néron éclata de rire en l'attirant vers lui et en la caressant. Il passa ses mains sur ses hanches, la complimenta sur sa beauté. Oui, elle était très belle, presque irréelle à la lumière des étoiles. Pourquoi l'avait-elle suivi ? Elle voulait lui parler. Mais de quoi ? Était-il maladroit de poser cette question ?

Quand il la formula, Akté baissa les yeux. Il n'insista pas.

— Tu as dix-neuf ans, dis-tu ? Alors, pourquoi t'habilles-tu comme une matrone de cinquante ans ?

Elle haussa les épaules en riant. Il eut subitement envie de s'emparer de ce rire, de dévorer sa bouche trop rouge, d'embrasser son corps trop lumineux. Le regard profond de Sabina le lui interdit. De quel droit ?

— Et si tu ôtais ces vêtements pour moi, lui murmura-t-il en l'embrassant. Personne ne le saurait. Juste les vagues qui viennent s'échouer à nos pieds. Ou les poissons ; mais les poissons ne parlent pas.

Il se sentit coupable et imagina les reproches de Sabina si elle l'avait surpris à cet instant. Qu'aurait-elle pensé de lui ? Était-il digne d'elle ? Mais non ! Ce n'était pas un simple désir qui le poussait irrésistiblement vers Akté. C'était le besoin d'être aimé, la nécessité de ne plus se sentir seul. Les deux femmes se confondirent dans son amour.

L'affranchie ne se fit pas prier. Elle ouvrit la fibule à tête de louve qui fermait sa tunique blanche et la laissa tomber à ses pieds. Elle fut si vite dénudée que Néron vit dans ses gestes de banales habitudes. Il contempla son corps fin, silhouette brune dans la nuit. L'écume mouilla ses chevilles cerclées d'or. Elle était encore plus belle ainsi, mais cette femme facile ne pouvait être Sabina.

— Tu as dû avoir bien d'autres amants à la Cour.

— Quelques-uns.

— Je les connais ?

— Tu connais Marcus Salvius Othon. Mais il a maintenant une maîtresse dont il est terriblement amoureux.

— Othon ? Ah ? Et comme toutes les affranchies de la Cour, tu te prostitues de temps en temps pour te faire un peu d'argent de poche.

Akté comprit qu'il était inutile de mentir.

— Je l'ai fait autrefois.

— Et tu ne le fais plus ? Tu ne viens pas m'offrir ton corps dans l'espoir d'un cadeau ou d'une somme d'argent ?

— Non.

Néron fit semblant de la croire.

— Dorénavant, si tu as besoin d'argent, viens me trouver. Je t'en donnerai.

Akté embrassa ses genoux pour le remercier. Elle leva vers lui des yeux brillants de dévotion et dénoua habilement sa ceinture puis elle caressa chaque partie de son corps qu'elle dénuda avec respect. Surpris par tant d'affection et de patience, Néron s'abandonna aux mains expertes et aux lèvres habiles. Ce doux visage réservé avait le don de s'aventurer dans les temples les plus secrets sans porter les stigmates de l'impudeur. Elle s'attarda très longuement entre ses jambes musclées avec une déférente application, répondant le mieux possible à son désir, si bien qu'il s'étonna lui-même de rester ainsi, presque immobile, esclave des baisers d'Akté, alors que sa sensualité le poussait naturellement vers des étreintes brèves et violentes. Désirant la serrer contre lui, il l'enlaça sous le regard figé des étoiles. Sa tête rousse se mêla bientôt aux reflets auburn de la toison décolorée d'Akté. Il en oublia presque les yeux sauvages de Sabina à moins qu'il ne confondît les deux femmes dans son plaisir. Leurs étreintes se poursuivirent jusqu'à l'aurore. Quand le jour pointa, les mouettes crièrent longtemps au-dessus des flots avant qu'ils n'entendissent les autres chants de l'aube.

## Chapitre 9

*Octobre 54 ap. J.-C.*

La famille impériale avait passé le printemps et l'été à Sinuessa. L'empereur en était revenu rajeuni, Néron fort attentif à Akté qu'il rejoignait presque chaque matin dans les criques du bord de mer à l'écart des baigneurs et des curistes. La douceur du climat et l'habileté d'Akté aidant, il s'était presque consolé d'avoir perdu Sabina. D'ailleurs, partageait-elle sa flamme ? Peut-être était-elle mariée ?

Quant à Agrippine, elle n'avait pas perdu son temps et elle semblait bien avoir trouvé une solution à l'ensemble de ses problèmes. Elle souleva l'étoffe qui obturait la fenêtre de la bibliothèque pour constater elle-même le départ de Narcisse, suivit des yeux les coffres en bois que les esclaves chargeaient depuis l'aube sur les chars, quand l'affranchi se montra enfin avec Britannicus sur le seuil du palais. Gênée par la hauteur des lauriers-roses pliant sous la brise automnale, l'impératrice changea de fenêtre. Elle se déhanchait comme bouleau sous la tempête, sautillait à pieds joints pour se rehausser. Quand Narcisse monta enfin dans son char doré digne des plus hauts magistrats, elle poussa un profond soupir de soulagement.

— Ça y est, le voilà parti ! Comment te remercier, mon bon Xénophon, pour l'aide inespérée que tu nous apportes. Tu sauves l'empereur. Et tu me sauves.

— J'ai agi selon ma conscience, Augusta, répondit Xénophon en se caressant la barbe ; dès que la saison humide et pluvieuse arrive, la santé de Narcisse vacille. Il a tort de participer à tous ces banquets. Les repas trop copieux lui emballent le cœur et déclenchent chez lui d'intolérables accès de goutte. Je l'ai soigné pendant de longues années avec des décoctions de fleurs de colchiques mais j'avoue être impuissant face à de telles crises qui le tiennent éveillé pendant toute la nuit. Quinze jours de cure lui seront profitables.

— À nous aussi, dit Agrippine en lui remettant une bourse lourde de sesterces dans la main.

— Je ne puis accepter, Augusta. J'ai rempli ma fonction.

Agrippine lui tint les doigts amicalement serrés.

— Je t'ai demandé d'éloigner Narcisse. Je constate que tu y es parvenu. Les moyens que tu as employés ou les raisons invoquées ne m'intéressent pas. Sois-en remercié.

Elle jeta un dernier coup d'œil vers la Via Appia et ajouta seulement :

— Je sais maintenant que nous pouvons avoir confiance en toi.

Puis elle gagna précipitamment les appartements de Néron en longeant une galerie de tableaux fraîche d'ombre. Akté venait précisément de rejoindre Néron, comme chaque matin avant la visite de Sénèque qui fermait les yeux sur leurs amours inoffensives. Elles l'auraient inquiété si Akté avait été une femme du plus haut rang ; mais que redouter d'une affranchie ? Dès qu'Agrippine se fit annoncer, l'adolescent sauta promptement du divan aux montants d'ivoire et d'or sur lequel il était allongé. Il ne s'attendait pas à voir sa mère dans sa chambre à une heure aussi matinale.

— Ah ! Néron ! dit Agrippine sans préambule, je dois te parler de…

L'Augusta s'interrompit ; elle venait d'apercevoir la tête brune d'Akté émerger de derrière le divan.

— Mais qui est cette femme ?

— Une affranchie, répondit Néron d'un ton détaché. Oui ? Que voulais-tu me dire ? Allons ! dit-il à Akté. Tu peux te retirer. Je te remercie de ton message. Je verrai Severus tout à l'heure.

Agrippine la suivit des yeux.

— Que fait cette affranchie dans ta chambre ?

— C'est la maîtresse de Severus.

— Le chef de la police ? Quelle idée de prendre pour maîtresse une affranchie alors qu'il existe tant de matrones honorables !

— Eh oui !

Agrippine soupira profondément. Elle observa son fils entre ses cils soulignés d'antimoine et s'étonna qu'il soutînt un amour ridicule.

— Tomber amoureux d'une ancienne esclave. Quelle idée ! Comment la trouves-tu, cette affranchie ?

— Je ne regarde jamais les affranchies, lui répondit Néron en l'invitant à s'asseoir sur le divan, alors qu'il m'est donné de contempler des impératrices.

— Cesse de m'endormir ! Mon fils t'a fait signe de te retirer ! dit-elle à Akté. Qu'attends-tu ? de recevoir des coups de verges qui te rappelleront ta véritable condition ?

Akté salua aussitôt l'Augusta.

— Ça suffit, Néron ! Une putain te racole, et tu lui fais les yeux doux ! Aujourd'hui, c'est une affranchie !

— Je te jure par Éros qu'Akté est la maîtresse de Severus !

Agrippine leva les yeux vers sa perruque.

— Soit ! Et l'autre ? Celle qui est voilée ?

— Je ne la connais pas.

— Je sais que tu mens ; et si ce fichu bârû avait rempli son contrat en venant me rapporter son nom, je l'aurais déjà fait enfermer !

Néron lança à sa mère un regard lourd de reproches. Elle comprit qu'il lui fallait changer momentanément de méthode.

— Tu vas sans doute me juger cruelle. Les enfants portent si facilement un jugement sur leurs parents…

— Comment me permettrais-je de te juger, ma mère ? répondit froidement Néron.

Autour d'eux brillait l'or de la chambre frappé des blancs rayons de l'aube. Toute la pièce était dorée, des coussins aux tapis, des tentures aux encadrements de portes. Un buste de Vénus, un autre de Mars, juchés sur des colonnes de marbre, encadraient le lit aux montants d'or et aux pieds de lion. Près d'eux, un énorme jeu de dames en marbre côtoyait des trépieds à cariatides.

Néron poussa machinalement l'un des pions, figurines en ivoire aux traits de la famille impériale, sur une case vide. La tyrannie de sa mère commençait à l'exaspérer.

Agrippine était pourtant venue dans l'espoir de le séduire, car elle comptait lui annoncer une désagréable nouvelle. Elle avait pris soin de se vêtir et de se coiffer selon son goût. Pour paraître détendue, elle avait appliqué dès l'aurore, sur son visage, un cataplasme de fèves grasses, des crèmes au lait d'ânesse et au suint de brebis. D'entre ses dents blanchies avec de la corne pilée émanait une senteur fraîche et pure, légèrement citronnée. Acerronie n'avait pas épargné ses efforts pour lui constituer une crème magique capable de rendre la peau plus souple que la tige du roseau. Elle s'était mise en quête d'orge de Libye qu'elle avait mélangée à une égale quantité d'ers détrempé dans une dizaine d'œufs. Tout cela mêlé à de la corne de cerf, des oignons de narcisses, de la gomme, de l'épeautre de Toscane et du miel. Puis elle avait enduit son corps de céruse, d'iris d'Illyrie, d'alcyonée, d'encens, de nitre et de myrrhe grasse. Le tout broyé, passé au tamis et mêlé à du fenouil, de la rose et du sel ammoniac. Une vraie recette de cuisine !

Agrippine se sentait attirante. Elle posa sa tête sur le traversin et dénoua la ceinture qui tenait serrée sa longue *stola* sous laquelle elle était nue. Le bas de sa robe, lourde de pierreries et de broderies, s'étala sur la mosaïque, semblable à une parure de paon, puis elle enleva son crotale, un double pendentif dont l'énorme perle se nichait entre ses seins, et déchaussa ses pieds brillants de légères bagues d'été.

Néron s'était levé. Il prit un rouleau d'Homère dans sa petite bibliothèque et fit mine de le lire pour abréger la visite de sa mère.

— Mon enfant, lui dit Agrippine avec une certaine fermeté, j'ai confié ton éducation aux meilleurs maîtres. Tu as ainsi appris les vers de Ménandre, de Callimaque, ceux de Sappho. Sénèque t'a formé à l'école de Cicéron, de Salluste, de Tite-Live. Grâce à Térence, tu as développé tes dons pour la diction poétique. Tu connais par cœur Ennius, Horace, Properce, Ovide, Tibulle, Varron, Virgile dont les récits d'Énée restent à ce jour inégalés. Sénèque a été à la hauteur d'un Caecilius Epirota. Tu as lu toute la littérature grecque et romaine, même le Milésien Aristippe, son *Miroir de Laïs*, ses fables, ses *Amours d'Anthias et d'Habrocome*, ses fabuleux contes orientaux… Bref, tu es un parfait érudit. Et tu as souvent cru que je cherchais à te gouverner, alors que je me laisse seulement emporter par l'amour que j'éprouve pour toi.

Il se contenta de la regarder en haussant les sourcils. Agrippine tendit alors le bras vers un guéridon encombré de bibelots en bronze.

— Tu m'as apporté la suite de tes mémoires ? lui demanda Néron.

— Non. Je t'ai apporté un cadeau…

— Un cadeau ? dit-il en ricanant. Tu m'étonnes !

Agrippine sortit d'un coffre de cèdre où s'entrelaçaient les neuf Muses un mince fascicule relié d'une couverture pourprée de garance. Le titre était écrit en vermillon : *Inédits* d'Ovide.

— Ça ne t'intéresse pas ?

Néron enroula le papyrus d'Homère et le jeta sur son lit.

— Tiens ! Regarde !

Il saisit l'ouvrage que lui tendait sa mère et passa sa main sur les lettres en relief, le caressa religieusement. Sans prendre garde à l'huile de cèdre qui protégeait les feuilles, il l'ouvrit délicatement et lut les premiers vers.

— Tu es content ? lui demanda Agrippine.

Néron la regarda de nouveau sans répondre.

— C'est là ta seule réaction ? Tu sais que ces vers étaient introuvables !

— Ce cadeau m'étonne. Que veux-tu de moi ? Tu as besoin de moi ?

— C'est moi qui cultiverai dorénavant tes dons.

— Alors que tu m'as toujours empêché d'écrire de la poésie !

— J'estimais qu'un futur empereur avait d'autres priorités. Je craignais l'influence néfaste de cet embroche-cul de Paris. Je ne te demande qu'une chose…

— Je le savais bien !

— Mais non ! Je te demande seulement de ne plus fréquenter Domitia Lepida.

Il eut un sursaut de révolte et lança l'ouvrage d'Agrippine contre la vitre opaque de sa chambre.

— Je vois que tu n'as pas compris ma démarche, lui expliqua Agrippine. Ne me dévisage pas ainsi. Pourquoi ne m'aimes-tu pas davantage ? Sais-tu que j'ai consacré ma vie pour toi ?

Néron hocha la tête. Il le savait. Comment l'aurait-il ignoré ? Elle le lui rappelait sans cesse.

— Domitia est très dangereuse. Elle prépare une sédition contre Claude, contre moi, avec des troupes d'esclaves. Si elle renverse le pouvoir, qu'obtiendras-tu ? Tu perdras le trône, les honneurs, la vie peut-être, car on ne tire rien de bon d'une révolution. Domitia a été arrêtée. Elle sera jugée dans quelques jours pour atteinte à la sécurité de l'État.

Le cœur de Néron se serra à la seule pensée que sa tante gisait dans un cachot.

— Mon pauvre petit, lui dit Agrippine en s'approchant de son fils, je l'avais pourtant prévenue ! Pourquoi ne m'a-t-elle pas écoutée ?

— Quand aura lieu le procès ?

— Dans cinq jours. Domitia a réclamé ton témoignage. Elle affirme qu'il est essentiel pour lui sauver la vie…

— J'irai témoigner, dit aussitôt Néron.

— Non, mon fils, tu n'iras pas témoigner. Car Domitia sera reconnue coupable. Rien ne peut la sauver. En cherchant à la défendre, tu te rendrais toi-même impopulaire. Nombreux sont les esclaves qui ont avoué ses sombres desseins en subissant la question. Trop de preuves l'accablent.

— Jure-moi seulement que tu as fait et que tu feras tout ce qui est en ton pouvoir pour la sauver !

Jure-le-moi par Jupiter, Héra, Neptune et Artémis ! Et dans ce cas, je n'irai pas au procès.

— Je te le jure, mon fils. Je te le jure. Je t'en supplie, aie confiance en moi !

Néron eut envie de serrer sa mère de toutes ses forces contre lui et d'éclater en sanglots, de se confier enfin à elle. Ce n'était jamais qu'un enfant au cœur brisé. Il resta longtemps muet, les épaules ébranlées par la douleur. Elle le regardait, impassible, patienta, jalouse de ce chagrin qu'elle jugeait indécent.

— Si Domitia meurt, finit-il par lui dire, il ne me restera plus que toi. Promets-moi au moins d'aller la voir. Où est-elle ?

— À la prison Mamertine, lui dit-elle en se levant. Oui, je te promets d'aller la voir.

— Emmène-moi avec toi.

— Non. J'irai moi-même voilée à la prison afin qu'on ne me reconnaisse pas. Et puis tu souffrirais trop de la voir ainsi.

— Je ne te crois pas ! Tu me promets du vent comme toujours ! C'est toi qui cherches à t'en débarrasser ! Alors qu'elle m'a recueilli, élevé ! Mais je l'aime, comprends-tu ? Est-ce que tu sais seulement ce que signifie aimer ? Aimer ! Tu la hais parce que je l'aime plus que toi ! Mais n'est-ce pas naturel ?

Néron se laissa tomber dans un fauteuil en enfouissant son visage entre ses mains.

— Excuse-moi. Je ne pensais pas ce que je disais.

— Tu ne m'accompagneras pas ! affirma Agrippine en resserrant sa ceinture autour de sa taille. Je n'ai pas fait de mon fils un futur empereur pour le voir se conduire comme un sot ! J'irai dès maintenant à la prison. Je te le promets. Quant à toi, tu resteras ici !

Néron se sentit impuissant. Il tourna plusieurs fois le bracelet qui entourait son poignet. L'objet avait été fabriqué avec la dépouille du serpent qui lui avait autrefois sauvé la vie, un serpent inoffensif qui avait surgi de son panier au moment même où les étrangleurs de Messaline avaient tenté de le tuer pendant sa sieste. Sa mère le lui avait offert en talisman. Il l'arracha brutalement de son bras et le jeta à terre de toutes ses forces.

— La garce ! dit-il.

*

* *

Comme elle l'avait promis à son fils, Agrippine réclama une litière et partit pour la prison Mamertine avec la seule Acerronie alors que le soleil marquait la mi-journée. Elle n'avait pas choisi l'une de ses litières trop richement décorées et trop facilement reconnaissables aux emblèmes romains reproduits sur les portières, mais les huit Syriens taillés en hercules qui la portaient étaient ses propres esclaves. Ils progressèrent à vive allure sur la place du Forum, protégés à l'arrière par des Liburniens tenant la populace à distance, et s'immobilisèrent devant le temple de Saturne, tout près du milliaire d'or d'Auguste qui indiquait en chiffres gravés les distances des principales villes de l'Empire.

Agrippine descendit rapidement de litière et s'approcha des gardes qui encadraient la prison. Sa visite leur avait été annoncée. Dès qu'elle leur eut tendu le simple laissez-passer établi par Burrus, ils écartèrent leurs lances et se mirent de chaque côté de la voûte au garde-à-vous.

Établie non loin du sénat et creusée à même la colline, la prison Mamertine avait abrité jusque-là de nombreux prisonniers ennemis de Rome, tels que Jugurtha et Vercingétorix qui y avaient tous deux succombé, l'un pendant le triomphe de Marius, l'autre après celui de César. En attendant le geôlier, qui était lui aussi prévenu de sa visite, Agrippine jeta un coup d'œil machinal vers la plaque de marbre où avait été dressée la liste de ces prisonniers célèbres, en se promettant bien de n'y jamais faire graver le nom de Domitia.

— Mon maître arrive, lui dit un esclave africain.

Elle hocha la tête pour le remercier.

Le geôlier ne fut pas long. Il la salua et lui tendit une torche. C'était un petit être rabougri et bossu à tête de moineau. Il ne lui posa aucune question, mais lui prit la main et la guida vers le *Tullianum*.

Agrippine descendit de nombreuses marches inégales avant de se retrouver sous les voûtes sombres qui constituaient les sinistres couloirs du *Tullianum*. Il lui fallut quelques instants pour s'habituer à l'obscurité. L'odeur transpirant des murs était tellement âcre qu'elle en était presque suffocante.

— Avançons, lui dit le geôlier. Baisse la tête. Voilà les premières cellules.

Sur son passage, des femmes l'interpellèrent en s'accrochant aux épais barreaux de fer. Prise de nausées, elle dut faire une halte devant la cinquième cellule car l'air devenait irrespirable. Les vieillards qui l'occupaient se traînèrent aussitôt jusqu'à elle en frappant leur gobelet sur le sol et lui lancèrent des remarques obscènes : « J'ai encore un pilon digne de ton cul ! » lui cria un vieux borgne, fripé comme une pomme pourrie.

Elle ramena son voile vers sa bouche.

— Si tu as faim, ma belle, continuait le vieillard lubrique en se secouant, tu vois que j'ai de quoi te faire brouter ! Je t'en chatouillerai le gosier, moi, de mon pilon !

— Que Jupiter te cloue le bec une fois pour toutes ! jura le geôlier excédé en se retournant vers lui.

La flamme de sa torche dessina sur les parois des têtes d'animaux menaçants. Agrippine frissonna.

— Tu devrais ramener ton châle sur tes épaules, Domina, lui conseilla-t-il. Ici, il fait froid et humide en permanence.

L'impératrice suivit ses conseils sans prononcer une parole. Elle ne voulait pas prendre le risque d'être trahie par sa voix. Le bas de sa troisième tunique, plus longue que les autres, était imbibé d'eau stagnante et traînait sur le sol glissant. Des gouttes tombaient dans la rigole à un rythme régulier ; le bruit semblait amplifié, répercuté qu'il était au fond de la galerie : on ne sortait pas vivant du *Tullianum*. Les instruments de mort accumulés dans une excavation en témoignaient : tenailles, fouets, ciseaux. En face se trouvait la salle de torture. La porte en bois épais en était entrouverte. Il y avait là une roue, une croix, des lacets coulissants, une forge où chauffaient d'énormes pinces rougies au feu.

— Attends ! Pousse-toi un peu, lui dit le geôlier en la plaquant lui-même contre le mur.

La tête enveloppée d'un linge puant l'huile de térébenthine, deux gardiens évacuèrent un cadavre transpercé d'os saillants. Agrippine détourna la tête et frissonna de dégoût quand le corps la frôla. Puis ils traînèrent une prisonnière jusqu'à la salle de torture. Les deux hommes soutenaient de part et d'autre son corps brisé avec une étonnante maîtrise. Ni l'odeur ni l'obscurité ne paraissaient les gêner. Ils travaillaient avec autant d'ardeur qu'en plein air.

La prisonnière bascula la tête en avant ; sa nuque semblait cassée, ses jambes mortes. À chaque effort des gardes pour la tirer, elle geignait de douleur.

Agrippine se retint de crier et tira son voile noir sur son front, car cette prisonnière moribonde n'était autre que Domitia Lepida. Sans la reconnaître, son ancienne belle-sœur s'accrocha à sa tunique et leva vers elle son visage tuméfié. Sur ses lèvres boursouflées avaient séché des caillots de sang. Ses cheveux gras collés les uns aux autres tombaient sur ses paupières gonflées cerclées de noir. Elle ouvrit la bouche pour lui parler mais il n'en sortit qu'un râle rauque.

— Qu'on en finisse avec cette traîtresse ! ordonna le geôlier. L'empereur exige des aveux !

Agrippine, qui n'était pas venue dans le *Tullianum* pour voir Domitia, comme elle l'avait promis à Néron, mais pour rencontrer Locuste, passa son chemin et suivit le geôlier vers la dernière prison.

Au fond du souterrain, des prisonniers buvaient

une eau douteuse dans une auge commune ; certains étaient assis à terre, les coudes sur les genoux et la tête dans les mains. En voyant le geôlier, un jeune garçon maigre et tremblant se blottit contre sa mère. Dans les ténèbres montèrent des hoquets et des gémissements de malades. Il régnait là une odeur écœurante de cadavres et de saleté. Des silhouettes rampaient le long des murs.

Le geôlier ouvrit enfin la lourde porte en fer derrière laquelle était enfermée Locuste. Il promena un instant sa torche devant lui, le bras tendu, pour chercher où elle se trouvait. L'empoisonneuse dormait en boule dans un coin, la tête enfouie dans ses haillons puants. La lueur la réveilla. Elle leva vers eux ses joues blêmes et caves, ses yeux éteints, ses lèvres sèches et bleuâtres, ses cheveux sales, agglutinés, déroula ses membres décharnés. Au moment où le geôlier s'avançait vers elle, un malade délira dans la cellule voisine et poussa un cri strident. Il le calma d'un violent coup de pied dans le ventre, mais ce cri déclencha un concert de révoltes. Des prisonniers réclamèrent de l'eau fraîche ; d'autres rampèrent jusqu'à Agrippine. Attiré par une odeur de cadavre, le geôlier retourna un enfant mort, du pied.

— Cette femme l'a caché pour le garder plus longtemps auprès d'elle, grommela-t-il. C'est ainsi que se répand la maladie. Je vais le faire évacuer immédiatement.

— Laisse-moi avec cette femme, lui dit Agrippine à voix basse en désignant Locuste qui avait relevé ses haillons et qui, accroupie, les fesses tournées vers eux, imbibait son tas de paille d'un violent jet d'urine.

— Avec cette femme ? Mais elle va te sauter dessus et te labourer de ses ongles ! Elle est dangereuse !

Agrippine eut presque envie de rire devant tant de simplicité d'esprit.

— Non, je la connais. Tu peux aller chercher les gardes.

— Mais ces larves vont déchirer tes vêtements...

— Je te dis de m'enfermer dans la cellule avec la Gauloise !

Il la regarda comme s'il parlait à une folle.

— Enferme-moi, te dis-je ! Allons ! J'ai hâte de sortir de cet endroit !

On n'entendait plus que la respiration haletante des hommes qui rampaient vers elle et tentaient de caresser ses mollets.

— Tiens, prends la torche, dit le geôlier en refermant la porte derrière elle. Je reviens.

La lumière du jour filtrait à peine par le soupirail. Du dehors lui parvinrent les voix des prétoriens qui, après la relève, jouaient au *scriptae duodecim*. Comment imaginer que, juste au-dessus d'eux, se pressaient des badauds le long des esplanades resplendissantes de marbre ?

Comment penser que de brillantes fontaines y lançaient de toutes parts des jets d'eau gracieux et purs, que des promeneurs nonchalants en robe pourprée arpentaient les portiques, que des esclaves passaient et repassaient, des seaux sur leurs têtes, que des filles de la campagne, échelonnées à peu de distance les unes des autres, y vendaient leurs fleurs. En se rehaussant sur un tabouret, on aurait presque distingué les vases de vin et d'huile rangés sur des tablettes de marbre, les bancs et les tentures de pourpre gardant au frais les boutiques.

Telle une larve monstrueuse rétractant ses anneaux, Locuste s'éloigna tout d'abord d'Agrippine, méfiante, puis elle s'en rapprocha, au moment où l'impératrice se dévoilait, afin de constater qu'elle recevait bien la visite de l'Augusta en personne.

— Écoute-moi, Locuste, dit Agrippine en restant debout de peur d'attraper sur le matelas des puces et des punaises. Je viens pour t'aider et te faire libérer, mais à une condition…

Le rire de la Gauloise se répercuta sur les murs de l'étroite cellule.

— Ah ! Je connais les conditions de la famille impériale ! dit-elle sans cesser de ricaner. Je les connais !

— Cesse de glousser, Locuste, l'interrompit Agrippine sèchement. Je peux tout aussi bien te laisser moisir dans ce sac à puces. Si tu sauves ta vie, c'est parce que tu as reçu des dieux le don de préparer d'étonnantes mixtures dont tu es la seule à connaître la composition, parce que tu es experte dans l'art des philtres que t'a inculqué l'enchanteresse Canidie, la sorcière du mont Viminal. Et, si on l'a retrouvée étranglée, elle n'en a pas moins été chantée par Horace et Ovide. Grâce à toi, j'ai pu hériter de mon second mari Passienus Crispus…

— Attends, attends, dit la Gauloise, je n'offre pas mes services contre des boniments. Que me proposes-tu de concret en échange de mes talents ?

— De te faire libérer, de te restituer ton appartement dans le Vélabre, là où le berger Faustus a découvert autrefois les jumeaux Remus et Romulus, et de te vêtir comme une matrone de trente-cinq ans. C'est bien là ton âge, n'est-ce pas ? lui demanda-t-elle en la rajeunissant.

Locuste hocha la tête en l'observant avec suspicion.

— Bien ! le temps presse. Tu dois me faire confiance. D'ailleurs, tu n'as pas le choix. L'empereur est devenu vieux. Avec l'âge, il prend des décisions catastrophiques pour la Cour et le peuple. Il semble, comme ses prédécesseurs, succomber à la folie. Tibère est mort criminel ; mon frère Caligula aussi, hélas ! Dans ce cas, le devoir de la famille impériale est de juguler l'assassin.

— Et tu voudrais que je te prépare une ciguë, un oxalis ou un aconit dont j'ai le secret ?

— Un poison qui puisse être absorbé par Claude au cours d'un festin public. Qu'il ne soit pas trop brutal ni trop prompt. Il trahirait le crime ! Qu'il ne soit pas non plus trop lent. Il risquerait d'éveiller les soupçons et désignerait le complot ! L'idéal serait une liqueur mortelle subtilement dosée qui, sans hâter la fin, troublerait la raison.

Locuste exprima un sourire narquois en entendant Agrippine formuler les mêmes exigences que Messaline autrefois.

— Je peux y parvenir, lui assura-t-elle, mais il te faut soudoyer le goûteur de Claude.

— Pallas a déjà parlé à Halotus qui ne résiste pas à des sacs de sesterces. Il gagnera, en échange de ses bons et loyaux services, une maison sur le littoral envié de Baies.

— Quand sortirai-je d'ici ?

— Dès ce soir. Un tribun de la garde te conduira chez toi.

— Et pour quand veux-tu le poison ?

— Demain.

Locuste siffla entre ses dents et trémoussa la verrue qui trônait sur le bout de son nez.

— Tu ne me laisses guère de temps pour me procurer les ingrédients. C'est que les prétoriens ont tout jeté chez moi lorsqu'ils sont venus m'arrêter.

— Pallas te fera apporter tout ce dont tu auras besoin.

— Je te donnerai le poison demain.

— Surtout pas ! Le tribun viendra le chercher chez toi.

Agrippine s'interrompit car le geôlier revenait, tout essoufflé. Elle se voila rapidement.

— Ah ! Je craignais que cette femme ne t'ait étripée !

— Mais non, elle est absolument inoffensive. La preuve en est qu'elle sera dès ce soir libérée sur ordre de l'empereur. Un tribun l'emmènera.

N'en croyant pas ses oreilles tant il était rare qu'un prisonnier ressortît vivant du *Tullianum*, le geôlier s'inclina et raccompagna Agrippine par le souterrain, en se demandant quelle pouvait bien être l'identité de cette étrangère aux pouvoirs si étendus. Agrippine pressa le pas tout en prenant garde de ne pas glisser. Quand elle passa devant la salle de torture, un cri déchirant, inhumain, retentit dans toute la galerie. Son sang se glaça.

— C'est cette traîtresse qui crie, lui dit le geôlier. Elle ne supporte pas la question !

Agrippine ressentit l'envie subite de sauver Domitia et de faire torturer ce geôlier bavard à sa place. Elle étouffait. Elle franchit le seuil de la prison avec soulagement, après avoir monté un escalier couvert de moisissures, et respira profondément en retrouvant la lumière.

— Tout s'est bien passé ? lui demanda Acerronie, inquiète de sa visite prolongée.

— Oui, rentrons, lui répondit l'Augusta en remontant précipitamment dans sa litière.

*

* *

— Ha, ha, ha ! dit le bârû à l'un de ses chantres en se tapant sur les cuisses. Agrippine me cherche ? Elle a hâte de connaître le nom de celle pour qui le cœur de Néron palpite comme un pouls de crapaud ? Eh bien, je vais bientôt pouvoir le lui apprendre. Si je lui révèle tout à la fois, nous ne vivrons pas longtemps sur le trésor public ! Mais j'en sais suffisamment maintenant pour la faire mijoter des ides aux calendes et des calendes aux ides.

— J'ai eu raison de rester au service de l'Augusta, ces derniers jours.

— Et comment ! Attention, baisse la tête ! Les voilà !

Ils se dissimulèrent tous deux derrière d'épineux

buissons qui surplombaient l'entrée d'une grotte où avaient coutume de se réunir les chrétiens.

— Tu la vois ? Elle est là ! chuchota le bârû en laissant apparaître la calotte de son crâne chauve.

— Qui ?

— Mais Akté, imbécile ! Et voilà Sabina !

La nuit était noire et froide mais la lune ronde éclairait la clairière comme en plein jour. Les chrétiens s'avancèrent lentement, tous habillés de manteaux en laine marron. La plupart en avaient rabattu le capuchon sur leurs oreilles. Ils chantaient des hymnes à voix basse. Derrière eux s'étendaient une carrière de sable et un cimetière. Quiconque les aurait rencontrés les aurait pris pour des pèlerins ou les membres d'une association organisant des agapes nocturnes. Les lanternes et les silhouettes se rassemblèrent autour d'un homme plus grand que les autres.

— Que vont-ils faire ? demanda le chantre d'une voix tremblante.

— N'aie crainte et cesse de trembler comme Claude quand il voit un oiseau. Les chrétiens ne sont pas méchants. Ils prônent au contraire la bonté et la charité. Ce sont des gens un peu fous. Et puis, avec les deux fèves que tu t'es fourrées dans les narines, même Sabina ne te reconnaîtrait pas !

La lune fut momentanément absorbée par un nuage bleu d'encre. Ils en profitèrent pour lever la tête et observer cet homme qui parlait devant un mur couvert de lierre. Près de l'hypogée occupant le centre de l'enclos, il alluma plusieurs torches que deux femmes disposèrent en un petit bûcher. L'hymne devint plus audible ; les voix montèrent. Les chrétiens levèrent les yeux et les bras au ciel. L'homme se découvrit alors la tête et monta sur une pierre plate en réclamant le silence. Les femmes s'agenouillèrent ; les enfants tendirent les mains vers lui. Le silence se fit. On entendit un instant les chariots rouler sur la Via Nomentana, les torches crépiter et le vent murmurer dans les buissons.

— Qui est-ce ? demanda le chantre, vert de peur.

— Je n'en sais rien. Peut-être un prêtre…

Le vieillard parla avec une voix infiniment douce.

— Je n'entends rien.

— Tais-toi donc !

Il recommanda la pauvreté, la pureté, la vérité, l'amour, dénonça les plaisirs, les injustices, la trahison, l'hypocrisie, la médisance.

— Ce chrétien est un cynique, dit le bârû. Il célèbre la pauvreté comme Socrate. On a l'impression d'entendre parler Sénèque qui collectionne pourtant les tables en bois de citronnier !

Le vieillard prônait maintenant la paix, l'égalité, la chasteté, le dédain du luxe, promettait une vie meilleure dans l'au-delà.

— Ce chrétien est un Gaulois pour le coup ! s'exclama encore le bârû. Il croit en l'immortalité de l'âme !

— Il vous faut donner le bien pour le mal, poursuivait le prêtre, pardonner à ceux qui font le mal.

« Si Sabina Poppea applique à la lettre cet enseignement, je suis tranquille ! se dit le bârû. Mais comment lui faire aimer Néron ? Elle ne trahira plus son mari. Ces chrétiens sont des insensés ! »

Des femmes jetèrent des torches dans le brasier.

La lueur du feu ensanglanta le ciel. Le bârû vit couler des larmes le long des joues barbues du vieillard.

— J'ai vu, disait-il, Chrestos en personne. Je l'ai vu crucifié. J'ai passé deux nuits avec Jean, sans dormir, sans manger ni boire ! Marie de Magdala pleurait avec nous quand elle constata au troisième jour sa disparition ; le sépulcre était vide. Seul Pierre osa y pénétrer. Il vit le suaire et les linceuls, mais il ne trouva pas le corps.

Ces propos soulevèrent des exclamations dans les rangs des chrétiens. Le prêtre branla la tête et ferma les yeux.

— Je me lamentais avec les apôtres quand Marie vint nous annoncer en criant qu'elle avait vu le Seigneur sous les traits du jardinier. La douleur donne parfois des visions. Marie avait déjà cru voir des anges devant le tombeau. Nous ne la crûmes pas. Alors Il se présenta à nous et nos cœurs s'enthousiasmèrent. Une semaine plus tard, Thomas mit ses doigts dans les plaies du Seigneur. Il constata qu'elles étaient guéries. Chrestos nous le dit : « Heureux ceux qui croient sans avoir vu ! » Les chrétiens écoutaient bouche bée. Leurs visages étaient impassibles. Sur leurs lèvres flottait un sourire indéfinissable, tranquille. Ils semblaient éprouver un immense bonheur. Certains fixaient le ciel, espérant y voir apparaître le Sauveur. Le prêtre continua son récit avec force détails jusqu'à l'aube où les coqs se mirent à chanter dans les fermes isolées de la Via Nomentana.

— Qu'est-ce qu'il regarde tout le temps là-haut ? marmonna le chantre en levant les yeux vers la lune. J'aimerais bien que ça finisse ! J'ai froid.

Le bârû ne quittait pas Poppea du regard. Son capuchon avait défait sa chevelure en glissant sur ses épaules ; elle avait la bouche déclose, le visage attentif, extasié. À la lumière blanche de l'aurore, son teint était diaphane, presque transparent. Les chrétiens s'étaient remis à prier et à chanter. Ils étaient bien une centaine.

— Viens ! dit le bârû en tirant le chantre par la manche de sa tunique. J'en sais suffisamment pour nous remplir les poches de *scrupula* !

Les arbustes, les monuments funéraires émergeaient de l'ombre. Quelques paysans tiraient leurs chariots sur la voie pavée vers les portes de la ville. Leurs ânes et leurs mulets étaient chargés d'herbes potagères, de légumes, de fruits, de gibiers. Les roues grinçaient jusque dans le cimetière. Un léger brouillard nappait la clairière.

— Ça alors ! s'exclama le bârû au moment de partir.

— Quoi encore ?

— Regarde qui s'agenouille devant le prêtre !

Le chantre pointa son nez entre deux branchages. Il reconnut Burrus avec stupéfaction.

— Ça alors ! dit-il à son tour en écarquillant les yeux. Ça alors !

— Bon ! Tu ne vas pas le répéter cent fois ! Allez, filons ! Les chrétiens vont se disperser.

Ils rampèrent jusqu'au cimetière et se hâtèrent de rejoindre les ruines de la muraille de Servius Tullius. De là, ils longèrent le Viminal et suivirent le Vicus Patricius.

— Nous avons une fortune dans la poche ! ne

cessait de répéter le bârû en envoyant de grandes bourrades dans le dos de son musicien. Une fortune ! Poppea, et maintenant Burrus ! Si Agrippine nous lâche, nous aurons toujours Sabina comme cliente, et si Sabina n'a plus besoin de nos services, nous ferons chanter Burrus. Si Agrippine savait qu'il est chrétien !

— Et alors ? Ce n'est pas un crime !

— Je lui ai entendu dire qu'elle se méfiait des chrétiens comme Claude se méfie des druides gaulois ! Tu verras. Tu verras… Une fortune, je te dis ! Une fortune !

Quand ils arrivèrent sur le Forum, le jour s'était complètement levé et les coqs s'étaient tus. L'activité avait repris avec une étonnante effervescence. Ils croisèrent un groupe d'Égyptiennes qui brandissaient des serpents en argent.

— Ces sauvages vont faire trempette dans le Tibre. Brrr ! Je ne m'y tremperais pas l'orteil ! Encore une journée de folie ! Décidément ces Romains se complaisent en pitreries ! Regarde-les courir ! Mais regarde ! Et ce porte-langes qui m'écrabouille les doigts de pied ! Même les enfants sont insupportables !

C'était en effet le dernier jour des Augustales. Le peuple, qui avait été gâté, était au comble de la joie. Une véritable frénésie lui faisait acheter dès l'aurore des marchandises en quantité inhabituelle pour les soirs de fête. Les rues étaient encore plus encombrées qu'à l'accoutumée, et d'exceptionnels étals envahissaient les minces trottoirs et les places.

Le bârû accéléra le pas. Cette foule l'exaspérait.

## Chapitre 10

*12 octobre 54 ap. J.-C.*

Le quatrième jour avant les ides d'octobre clôturait les Augustales, les fêtes en l'honneur de la naissance d'Auguste, qui commençaient dix-neuf jours avant. Pendant ces fêtes où s'étaient enchaînés jeux du cirque et manifestations théâtrales de mimes, pantomimes et atellanes, les sacrifices aux dieux avaient été nombreux. Outre Cybèle, la Grande Mère venue d'Asie, son amant Attis et toutes les divinités traditionnelles du panthéon, on avait célébré la grande déesse Isis qui habite Parétonium et les champs délicieux de Canope, de Memphis, Pharos, fertile en palmiers, et ces plaines où le Nil, abandonnant son lit, va, par ses sept embouchures, porter ses eaux rapides à la mer. Chaque matin, au point du jour, des Égyptiennes, accompagnées de Romaines exaltées par les cultes orientaux, s'étaient baignées dans le Tibre et s'étaient traînées à genoux le long du Champ de Tarquin le Superbe. Elles avaient arrosé le temple d'Isis, d'Osiris, d'Apis et d'Anubis d'une eau sacrée recueillie dans le Nil. On avait ainsi vu défiler quotidiennement ces ferventes adeptes d'Isis, des serpents d'argent et des sistres égyptiens à la main, revêtues de sobres tuniques de lin, et chanter des hymnes à jeun en promettant à leur déesse de rester chastes pendant toute la durée des Augustales. Mais ce n'était qu'une promesse et les Augustales étaient longues…

C'est ce jour qu'Agrippine avait précisément choisi pour tester l'aconit de Locuste.

Le dîner que Claude donnait au palais dans le *coenaculum* pour des centaines de courtisans avait débuté tôt car le menu était copieux ; l'empereur avait multiplié les sept services habituels par deux, prévoyant ainsi deux hors-d'œuvre, six entrées, quatre rôtis et deux desserts. Les joues étaient déjà empourprées par le vin, disposant le cœur à la tendresse et le rendant propre à s'enflammer. On avait choisi les meilleurs crus grecs dont les étiquettes, attachées aux bouchons, étalaient avec panache la date et la provenance. À la clarté des flambeaux, les femmes se laissaient aller sur leurs coussins dans un délicieux abandon, autour des tables en bois de citrus poli, décorées d'arabesques d'argent. Les esclaves se glissaient agilement entre les lits en bronze et en or pour apporter des figues, de fines herbes couvertes de neige, des anchois et des œufs, des champignons, plat favori de l'empereur, et de petites cyathi remplies de vin mélangé avec du miel.

Entre chaque plat, de jeunes esclaves presque nus présentaient aux convives des bassins d'eau parfumée et des serviettes brodées de franges de pourpre. Claude avait droit à une *mappa* deux fois plus haute que celle des autres, privilège d'empereur. On comparait les huîtres de Bretagne à celles de Brindes en abandonnant son front aux esclaves qui le couronnaient de fleurs. On admirait un serviteur qui découpait, en marquant la mesure, un chevreau aux sons d'un concert de flûtes. Entre chaque service, certains jouaient aux dés. Akté faisait les yeux doux à Néron ; Néron se soumettait de bon gré à ses charmes et la couvrait de compliments.

— *Bene tibi !* À ta santé ! disait-il en levant sa coupe et en l'embrassant discrètement. Il y en a qui conservent, même au lendemain des banquets, un regard où l'on se noie, un ovale parfait du visage, noble et doux, cet indéfinissable dont les sculpteurs ont pourvu Psyché.

Et ce beau monde bâillait en suivant sans passion des yeux les danses des Andalouses qui avaient succédé aux histrions, aux bouffons et aux lecteurs. Le programme donnait une impression d'infiniment vu. Seul Paris avait su déchaîner les rires.

Le bârû avait passé sa journée à calculer combien il pourrait tirer des renseignements accumulés ces derniers jours. Il avait décidé de parler à Agrippine le soir même. Le moment était favorable puisqu'il s'agissait d'un jour de fête. Au moment où il s'apprêtait à quitter son appartement situé au fond d'une cour obscure, le tonnerre ébranla les murs de l'insula. Des rafales de vent et de pluie s'abattirent sur la ville. Une bourrasque s'engouffra par une fenêtre avec une telle violence qu'elle éteignit une torche puis deux.

Le vent sifflait sous la porte. Les rideaux volèrent dans l'air, se tordirent, s'enroulèrent sur eux-mêmes.

— Allons bon ! Il ne manquait plus que ça ! râla le bârû en s'encapuchonnant.

Quand il ouvrit la porte, celle-ci lui échappa, emportée par une rafale de vent. Il présenta son dos aux bourrasques qui s'engouffraient sous son manteau et la referma avec peine. Puis il rejoignit la chaussée frappée par des rideaux de pluie glaciale. Le ciel plombé pesait sur Rome à en chasser ses habitants, tous réfugiés chez eux. L'eau courait sur les bas-côtés de la voie. Quand le bârû arriva aux portes du palais, un groupe d'invités en sortait.

— On ne rentre pas ! lui dit un garde en plaçant sa lance au travers de son passage.

Le prétorien avait le nez violacé par le froid. On ne voyait que lui au milieu de sa tête enserrée dans un casque sur lequel une gouttière jouait de la cymbale. « J'ai l'air d'un hareng devant une autruche, se dit le bârû. Ce mastodonte ne me laissera jamais entrer ! »

— Je suis attendu par l'Augusta, lui répondit-il en se présentant. Dis-lui que je suis là.

— Inutile de chercher à entrer. Les ordres sont formels.

— Mais l'Augusta m'attend depuis plusieurs jours ! insista le bârû en tapant des pieds pour se réchauffer.

— Alors elle attendra bien quelques instants de plus, ricana le garde qui ne le croyait pas.

— Tu t'en repentiras !

— C'est ça… C'est ça…

Le bârû apostropha l'un des invités et lui demanda

Madone, Pompéi.

Scène de la Villa des Mystères, Pompéi.

Taverne, Pompéi.

Café, Pompéi.

Maison romaine, Pompéi.

Maison de plaisirs, Pompéi.

Néron multiplia les combats de lutte, musée de Rabat, Maroc.

Néron fit détruire à Olympie les statues de tous les champions qui l'avaient précédé.

Néron voulait se faire couronner à Olympie, musée de Rabat, Maroc.

Néron se fit acclamer champion à Olympie. L'entrée du stade.

Madone romaine, Rhodes.

Les jeux du cirque, mosaïque romaine de Rhodes.

Sceaux antiques, Musée de Nicosie.

Violaine Vanoyeke dans l'odéon de Paphos.

Tombe de Paphos.

Les Romains s'étaient installés à Chypre, plaque tournante du commerce.

Le théâtre de Kourion.

Mosaïques d'une villa romaine de Paphos.

Scène mythologique, mosaïque exposée à Rhodes.

Maison d'Achille, villa romaine de Kourion.

Banquet romain, maison romaine, Chypre.

Maison des gladiateurs, Kourion.

Mosaïque de Ktisis, villa romaine de Kourion.

Aphrodite, mosaïque d'une villa romaine de Chypre.

Les Romains s'installent en Syrie.

La Syrie, amie et ennemie de Rome. Théâtre romain de Palmyre.

Vestiges romains en Syrie.

ce qui se passait. Même lui, le vénérable serviteur de Marduk, n'était pas au courant. C'était le comble !

— Les astres sont restés muets.

— La tempête s'est levée d'un seul coup, lui dit Akté qui sortait à son tour du palais. Au moment où les esclaves se précipitaient pour fermer les fenêtres et rallumer les torches, un grand cri se fit entendre. Agrippine s'est précipitée vers Claude qui était devenu blême comme un mort. Il frissonnait, claquait des dents, se prenait le ventre à deux mains, portait la main à sa bouche. Une esclave apporta en courant une bassine en argent.

« "Xénophon ! Où est Xénophon ? cria Agrippine affolée. Je savais bien que cette cure à Sinuessa ne pouvait guérir l'empereur !"

« Xénophon s'est précipité vers Claude. Puis l'empereur a cessé de gémir ; il a poussé des soupirs de fin d'indigestion tirés du fond de l'estomac. Xénophon a renvoyé tout le monde.

« "Allons écartez-vous ! Laissez-moi soigner l'empereur ! Ce n'est qu'une indisposition. Demain, Claude célébrera son rétablissement par un nouveau banquet !" criait-il. Les courtisans tendirent le cou vers l'empereur. On nous pressa vers la sortie. C'est bien la première fois que l'on me renvoie ainsi du *triclinium* pour une indigestion de l'empereur !

— C'est curieux, dit le bârû en écoutant les propos des autres invités se rassurant mutuellement. Très curieux !

— Quand je suis sortie, j'ai entendu Xénophon qui réclamait une plume et une cuvette. « Juste un peu d'indigestion... C'est juste un peu d'indigestion, disait-il à l'empereur. Laisse-moi te chatouiller la gorge avec cette plume. Tu videras ton estomac et en éprouveras un soulagement immédiat. Ce sont des crampes. L'empereur a besoin d'un clystère et d'un peu de repos. » Néron, Octavie et Agrippine l'entouraient.

Les esclaves venaient de déposer Claude sur une civière. Agrippine les suivit d'un pas leste à travers le *tablinium* et l'*atrium*. L'*atriensis* chargé de surveiller cette dernière salle accourut vers Claude en le voyant ainsi transporté et pria tout haut les dieux lares de secourir son maître. Puis le cortège passa dans le *viridarium* aux fleurs éclatantes et ce fut au tour du jardinier de s'apitoyer sur le sort de Claude. Les esclaves descendirent en hâte l'escalier menant aux appartements impériaux où s'enlaçaient des festons de guirlandes, contournèrent le petit temple des dieux pénates devant lequel se dressait un trépied en bronze, et pénétrèrent dans la chambre de Claude qu'ils déposèrent sur le lit.

Agrippine fit sortir en hâte les domestiques et les gardes. Elle chuchota à Pallas d'enfermer Britannicus, Octavie et Antonia dans leur chambre. Puis elle ordonna de verrouiller les portes du palais. Elle s'installa elle-même au chevet de Claude avec Burrus, Sénèque, Néron et Xénophon. Le pouls de Claude battait encore énergiquement car l'empereur conservait à l'agonie une force de résistance étonnante. Après avoir accumulé sur lui couvertures et fourrures et lui avoir appliqué compresse sur compresse en repoussant toute assistance étrangère, Agrippine leva des yeux désespérés vers Xénophon. N'en finirait-il pas de mourir ?

La souffrance empêchait Claude de comprendre. Quand il tentait de soulever la tête, ses forces l'abandonnaient et sa nuque retombait sur le traversin. Il gesticulait, se roulait sur le lit ; des nausées agitaient son estomac. Les vomissements l'épuisaient. Il pressait les mains contre son ventre comme pour en extirper le mal. Agrippine plaça ses doigts à l'endroit de la souffrance. Le ventre était bombé, la peau tendue, dure comme le marbre.

— Il ne faut pas inquiéter le peuple, dit-elle à Burrus. Fais annoncer que l'état de Claude s'améliore.

Le bârû qui attendait depuis une heure devant le palais à l'abri de la pluie et du vent fut le premier informé du message d'Agrippine.

— L'Augusta m'envoie réclamer au sénat, aux consuls, aux prêtres et au peuple des prières publiques.

— Comment va Claude ? demanda le bârû en éternuant à plusieurs reprises et en essuyant sa morve dans son manteau.

Le messager secoua la tête. Il était difficile d'établir un diagnostic.

À l'aube, les offrandes des prêtres d'Auguste se multiplièrent. Le peuple offrit des sacrifices aux dieux.

— Longue vie à César ! Gloire à Claude ! entendit-on crier de toutes parts, car les Romains se réjouissaient des nouvelles de plus en plus rassurantes que les messagers d'Agrippine leur communiquaient.

Le bârû avait fini par regagner le Forum mais il restait à l'affût de la moindre information.

Au palais se jouait une autre pièce. Claude ne pouvait plus prononcer un mot. Il n'avait plus la force de soulever un bras. Aussi restait-il immobile, les traits mâchés, le teint jaune dépourvu d'expression, s'agitant soudain sous l'effet d'ultimes sursauts. Il râlait, et une fétide exhalaison s'échappait de sa bouche. Son âme passa enfin avec les derniers débris des champignons empoisonnés.

Dès que Xénophon eut constaté sa mort, Agrippine ne put retenir sa joie. Elle appela un serviteur et lui murmura à l'oreille des paroles inintelligibles. L'homme disparut. Puis elle fit signe à un autre serviteur et lui donna des ordres également inaudibles pour les autres.

— Qu'on double la garde aux portes ! Qu'on ne laisse entrer ni sortir personne ! dit-elle à Burrus. Et toi, va préparer les prétoriens ! Promets-leur une prime de cent cinquante mille sesterces. Confirme aux sénateurs qu'on leur restituera les droits dont Claude les a privés puisque telles sont leurs conditions. Compte tenu de la situation, nous ne pouvons envisager de longs pourparlers bien que je les trouve trop exigeants !

Néron l'observait, à la fois étonné et bouleversé.

— Allons ! Ne reste pas ici bouche bée, lui dit-elle. Enferme-toi avec Sénèque. Il doit t'apprendre des discours dignes de l'empereur que tu es devenu !

Le philosophe ordonnait déjà dans son esprit les grandes lignes des discours que Néron serait amené à prononcer.

— Tu en seras mille fois récompensé, lui dit Agrippine.

Après avoir distribué ses ordres, elle gagna rapidement la chambre de Britannicus gardée par Pallas.

— Tout va bien ? lui demanda l'affranchi.

— C'est fini, le rassura Agrippine en lui posant la main sur son bras qu'elle serra très fort. C'est enfin fini ! Le pouvoir est entre nos mains !

Pallas soupira et caressa sa nuque en glissant ses doigts sous ses boucles.

— Comment vas-tu le leur apprendre ? demanda-t-il en désignant du menton la porte derrière laquelle gémissait Antonia.

Agrippine haussa les épaules.

— Je n'ai guère le temps de me poser des questions. Tenons-les à l'écart des appartements de Claude afin qu'ils n'entendent pas nos arrangements.

Elle rejoignit rapidement la chambre de son fils. Sénèque faisait répéter à Néron le discours qu'il devrait prononcer devant les soldats et le sénat. Néron était quelque peu réticent. Être poète ou sculpteur, soit ! Mais empereur ?

— Un *princeps* bon orateur enthousiasme toujours les Romains, lui dit sa mère avec détermination. Tâche d'étudier avec Sénèque l'oraison funèbre de Claude. Cette *laudatio* représentera l'une de tes premières manifestations officielles ! Auguste parlait vite et avait de la repartie ; Tibère s'exprimait lentement mais sagement ; mon frère Caligula était un orateur fascinant. Tu connais déjà le grec. Sénèque t'apprendra le reste.

Alors que le philosophe ne cessait de lui répéter

les phrases importantes de ses discours, Néron regardait dehors. Il pleuvait à torrents. Le ciel était noir. Il lui faudrait se rendre au camp des prétoriens sur son cheval. Comment y parviendrait-il sans être trempé et crotté ?

— J'ai commandé une litière d'apparat, le rassura sa mère.

Néron soupira. Sans se soucier de ses états d'âme, elle l'abandonna à la sagesse de Sénèque et se hâta vers l'atrium. Elle envoya un messager avertir le peuple que l'empereur, toujours souffrant, gardait le lit, et un autre aux sénateurs, leur conseillant de se réunir séance tenante, car « on n'était pas à l'abri d'une issue fatale ». Des bulletins de santé furent placardés dans les rues.

Au moment où Agrippine rejoignait Xénophon dans la chambre de Claude, les serviteurs auxquels elle avait distribué des ordres secrets revinrent avec un augure.

— Mais ce n'est pas le bârû ! cria Agrippine en injuriant ses hommes. Espèces d'imbéciles !

— Tes serviteurs m'ont expliqué ce que tu attendais de moi, Augusta, lui dit l'augure sans autre préambule. Je peux tout aussi bien t'aider. Mon devoir est de te mettre en garde. Si notre divin empereur venait à mourir maintenant, les auspices seraient défavorables à son successeur. Très défavorables car des nuages noirs surplombent la ville. Jupiter tonne. Vers la mi-journée, peut-être que tout rentrera dans l'ordre.

Agrippine demeura soudain raide d'effroi. Elle ne s'attendait pas à des présages aussi contraires. Elle fixa le petit homme sec et maigre aux veines saillantes, puis contempla Claude, abasourdie.

— Qu'on paye cet augure et qu'on fasse entrer les *saltatrices* ! cria-t-elle en s'agitant dans sa longue tunique au fin tissu transparent cousu de fils d'or. L'empereur sera debout avant la fin du jour !

C'était pour elle la seule manière d'attendre des heures ensoleillées.

Les musiciens entourèrent aussitôt Claude de grincements de crécelles et de languissants gémissements de luths. Des danseuses de Gabès, nues sous leur voile, entrèrent en esquissant des pas de danse. Certaines tenaient au-dessus de leur tête un tambourin. Leurs ceintures en or, leurs bracelets aux chevilles et aux poignets scintillèrent à la lumière des flambeaux accrochés aux murs. Elles dansèrent longtemps.

Au moment où le bârû accrochait son chaudron à une crémaillère, se régalant déjà des odeurs qui en émanaient, de violents coups de poing ébranlèrent sa porte.

— Il n'y a même pas moyen de manger ! clama-t-il.

C'étaient les deux chantres.

— La couronne navale de Claude et la couronne civique d'Auguste ont été exposées devant le palais, lui apprirent-ils. C'est mauvais signe !

— Ma bouillie est prête et mon manteau encore trempé ! Décidément, je n'ai pas de chance ! Il faut y aller, vous avez raison.

Il éteignit son feu, engloutit une galette de pain et se dirigea à grands pas vers le palais, suivi des deux chantres. Si la pluie avait cessé, le ciel était toujours aussi bas et menaçant. Dans Rome, du Transtévère à l'Esquilin, le bruit circulait que Claude était mort, provoquant trouble et perplexité. Le peuple était abasourdi. Il s'était réuni devant le palais dans l'attente d'une information. Certaines femmes gémissaient ou sanglotaient. Quand le bârû monta les marches du palais, le soleil perça enfin.

— Allons ! Descends de là ! lui crièrent les gardes en le poussant.

Le bârû faillit trébucher. Il obéit en maugréant. Au même moment, les portes s'ouvrirent. Le peuple impatient avait les yeux rivés sur elles. Burrus s'avança le premier et leva le bras pour saluer la foule. Derrière lui parut Néron, enveloppé du *palumentum* de pourpre et d'une cuirasse d'or, ses cheveux roux plaqués le long de ses joues, les yeux intensément bleus, la peau d'une blancheur irréelle. À ses côtés se tenait Agrippine, les cheveux peignés en arrière, les traits tendus.

— Où est Claude ? cria-t-on de toutes parts. Et Britannicus ?

La foule scanda le nom de l'empereur, allongea le cou, se rehaussa sur la pointe des pieds. On s'interrogeait des yeux. Soudain, des prétoriens présents jaillit un cri inattendu : « Vive César ! Vive l'empereur Néron ! Longue vie à Néron ! » Les autres soldats y ajoutèrent leurs exclamations de joie. Alors, Burrus prit la parole d'une voix forte et autoritaire.

— Romains ! L'empereur Claude est mort. Vive l'empereur Néron !

Le bârû se laissa tomber sur une borne de pierre.

— Ça alors ! Les astres ne m'ont pas prévenu, murmura-t-il.

La nouvelle suscita de nombreuses manifestations de douleur. Les enfants pleurèrent en voyant leurs mères verser des larmes. Les Romains montrèrent leur désarroi. « Tout s'était passé si vite ! »

Néron ne laissa pas le peuple s'interroger longtemps. Il s'avança, l'air contraint, le sourire forcé. Il salua les Romains présents, les deux bras levés, sans prononcer une parole, et descendit les marches du large escalier jusqu'à la litière qui l'attendait. Puis il s'allongea sur les coussins de soie pourpre, le haut du corps exhaussé par des cylindres de cuir lustré à glands dorés.

Agrippine se tenait droite, impassible. Elle se contenta de suivre son fils des yeux puis d'observer la cohorte de cavaliers qui s'ébranla à sa suite. Dans la foule, on remarqua l'extrême jeunesse du prince. Auguste avait commencé son règne à trente-six ans, Tibère à cinquante-six, Claude à cinquante, Caligula à vingt-cinq. Néron n'en avait que dix-sept… Et si une guerre survenait ? Quel secours trouverait-on chez un enfant gouverné par une femme ? Ne valait-il pas mieux après tout qu'un vieillard incapable de soutenir le poids d'un conflit ? Burrus et Sénèque l'assisteraient ; ils étaient connus pour leur efficacité. Pompée à vingt-trois ans, César Octavien à dix-neuf n'avaient-ils pas supporté le fardeau des guerres civiles ?

Les jeunes femmes, elles, ne se posaient pas tant de questions. Elles acclamaient leur nouveau dieu.

Le bârû leva des yeux sans expression vers Agrippine qui réclama sa litière alors que la foule courait après celle du prince. « Dois-je lui parler maintenant ? se demanda le prêtre. Mes propos vont la mettre en fort mauvaise disposition. Attendons qu'elle revienne du sénat. »

# Chapitre 11

— Je t'en prie, maître, raconte-moi ce qui s'est passé, dit Akté tout excitée en prenant les mains du nouvel empereur de Rome qui revenait, fourbu, du sénat. Raconte-moi tout. Et apprends-moi, d'abord, comment je dois t'appeler. Divin ? Sérénissime ? Père de la patrie ?

Pétrone, qui avait raccompagné son ami dans sa chambre, éclata de rire en se servant une coupe de vin de Chios.

— Surtout pas Père de la patrie ! Néron vient de refuser ce titre devant le sénat rassemblé !

— N'ai-je pas agi sagement en suivant là les conseils de Sénèque ? demanda Néron inquiet en s'affalant sur un siège en forme de « X ».

— Si fait ! le rassura « l'Arbitre des élégances » en se grattant la fesse. Si fait ! Je vois que tu souhaites que je te parle franchement comme avant. Eh bien ! sache que tu étais trop jeune pour être le père d'une ville aussi ancienne que Rome. Le titre de « Prince de la jeunesse » est pour toi tellement plus flatteur !

Comme Néron tournait les yeux vers Akté, l'affranchie crut bon de répondre en se réfugiant à ses pieds.

— Tel est également mon avis, Seigneur. Tu es tellement beau habillé ainsi ! Quand j'ai vu la litière partir vers le camp des prétoriens, je n'en croyais pas mes yeux ! Comment t'ont accueilli les soldats ? Et le sénat ? Que leur as-tu dit ?

— Pour une simple affranchie, Akté se montre bien exigeante ! constata Pétrone en souriant. Mais j'avoue être curieux moi-même des sentiments que tu as éprouvés !

Néron étendit ses jambes et se laissa déchausser par un esclave. Ses brodequins étaient couverts de boue séchée. Il avait abondamment transpiré et ses pieds dégageaient une odeur de bouc. Un bataillon de domestiques s'activa aussitôt autour de lui pour lui préparer un bain.

Les reins ceints d'un simple pagne, il gagna l'immense salle de marbre et s'étendit avec un soupir de satisfaction dans sa large baignoire aux pieds et aux décorations en or.

— Tu l'as constaté comme moi, Pétrone. Je n'étais pas plus tôt parti vers le camp des prétoriens que des nuages se sont de nouveau amoncelés dans le ciel, plus menaçants encore que la veille. Je redoutais ce présage funeste. Le peuple n'allait-il pas me conspuer, jeter des pierres sur ma litière ? Mais il n'en fut rien. Bien au contraire. Que ce fût sur le Forum d'Auguste, le long des quartiers surpeuplés, au pied du mont Viminal et du Quirinal, au-delà même des murailles de Tullius et jusqu'au débouché de la Via Nomentana, les Romains me suivirent et m'acclamèrent avec des cris de joie. Sur le conseil de Sénèque, j'ordonnai de leur distribuer à chacun quatre cents sesterces. Nous arrivâmes très vite au camp. Les six mille prétoriens m'attendaient, rassemblés à l'appel de leurs commandants de centuries, par groupe de dix décuries, le bras droit replié sur leur javelot, le bouclier contre la hanche. En les voyant ainsi en faction, je me sentis tout à la fois intimidé et fier. Burrus m'invita à descendre de litière. Je contemplai un instant ces soldats et cette forêt de lances impeccablement alignées, ces panaches ondulant sous les bourrasques de vent. J'étais émerveillé de savoir à mes ordres ces cohortes autrefois organisées par Auguste.

— Tu ne redoutais pas le moment de ton discours ? lui demanda Pétrone en l'écoutant avec attention, impatient qu'il en vînt à l'essentiel.

— Non, car Sénèque me l'avait maintes fois répété, et Burrus avait préparé les soldats à l'entendre. J'ai d'abord souligné combien il était douloureux pour l'Empire de perdre un empereur comme Claude ; j'ai promis des funérailles aussi grandioses que le furent celles d'Auguste ; je leur ai confirmé ce que Burrus leur avait déjà laissé entendre : qu'ils recevraient une gratification égale aux largesses de mon père. La création à Antium d'une colonie destinée à recevoir les vétérans leur a beaucoup plu. L'idée était astucieuse.

Pétrone siffla d'admiration.

— Par Mars, voilà en effet des promesses dignes de Claude ! Ce sont les légions qui vont réclamer des compensations ! Leur solde est déjà trois fois inférieure à celle des prétoriens !

— S'ils bougonnent, Sénèque a prévu de leur verser, à l'expiration de leur temps de service, une gratification de dix mille sesterces.

— Contre vingt mille aux prétoriens.

— Nous verrons…

— Je suis sûr que les prétoriens t'ont acclamé au-delà de toute espérance !

— C'est vrai, reconnut Néron, encore ému, en se levant et en s'enveloppant d'une large serviette.

Il s'étendit sur une table de marbre recouverte d'un linge parfumé et abandonna son dos aux mains expertes et souples de l'*alipta*.

— Après ce succès, tu as donc été au sénat.

— Oui. Et toujours sous une pluie fine et serrée. Ma mère nous y attendait avec Pallas. Je redoutais plus les sénateurs que les prétoriens. Sénèque m'avait préparé un discours interminable dont le plan s'emmêlait dans ma tête.

— Ton discours a dû être bien long en effet. Il ne s'est achevé qu'à la nuit tombée.

— Je t'épargnerai un récit fastidieux en ne t'en révélant que l'essentiel. En tout premier lieu, j'ai bien entendu promis aux sénateurs des appointements annuels plus élevés. J'ai rappelé que j'avais à mes côtés pour gouverner l'Empire des conseils et des exemples, bien que ma jeunesse n'ait connu ni guerres civiles ni querelles domestiques. Autant étaler ses dés sur la table ; pourquoi nier l'existence de Sénèque, de Burrus ou la tienne, Pétrone, toi qui es toujours si pertinent dans tes jugements ?

Pétrone le remercia d'un signe de tête.

— Qui n'a rien connu n'apporte ni haine, ni rancune, ni désir de vengeance, dit-il.

— Tels ont été exactement mes arguments. J'ai alors tracé le plan de mon futur règne en précisant bien qu'on ne trouverait rien de vénal ou d'accessible à la brigue dans mes pénates, que les sénateurs reprendraient leurs antiques fonctions, que je consacrerais tous mes soins à l'armée et que, citoyen parmi les citoyens, je respecterais les lois, que le sénat ne serait plus l'instrument de la volonté impériale, que les affranchis ne dirigeraient plus l'État. J'ai conclu en l'engageant à choisir comme ministres des hommes publics soutenus par le peuple.

— Je comprends pourquoi les sénateurs souhaitaient te couvrir de titres ! En leur rendant le pouvoir judiciaire, tu égales Auguste. Malheureusement, le peuple n'est reconnaissant ni pour la loi ni pour l'ordre.

— Quant à ma mère, le sénat lui a décerné deux licteurs et le titre de prêtresse de Claude divinisé. Une cohorte et un détachement de mercenaires seront affectés à sa garde.

Néron fut interrompu par l'officier de service au palais. Il le salua, le félicita et s'enquit du mot d'ordre pour la nuit. L'empereur balança un instant et répondit en regardant Pétrone :

— Que penses-tu de « la meilleure des mères » ?

— L'Augusta sera flattée, lui assura Pétrone en se levant.

Il jeta un coup d'œil par la fenêtre. D'épais nuages d'encre s'accrochaient les uns aux autres, poussés par un vent d'est. Les lueurs des torches de résine tremblotaient dans les *domus* derrière un rideau de pluie. Les chars grinçaient dans les rues; les chevaux hennissaient; les esclaves déchargeaient les marchandises, juraient dans les ténèbres.

— Où sont Britannicus et Octavie? demanda Néron à Akté.

— Ils veillent leur père.

— Et ma mère?

Agrippine s'était retirée dans ses appartements dès qu'elle avait appris que le bârû l'y attendait. Grâce à Sénèque, il avait enfin réussi à franchir le barrage des gardes.

— Quelle heureuse journée pour toi! lui dit-il mielleusement en joignant les mains et en baisant la sienne avec déférence. Tu vois que j'avais raison. Ne t'avais-je pas prédit que Néron régnerait un jour?

Elle le regarda avec mépris.

— Mouche-toi, bârû, une goutte pend au bout de ton nez. Tu vas me passer ta maladie. J'ai attendu des jours entiers tes renseignements! Où étais-tu passé? Tu avais disparu! J'avais encore besoin de toi cet après-midi. Mes messagers ne t'ont trouvé nulle part!

— Mais c'est impossible! J'ai attendu moi-même toute la matinée devant les portes du palais! Interroge tes gardes! Ils te diront qu'ils m'ont interdit de venir te rejoindre!

— J'avais en effet donné des ordres, reconnut Agrippine. Mais cela fait des jours que j'attends tes informations!

Comme elle ne semblait pas l'y inviter, le bârû se

laissa choir dans un fauteuil. Sa tête jouait du tambourin et ses oreilles de la crécelle. Son crâne était aussi rose que le revêtement du lit et ses paupières aussi rouges que les tentures. Il tremblotait.

— Je sais, Augusta, dit-il en toussant, mais je connais maintenant pour qui soupire Néron. Il s'agit d'une certaine Sabina... Sabina Poppea.

— Sabina Poppea ? La fille de Poppée l'Aînée qui a péri sous le règne de Messaline ? La fille d'une putain aussi dépravée que sa mère ! Par Junon, ça ne m'étonne pas ! Elle a pourtant la réputation d'être sage et discrète...

— La réputation, Augusta...

— Tu as bien travaillé, bârû. Je me charge maintenant de mettre un terme à cette passion stupide. Se rencontrent-ils souvent ?

Le bârû haussa les épaules, les larmes aux yeux. Il éternua à plusieurs reprises.

— Je ne tiens pas la lampe près de leur lit, Augusta.

— Tâche de le savoir. Quant à moi, je trouverai bien un moyen de me débarrasser d'elle ! Mais j'ai d'autres priorités. Tu dois maintenant quitter le palais. Je n'ai pas envie d'attraper ton rhume. Continue d'espionner Poppée et reviens me voir dès que tu auras d'autres informations.

— Je pense trouver très bientôt un moyen de l'éliminer.

— Dans ce cas, viens m'en parler.

Elle le mit presque dehors car elle avait hâte d'ajouter un paragraphe historique à ses *Mémoires* et d'aller se coucher. Elle était éreintée par une journée où elle avait fourni d'épuisants efforts.

Le rire et les claires exclamations d'Akté traversèrent le couloir pour s'évanouir dans le jardin.

— Encore une qui endort mon fils ! pesta-t-elle. Et ce sot qui ne pense qu'à chanter de mauvais vers !

## Chapitre 12

*Novembre 54 ap. J.-C.*

Coiffée d'un bonnet d'esclave, les traits camouflés sous une barbe postiche et la tunique recouverte d'un manteau ordinaire, Poppée prit garde de ne pas réveiller son époux et sortit de sa demeure par une issue secrète. Elle se faufila entre les arbres du jardin et monta en amazone sur son cheval après avoir caressé ses chiens.

— Allez file ! souffla-t-elle à l'animal en frappant ses flancs de ses talons.

Elle flatta son encolure et lança la bête au galop. Les sabots claquèrent bientôt sur les énormes pavés de la Via Flaminia qui prolongeait la Via Lata et au débouché de laquelle le pont Milvius enjambait le Tibre. Seuls les cyprès frémissaient dans l'obscurité. Les rues étaient désertes. Elle ne croisa que des chariots de marchandises et un cortège funéraire, laissant derrière elle les lamentations des pleureuses et les sonneurs de cors.

Dès qu'elle arriva aux abords du pont Milvius, elle mit pied à terre et se dirigea vers les tavernes du bord du Tibre, repaires des plaisirs clandestins. Un esclave l'interpella.

— Je cherche un plébéien, lui dit-il.

— Fiche-moi la paix ! lui rétorqua Poppée en changeant sa voix.

— C'est pour ma maîtresse. Elle n'éprouve de... de plaisir physique qu'avec des plébéiens... Aussi m'envoie-t-elle en chercher à la nuit tombée... Il lui en faut justement cinq ou six... Mais elle paie bien, je t'assure...

— Fiche-moi la paix ! répéta-t-elle.

Alors que les rues de Rome étaient désertes à cette heure tardive, que les volets étaient clos et les portes hermétiquement fermées, le quartier du pont Milvius grouillait d'une faune cosmopolite. Des tavernes bruyantes, ouvertes depuis la fin de l'après-midi, jaillissait une musique forte et rythmée sur laquelle s'exprimaient, lascives et nues, de jeunes prostituées de Gadès aux cheveux teints qui poussaient en dansant des cris et des soupirs obscènes. Les éclats de voix des hommes saouls buvant encore, ou jouant aux dés avant de s'éclipser avec une danseuse, s'entendaient jusqu'au-delà du Tibre malgré les rondes des vigiles qui, à dire vrai, n'osaient guère s'aventurer dans ces rues sombres ne s'éveillant qu'à la nuit tombée. Un Romain échoua la tête la première contre les pavés.

— Que je ne te revoie plus ici ! lui lança le tavernier.

— Quelle idée de me donner rendez-vous dans

ce coin mal famé ! marmonna Poppée en tirant sur la longe de son cheval. « L'Amphore renversée… » « L'Amphore renversée… » Mais où est donc cette gargote ?

Elle lisait les enseignes les unes après les autres. Un Romain la croisa, une chandelle à la main, en pressant le pas. Elle se retourna sur lui. Il était escorté par une solide troupe portant des lampes de bronze et des torches en quantité impressionnante.

— Il est équipé, lui, au moins ! Si je suis attaquée, je n'ai aucun moyen de défense !

Des bandes de malfrats avaient en effet émigré des marais Pontins et de la forêt Gallinaria d'où les avaient chassés les patrouilles, bénéficiant là de vin et de tavernes chauffées en hiver. On n'y voyait aucune construction somptueuse mais des immeubles fissurés et sales, prêts à tomber en ruine. Le luxe le plus insolent ne voisinait pas avec la pauvreté la plus sordide comme au centre de Rome. Là régnaient l'indigence et l'illégalité, la violence gratuite et les trafics de toute sorte ; les rues étaient encore plus mal famées qu'à Subure ou au Vélabre, repaire de commerces douteux. Même les mendiants, les coupe-bourses, les pauvres hères vendant une vaisselle ébréchée recueillie dans un tas d'ordures, les faux naufragés cherchant à apitoyer les passants en brandissant un panneau peint figurant le naufrage dont ils avaient été victimes, les charlatans et les artistes ambulants évitaient le quartier de Milvius. Si des devins improvisés en mages orientaux prétendaient prédire l'avenir près du Cirque Maxime en échange d'une importante somme d'argent, aucun d'entre eux n'avait jamais foulé les derniers pavés de la Via Flaminia la nuit.

Poppée camoufla son visage dans son manteau en frissonnant. La chevelure bleue surmontée d'une mitre bariolée, des Phrygiennes nues, juchées sur de hauts tabourets, leur cellule ouverte sur la rue, apostrophaient des bandes armées de gourdins et de couteaux pour quelques as. Un peu plus loin, des Syriennes arpentaient les rues avec des vêtements transparents verts ou rouge vif ornés de franges et de galons brodés en agitant leurs bijoux clinquants. Quant aux esclaves, une écharpe autour de leurs seins et un écriteau annonçant leur spécialité autour de leur cou, elles apostrophaient le client devant leur bouge minuscule et puant dissimulé aux yeux des passants par un simple voile.

Poppée désespérait de retrouver le bârû dans ce labyrinthe ; elle s'apprêtait à rebrousser chemin quand elle le vit accoudé à un comptoir avançant sur la rue. Il était en train de lire l'étiquette des cruchons attachés par des chaînes aux piliers de la gargote.

— Rien que de la piquette ! protesta-t-il en crachant à terre.

— Pour le prix, tu ne veux pas du vin de Grèce ! lui rétorqua le gargotier en lui servant un gobelet de massilia pur. Et toi, que désires-tu ? demanda-t-il sèchement à Poppée en tirant vers lui une amphore encastrée dans son comptoir. Du massilia ? du falerne ?

Poppée lui fit un signe négatif de la main.

— Quelle idée de me donner rendez-vous ici ! chuchota-t-elle au bârû. Tu es complètement fou !

— Tu crois ? lui dit-il avec ironie en croquant dans une saucisse gorgée d'huile. Regarde !

Il l'attira sur le seuil de la taverne. L'atmosphère était enfumée par les braseros où mijotaient des sauces et d'épais bouillons. Le vacarme était assourdissant. Des gladiateurs, vainqueurs aux derniers jeux, racontaient leurs exploits ; des individus louches, le capuchon de leur manteau rabattu sur la tête, traitaient à voix basse avec des étrangers ; des esclaves se gavaient de vulves de truie et de boudins piqués de serpolet en déglutissant bruyamment. Au fond de la salle, deux marins chantaient, le gobelet à la main, et se disputaient les charmes d'une prostituée à peine pubère. Ils s'affalaient maladroitement sur elle en lui écartant les cuisses. Elle, riait à gorge déployée en guidant leurs membres égarés vers son jardin qui n'avait plus rien de secret.

Poppée haussa les épaules.

— Et alors ? lui dit-elle. Je ne comprends pas.

Le bârû lui désigna un groupe de jeunes gens vêtus d'habits communs qui jouaient aux tessères tout près d'eux. Elle cligna des yeux et s'étonna de voir Othon se retourner vers elle. Il parlait justement d'elle à Néron que personne ne semblait reconnaître sous sa fausse barbe.

— Par Jupiter, mais c'est l'empereur ! cria presque Poppée.

— Eh oui ! Voilà une excellente occasion de le revoir.

— Mais tu n'y penses pas ! Fagotée comme je suis ! Que dirait Othon ! Il ne comprendrait pas !

— Chut ! Écoute !

— Sabina Poppea est mariée au chevalier Rufrius Crispinus, disait précisément Othon à l'empereur. Plus pour longtemps, car elle partage ma flamme. Il me sera facile de la faire divorcer.

— Je ne crois pas la connaître…

— Elle paraît rarement en public et généralement voilée. Elle préfère s'occuper de son fils.

— Elle ne sort que voilée, dis-tu ?

— Hum… Hum…

La curiosité de Néron fut aussitôt en éveil.

— Peux-tu me la décrire ?

— Elle est blonde, intelligente. Son aïeul Poppeus Sabinus a reçu autrefois les honneurs du triomphe. Elle avoue vingt-trois ans mais en paraît dix-huit. Pourquoi ne viendrais-tu pas chez nous aux Saturnales ? Tu ferais sa connaissance.

Néron l'approuva avec empressement.

— L'empereur ne peut venir chez Othon ! souffla Poppée au bârû. Il me reconnaîtra !

— Et alors ? Ne souhaites-tu pas devenir impératrice ?

Soudain effrayée, Poppée le tira à l'écart et le supplia de la raccompagner.

— Laisse-moi au moins finir cette saucisse !

— Dépêche-toi. Je n'ai pas envie de me retrouver face à face avec Othon !

— Il ne te reconnaîtrait pas.

— Mais que font-ils ici déguisés de la sorte ?

— Néron sort souvent le soir avec ses amis. On raconte qu'il commet les pires extravagances, mais ce sont sans doute des médisances. Je pense tout simplement qu'il a besoin de passer sa jeunesse et, lorsqu'on est empereur, il est bien difficile de fréquenter les bouges autrement que déguisé !

— Tu es venu ici de quelle manière ?

— À pied.

— Je vais te raccompagner. Viens ! Monte derrière moi ! Ce coin ne me dit rien ! Je préfère m'en aller !

Le bârû grimpa difficilement sur la monture de Poppée qui suivit au pas les tavernes de Milvius avant de lancer son cheval au galop. Le silence nocturne les enveloppa bientôt. Ils galopèrent ainsi jusqu'à l'appartement du bârû.

*

* *

— Tu as bien dormi, César ? demanda Sénèque à Néron en éparpillant sur une table les plaintes pour tapage nocturne qui s'accumulaient depuis plusieurs jours chez le préfet des vigiles.

L'empereur s'étira en bougonnant et bâilla à s'en décrocher la mâchoire. Il s'assit sur son lit, la tunique froissée et les cheveux en bataille.

— Ah ! mon bon Sénèque, j'ai dormi dans les bras d'une vestale !

— J'espère pour elle que ce n'était qu'en rêve !

L'empereur se laissa chausser et traîna ses sandales ornées de perles jusqu'à la fenêtre.

— Akté t'a attendu très tard hier soir ; elle a fini par regagner la maison que tu lui as offerte sur l'Aventin. On dit qu'elle rejoint les chrétiens les soirs où tu t'absentes. Elle y chante des hymnes et écoute des hommes bénir un dieu unique.

— Serait-elle devenue chrétienne ?

— Peut-être… Les chrétiens prônent la fidélité et le pardon. Depuis qu'elle les fréquente, on ne lui connaît pas de liaison autre que la tienne.

Néron haussa les épaules. Jamais Akté ne lui avait fait de confidences à ce sujet. Il s'avança sur la terrasse. À travers le voile de brume rosée s'étendait la campagne verte et rousse encerclant la ville aux sept collines. Les quatorze quartiers de Rome, surpeuplés jusqu'à l'engorgement, s'agitaient sous la domination des monts Albains. Le Tibre argileux, sinueux, semblait traîner sa large coulée de lave grise entre ses hautes berges d'ocre clair bordées d'*insulae* en terre cuite aux toitures de brique rouge. Les rues étaient si nombreuses et si étroites que les immeubles paraissaient tous accolés les uns aux autres en blocs compacts. Néron se pencha légèrement ; son regard s'arrêta sur la louve colossale en bronze qui commémorait les premières fondations de Rome. À côté, des esclaves battaient le sol d'une future route, le préparant à recevoir un lit de mortier et de pierres plates.

— Il nous faudra augmenter les taxes pour la construction des routes, dit Sénèque en suivant le regard de Néron.

— Si nous ne pouvons faire autrement…

— Les provinces subissent déjà de lourdes charges. Il est impossible de les accabler davantage.

— Fais au mieux, dit Néron en bâillant de nouveau et en se dirigeant vers la salle de bains.

— Tu n'as pas oublié les ambassadeurs arméniens ?

— Non. Je me prépare. Ils ne vont pas tarder. Comment as-tu trouvé l'accueil que j'ai réservé hier aux sénateurs ?

— Bien. Très bien. Tu as eu raison encore une fois de refuser les statues dont ils voulaient t'honorer. Tu auras, dans les prochaines années, toutes les statues dont tu seras digne. Et, bien que les sénateurs aient émis le vote que l'année commencerait au mois de décembre, où tu es né, il était bon de conserver le début de l'année aux calendes de janvier. Je suis vraiment fier de toi, César.

— Ne m'as-tu pas conseillé la clémence et la modestie ?

— Et tu les emploies à merveille !

— Fais installer ma mère dans le cabinet attenant à la salle du trône.

— C'est inutile, dit Agrippine en entrant. J'assisterai à l'entretien à tes côtés.

— L'impératrice vient sans doute féliciter l'empereur de Rome, lui dit Néron, un demi-sourire aux lèvres. Mais je te visiterai tout à l'heure, ma mère. Je dois régler des affaires d'État.

— C'est moi qui t'ai fait empereur ! L'aurais-tu déjà oublié ? Tu es encore trop jeune pour prendre des décisions ! Tu n'es même pas capable de tenir ton rang ! Tu traînes le soir avec des artistes de pacotille. Que je ne les revoie plus au palais ou je les chasserai ! Quant à Akté, tu ne donneras pas à l'Augusta une affranchie pour belle-fille ! Si je revois cette fille ici, je la ferai fouetter !

Néron respira profondément et soutint froidement son regard.

— Akté est descendante comme Pallas des rois d'Arcadie. Je compte bien l'épouser après avoir divorcé d'Octavie et nous partirons vivre à Rhodes. Rien ni personne ne changera mes projets !

— Tu as créé pour ta putain une généalogie sur mesure !

— À l'égal de mon esclave de beau-père !

— Je préférerais t'enfermer plutôt que de te voir revenir crotté des écuries de course où tu partages le repas des cochers. Ces bons à rien s'enorgueillissent tant de tes faveurs qu'ils affichent à l'égard des préteurs et des consuls une violence révoltante ! Je ne te laisserai pas te ridiculiser comme mon frère Caligula pour des chevaux !

— Il vaut mieux fréquenter les juments que les impératrices ! répondit Néron en secouant sa tignasse.

— Ainsi donc les putains ne te suffisent pas ! Il te faut aussi des esclaves !

Akté assistait depuis quelques instants à leur altercation.

— Je ne suis pas une esclave ! s'exclama-t-elle dignement en s'avançant vers l'Augusta.

— Et une esclave qui ose me tenir tête !

Akté se tenait droite. Son corps mince moulé dans une tunique à plis avait la beauté des déesses grecques. Sa chevelure tressée procurait à ses traits sérénité et majesté.

— Je ne suis pas une esclave, répéta-t-elle calmement.

Agrippine la gifla de toutes ses forces.

— Si tu portes encore une fois la main sur elle, lui dit Néron, je te renverrai du palais.

— Comment ? Tu oses défendre une esclave ! Contre ta mère !

— Oui, répondit froidement Néron. Et maintenant, laisse-moi ! Je suis las de tes histoires, et mon bain refroidit !

— Je vais la fouetter moi-même ! cria Agrippine hors d'elle-même. Qu'on m'apporte un fouet !

Elle déchirait déjà la tunique d'Akté quand l'affranchie s'empara de son poignet.

— Espèce de traînée ! lui dit-elle en la giflant avec une telle violence que la jeune femme tomba à terre.

— Gardes ! Reconduisez ma mère dans sa chambre ! C'est un ordre ! dit Néron en aidant Akté à se relever. Et qu'elle n'en sorte pas de la journée !

— Tu me paieras ça, mon fils ! cria Agrippine. Tu verras qui commande dans ce palais ! Et reçois donc les Arméniens ! Vologèse et les Parthes ont encore envahi leur pays. Leur roi Radamiste est en fuite et son frère Tiridate a pris le pouvoir. Nos légions d'Orient sont en péril, les provinces menacées. Je suis curieuse de voir les décisions catastrophiques que tu vas prendre pour ton pays !

*

*   *

Les décisions de Néron furent dignes d'un vieux monarque. Il reçut les ambassadeurs arméniens dans la salle du trône en présence des consuls, des généraux, des courtisans et des prétoriens. Sans tergiverser, il ordonna de lever de jeunes soldats dans les provinces pour compléter les légions d'Orient, et confia à Domitius Corbulon la tâche de sauver l'Arménie en rejoignant le légat de Syrie, Ummidius Quadratus. Il mit sous son commandement les cohortes et la cavalerie en quartier d'hiver dans la Cappadoce, ordonna aux deux anciens rois Antiochus et Agrippa de tenir des troupes prêtes à envahir les Parthes, donna l'Arménie mineure à Aristobule et la Sophène à Sohémus avec les ornements de la royauté. Le choix de Néron ne pouvait être plus judicieux car Corbulon avait acquis la confiance des rois alliés. Les Arméniens reconnurent sa force, son éloquence, son expérience et sa sagesse. Pour remercier l'empereur, ils lui offrirent maints présents en or et en argent.

Qu'un empereur fût prêt à soutenir une guerre en Orient et à jeter des ponts sur l'Euphrate si la nécessité s'en faisait sentir enthousiasma Sénèque qui, pour une fois, n'avait pas donné son avis avant l'entretien. Le philosophe encouragea également la fermeté de Néron à l'égard d'Agrippine qui devenait par trop envahissante, le ridiculisant par sa présence même aux yeux des ambassadeurs étrangers. On n'avait jamais vu une femme assister à des entrevues politiques ou traiter d'affaires d'État.

Malgré les félicitations de Sénèque, Néron regretta le soir même son emportement contre sa mère, non qu'il se repentît de son franc-parler, mais il redoutait sa vengeance. Il la savait incapable d'accepter un tel affront sans manifester sa révolte avec de redoutables retombées. Aussi donna-t-il l'ordre à une garde de

Germains de surveiller nuit et jour la résidence d'Akté. Il lui envoya même un goûteur de confiance. Pour amadouer sa mère et obtenir son pardon, il chercha longuement une idée de présent qui la conquît tout à fait. Dans ce but, il fit déballer toute la garde-robe impériale. On déploya devant lui les tuniques, les *stolae*, les chlamydes dont étaient parées les filles, les mères et épouses d'empereur, et qui soulevaient la convoitise des femmes de la Cour jetant sur ces atours des regards de pâmoison. Il les regarda attentivement, tâta la souplesse, la finesse du tissu, jugea la grosseur et la valeur des pierres, leur harmonie de couleurs, hésitant entre une couleur impériale comme la pourpre ou l'or et l'améthyste chère à Agrippine. Il choisit finalement celle qui lui paraissait la plus belle, une robe raffinée, en soie du pays des Sères, durcie de gemmes dorées et de broderies. Il y ajouta les bagues et les parures les plus resplendissantes en les complétant par un choix personnel avec l'orfèvre du palais. Puis il commanda à Paris de remettre ces présents à l'Augusta le lendemain en la priant de les accepter en hommages respectueux.

Dès que l'aurore eut soulevé ses brumes laiteuses en révélant un franc soleil, Néron se glissa dans sa tunique de pourpre et sa cuirasse à tête de Gorgone. Il fit brosser son étalon le plus noir et galopa jusqu'au bas du Capitole où se trouvaient les écuries des Verts. Quand il arriva, le temple de Jupiter Capitolin était encore noyé dans un rond de nuées encerclant le sommet de la colline. Il s'arrêta devant la roche Tarpéienne et sauta au bas de son cheval.

— Salut, Néron ! lui dit Corax en prenant la longe de son étalon. Quand j'ai su que tu venais aujourd'hui, j'ai aussitôt prévenu Bisculus que je souhaitais m'entraîner avec toi ! Il a accepté bien que je ne sois pas de sa faction.

Néron lui tapa dans la main.

— C'est formidable ! Tu sais que je passe mes plus agréables moments avec toi !

Ils longèrent les écuries où s'activaient depuis l'aube esclaves et palefreniers et contournèrent les autels du dieu Consus en marbre. Les *doctores* distribuaient leurs ordres dans la cour centrale du haras et recevaient les *editores* proposant le financement des prochains jeux, car les Saturnales approchaient. Les chevaux *funales* sur lesquels reposait souvent l'issue d'une course bénéficiaient d'un soin tout particulier. Néron avait choisi lui-même le sien. Son premier souci fut d'aller le caresser. Il avait grassement payé l'esclave qui le soignait et l'entretenait dans une écurie de marbre, le nourrissant, sur sa demande, d'orge, de raisins secs et de dattes dans une mangeoire d'ivoire.

— Je suis heureux de courir enfin contre toi aux Saturnales, dit Néron à son ami. Je crois avoir fait des progrès et tu es le plus grand cocher dans ce pays. Si je te battais…

Corax éclata de rire.

— Ce serait grâce à Bisculus. Pourquoi pas, après tout ?

Des esclaves astiquaient déjà les chars, en repeignaient certains. Néron gagna aussitôt son vestiaire avec Corax. Il enfila une tunique verte à manches courtes et posa une casaque sur sa tête.

— Où est Bisculus ? S'il ne vient pas, je pars sans lui !

— Il doit être avec le « maître de la faction ».

Autour des vestiaires, les charrons, les cordonniers, les artisans travaillant l'ornement des chevaux s'interpellaient dans un brouhaha qui excitait les bêtes. De temps à autre, un fonctionnaire réclamait le silence dans les étages supérieurs.

— Ah, Néron ! dit Bisculus en entrant. Tu sais que l'on vient de recevoir des chevaux d'Espagne, de Sicile, d'Afrique et de Thessalie. Superbes ! J'ai acheté des croisés mais ils ne pourront courir que dans trois ans. Ceux-ci coûteront plus cher que ta villa de Baies, je te le garantis ! Aulus Fabricius a beau attaquer la prétendue tyrannie financière de notre faction et refuser nos conditions, il ne pourra jamais obtenir d'aussi beaux chevaux ! D'ailleurs, il parle déjà de remplacer ses étalons par des chiens ! Beau spectacle en perspective !

— Ne t'en fais pas, Bisculus. L'an dernier, Symmaque a envoyé des connaisseurs chargés de sélectionner des coursiers dans les meilleurs haras d'Espagne et des cochers en Sicile. Bien qu'il ait mis à contribution toutes ses relations, des autorités d'Espagne jusqu'aux propriétaires fonciers, les cochers ne sont jamais arrivés.

— Oui, mais cette année un ami d'Arles en Gaule les lui a hébergés pendant tout l'hiver.

Néron haussa les épaules. Tant que les factions auraient l'appui de l'empereur, les marginaux ne parviendraient pas à les concurrencer. Il se dirigea vers son char auquel un esclave finissait d'atteler ses chevaux. Bisculus monta à côté de lui en prenant les rênes.

— Tu me suis, Corax ? lança-t-il au célèbre cocher.

— J'arrive !

Néron guida son char au pas vers la porte, prêt à rejoindre le Cirque Maxime, quand une litière arriva en toute hâte à sa rencontre. C'était Paris. Le dos flagellé jusqu'au sang, l'affranchi criait à chaque compresse de selago que Xénophon appliquait sur ses plaies. Néron se précipita vers lui, le cou déjà gonflé de colère.

— Qui t'a frappé ainsi ? Qui a osé fouetter l'ami de l'empereur ? Qui ? Dis-le-moi !

— La prochaine fois, lui répondit Paris entre deux cris, tu enverras un autre messager à l'Augusta. Je me souviendrai de la leçon !

— Pourquoi t'a-t-elle fait fouetter ?

— Parce que je lui ai remis tes présents et lui ai rapporté tes paroles.

— Et alors ?

Paris singea Agrippine en se pinçant le nez.

— « Je comprends ! s'est-elle écrié. Mon fils ne veut pas m'enrichir d'une nouvelle parure, mais me priver de toutes les autres ! Il me fait ma part d'un héritage qu'il me doit tout entier ! » Puis elle a ordonné de me donner trente coups de verges. A…ïe, Xénophon, mais fais attention !

— Et où est-elle maintenant ? au palais ?

— Non. Elle est partie pour Ostie raccompagner les ambassadeurs arméniens.

Néron serra les poings et les mâchoires dans un bref claquement de dents. Il lui avait pourtant interdit de se mêler des affaires étrangères.

— Bisculus ! J'ai besoin de cet attelage ! Je dois partir d'urgence à Ostie. Je te le rapporterai demain.

Le *doctor* descendit du char sans poser de questions.

— Que se passe-t-il ? demanda Corax.

— Rien. Je dois rejoindre ma mère à Ostie ! Je reviendrai m'entraîner demain.

Ainsi donc sa mère désirait la guerre ! Eh bien, ce serait la guerre ! Il traversa le Forum Boarium avec prudence et lança ses chevaux au galop vers la porte Ostiensis. Son fouet claqua au-dessus des bêtes. Les cyprès longeant la voie frémirent sur son passage.

Néron parcourut plusieurs milles sans s'arrêter. Quand il reconnut au loin la litière de sa mère, il encouragea ses chevaux de plus belle, doubla le cortège et ordonna aux esclaves de poser à terre la litière de l'Augusta. Il se dirigea vers les voitures arméniennes et salua courtoisement ses hôtes en leur expliquant brièvement la raison de sa présence. Les Arméniens, qui n'avaient pas de traducteurs, comprirent très vite l'emportement de Néron. Ils le prirent en riant et continuèrent seuls leur route vers Ostie. Néron trouva sa mère occupée à la rédaction de ses *Mémoires*.

— Tu me déranges, mon fils, lui dit-elle sans s'interrompre.

— Par Jupiter ! Se moque-t-on de l'empereur ?

Elle eut un rire nerveux et narquois.

— Aurais-tu la prétention, à ton âge, de gouverner l'Empire ?

— Je n'en ai pas la prétention. Je le gouverne !

— Par Héra, si cela t'amuse de le penser.

— Regarde-moi ! commanda Néron en plaçant sa main sur le papyrus couvert d'encre fraîche. Regarde-moi et explique-moi pourquoi tu as osé faire fouetter Paris alors qu'il t'apportait un cadeau de ma part. Nous ne sommes pas en Perse ici pour punir les compagnons du fils de la reine !

— Garde tes ordres pour ta putain ! lui répondit froidement Agrippine en se levant. On ne m'offre pas des biens qui m'appartiennent déjà.

— Je te le répète, Akté sera bientôt ma femme, quoi que tu penses.

— Et Octavie ? Ce sont là les leçons de Sénèque ? L'empereur répudie sa femme, fille des Césars, pour épouser une esclave barbare. Oublies-tu que c'est moi qui t'ai fait empereur ?

— Tu ne m'as pas fait empereur pour obéir ! Même Sénèque accepte Akté !

— Tu oses me donner une affranchie pour rivale. Quel spectacle tu offres à Rome ! L'empereur se traîne comme un vieillard sénile aux pieds d'une ancienne esclave, tout juste bonne à contenter un homme pendant une passe. Une prostituée, la maîtresse officielle de César ! Ha, ha, ha ! Laisse-moi rire !

— Une femme descendant des rois d'Arcadie ! hurla Néron. Grâce à qui j'allierai la famille julienne avec celle qui a inspiré les meilleurs poètes.

— Ainsi donc, j'ai fait adopter mon fils Domitius par Claude. Je lui ai procuré le plus sage des maîtres pour que cette tête de papyrus mâché accepte sa liaison avec une prostituée.

— Cesse tes propos de tragédie. Sénèque me conseille d'être indulgent envers les esclaves, non cruel et barbare comme les Perses ! Les esclaves ne marchent plus nu-pieds dans la poussière, les pieds frottés de plâtre ou de craie. Ils portent des sandales ! Nous ne sommes plus au temps d'Auguste ! Les esclaves dociles ne sont plus condamnés sans motif à l'ergastule ou à tourner la meule d'un moulin. Ils ne subissent plus gratuitement le supplice de la fourche en déambulant à travers les rues, une pièce de bois au cou et les mains liées avec des branches ! On ne les pend plus par les mains, les pieds tirés par des poids. Et le fouet est désormais réservé aux voleurs ou aux fuyards, surtout lorsque les lanières en sont armées de métal et de disques dentelés de bronze comme celles que tu as commandé d'utiliser contre un affranchi qui est aussi mon ami !

— Et ton amant peut-être ?...

— Me donnerais-tu des leçons de morale ? Encore une fois, la loi Pétronia qui permettait aux maîtres de jeter leurs esclaves aux lions ou aux murènes est abolie. Ne respectes-tu pas les volontés de Claude ? N'est-ce pas lui qui a interdit aux maîtres d'abandonner leurs esclaves malades ou de les tuer, sous peine d'être condamnés à mort ? Sénèque vient précisément de me soumettre un édit selon lequel les esclaves seraient désormais admis à saisir le tribunal du préfet de la ville des injustices de leurs maîtres.

— Je crois rêver ! clama Agrippine, les bras au ciel, je crois rêver ! Mon fils provoque des rixes, le soir, se bat, sans doute, dans les bouges de Rome, avec des chevaliers ou des gens de bien, les fait rosser sans raison et prend, le jour, le parti des affranchis ou des esclaves !

— Pallas n'est-il pas un affranchi comme Paris ?

— Pallas n'est plus un affranchi. Il est responsable des finances. Tandis que Paris... Son insolence est telle qu'il te traite d'égal à égal, à l'exemple de tous ces affranchis qui foulent aux pieds l'avis de leur patron, allant jusqu'à lever sur lui un bras menaçant ! Que peut contre eux un patron sinon les reléguer en Campanie, au-delà du centième mille ? Il faut bien leur montrer parfois qui est le maître !

— Tu as raison, répondit Néron en grinçant des dents. On trouve d'anciens affranchis chevaliers, sénateurs, agents de magistrats, de prêtres, soldats, décurions ou même fonctionnaires d'État. Eh bien ! le plus illustre d'entre eux retournera à sa fange. Dès ce soir, Pallas sera démis de ses fonctions et quittera le palais.

Agrippine pâlit.

— Mon enfant, dit-elle finalement après un silence, mes paroles ont dépassé mes pensées. Je souffre de te parler ainsi, de te voir avec cette prostituée ! Il m'est extrêmement pénible de constater qu'une autre femme accapare ta tendresse. Pardonne-moi. Mon unique désir est de garder ton affection. Ta gloire constitue le seul but de ma vie. Conserve auprès de toi tous tes compagnons, tous tes amis.

Un sourire d'une infinie tendresse aux lèvres,

Agrippine s'approcha de son fils pour le serrer contre elle. Elle savait que Néron n'était jamais insensible à ses caresses, à son parfum, à sa chaleur. Elle le guetta entre ses cils en l'embrassant affectueusement et le sentit frémir. Elle se pressa alors plus ardemment contre lui.

— N'est-ce pas naturel qu'un garçon de ton âge recherche les plaisirs ? Pourquoi t'imposer si jeune les fardeaux du pouvoir ? Amuse-toi. Je régnerai au palais. Ma sévérité a été excessive, je le reconnais.

— Je veux que, dès ce soir, Pallas quitte le palais ! lui dit-il sèchement.

— Nous verrons bien qui aura le dernier mot ! Si tu te venges de moi sur Pallas, je saurai me venger de toi sur Poppée !

Néron resta interloqué. Comment sa mère connaissait-elle Poppée ? Était-ce bien cette Poppée dont lui avait parlé Othon et qu'il avait fait rechercher dans Rome ? Comment sa mère le savait-elle ?

— Tu es étonné, hein ? Me prends-tu pour une imbécile ? Je sais tout de toi. Et je saurai aussi me venger.

— Mais enfin, explique-moi…

— Rien. Je ne t'expliquerai rien. On dirait que tu es moins fier…

— Mais enfin…

Elle se retourna et ordonna à ses esclaves de faire demi-tour. Néron comprit qu'il était inutile d'insister.

Au soleil couchant, Pallas quitta le Palatin avec un cortège digne d'un prince partant en voyage, après avoir pris auprès de Néron des précautions lumineuses sur la gestion du trésor impérial. Eu égard aux services — avouables ou non — rendus à Agrippine et indirectement à Néron, il obtint en effet que son passé ne donnerait lieu à aucune recherche et qu'il ne serait jamais considéré comme débiteur de l'État. Derrière la garde personnelle d'Agrippine s'ébranla sa litière portée par huit Abyssins ; puis vint le cortège de ses clients et amis, des Grecs et des Orientaux aux costumes bariolés. Derrière les colonnades du Palatin, les courtisans assistaient au départ d'un favori qui s'était imposé pendant dix ans.

— Notre roi asiatique retourne dans son pays, dit Néron à Sénèque sur le seuil du palais ; notre bon ami vient d'abdiquer.

— Agrippine est furieuse. Dès qu'elle est rentrée, elle a réuni les courtisans et leur a rappelé que tu n'étais qu'un adopté. « Si Néron continue à mépriser sa mère et son peuple, je révélerai son vrai caractère, ses folies, ses escapades, les malheurs de l'infortunée maison des Césars. J'emmènerai Britannicus au camp des prétoriens », leur a-t-elle dit.

— Et eux, comment ont-ils réagi ?

— Ils étaient décontenancés. Il faut être une femelle pour s'agiter ainsi. On dirait une mouche dans une soupe. Si elle règne, elle nous empoisonnera la vie.

— J'espère seulement que ce n'est dans ta bouche qu'une image… Mais j'ai l'impression qu'elle est fort bien renseignée sur mes activités.

— Elle possède des espions partout et elle les paye bien. Méfie-toi d'elle !

# Chapitre 13

*24 décembre 54 ap. J.-C.*

Néron sentit son char rebondir sur le sable. Il se pencha sur le côté pour le rééquilibrer, tira sur les rênes de toutes ses forces. Le char buta sur une pierre et s'envola vers la *spina*. L'empereur se redressa, écarta les jambes pour le stabiliser et lança ses chevaux noirs au galop.

— Dia ! Dia ! Allez, mes mignons ! Rattrapez-le. Rattrapez-le.

Il s'agissait bien entendu de rejoindre Corax.

Le cocher de la faction blanche était en tête. Les deux athlètes avaient dépassé depuis longtemps les autres concurrents. Les chevaux de Néron rattrapèrent ceux de Corax. Ils restèrent un instant à la même hauteur, roue contre roue. Les spectateurs hurlaient debout. « Néron ! Néron ! » Mais Corax qui, fort de son expérience, avait su retenir ses chevaux, les lâcha subitement dans la dernière ligne droite. Ils laissèrent sur place le char de Néron qui franchit l'arrivée en seconde position.

— Tu me montreras comment tu fais, dit Néron à Corax en le félicitant. Sacré roublard !

— Tu viens fêter ça ce soir chez les Blancs ?

— Non, Corax. Je suis invité chez Othon et je ne remettrais ce dîner pour rien au monde.

Le Cirque Maxime, noir de monde, vibrait encore de l'ardeur des cochers et des bêtes. On avait compté trente courses dans la même journée. Tout autour du Cirque pendaient des guirlandes de lierre et de fleurs réchauffant le marbre des statues, des bustes et des écuries. Le bronze doré des bornes brillait sous les torches et les flambeaux.

Ainsi s'acheva la dernière course de cette quatrième journée consacrée aux Saturnales. Depuis quatre jours, Rome avait suspendu son activité. Les tribunaux étaient fermés ; les esclaves se mêlaient aux hommes libres ; les écoles étaient désertes. Quels que fussent les événements, Néron lui-même n'aurait pu entraîner la ville dans une guerre ni punir un criminel. La nouvelle de la mort de Domitia et de Narcisse arriva pourtant au palais sans étonner personne. Quiconque était hostile à l'Augusta disparaissait dans les huit jours.

Seuls les cuisiniers se levaient à l'aube pour préparer festin sur festin, et l'on entendait, aux premières lueurs du jour, les ustensiles choqués les uns contre les autres et les esclaves décharger les produits les plus raffinés chèrement achetés. Les Romains se levaient pour manger et musaient aux thermes ou aux jeux. Du lever au coucher du soleil, la Ville respirait le plaisir, l'oisiveté et la liberté car la plèbe, joyeuse et effervescente, participait à toutes les réjouissances, au grand mépris de Sénèque qui ne cessait de répéter combien la liberté accordée à la populace entraînait toujours des débordements dangereux pour les Romains.

On fêtait Saturne. Au bas du Capitole trônait l'effigie du dieu devant laquelle défilait le peuple romain depuis le premier jour des Saturnales. Il célébrait, dans la plus grande frénésie, la fécondité et le travail de la terre. Toute licence était permise ; les serviteurs s'enivraient dès l'aurore ; des prisonniers, graciés pour l'occasion, consacraient leurs chaînes à Saturne. Tous les rangs, tous les grades semblaient abolis. Le peuple s'offrait des chandelles de cire et des poupées d'argile ; les nobles, des parfums et des statuettes. La liesse seule dominait. Et ce n'étaient que chants jusqu'à des heures avancées de la nuit, beuveries, acclamations, embrassades, malgré la brièveté des jours et l'humidité de la neige dont quelques timides flocons avaient légèrement blanchi les campagnes à l'entour.

Néron était impatient de répondre à l'invitation d'Othon. Afin de fêter la paix chère à Saturne, il avait même convié Britannicus à l'accompagner avec ses augustians, jeunes chevaliers d'une extrême beauté qu'il s'était agrégés et qui assistaient à toutes ses répétitions de chant. S'il s'était écouté, il aurait devancé cette date pour connaître Poppée. Quelle coïncidence si la maîtresse d'Othon était cette fillette qu'il avait vue pour la première fois aux jeux du Cirque ! Il n'avait obtenu aucune information de sa mère. Mais le portrait que lui avait brossé Othon était si conforme à ses souvenirs ! Il en délaissait Akté qui était devenue sa confidente. Les têtes les plus altières ne s'inclinaient plus devant elle, mais elle ne s'était point fait d'ennemis. Octavie elle-même ne la haïssait pas. En quelques jours, elle devint trop insignifiante pour qu'on pût lui porter envie. Elle aimait toujours Néron d'un amour triste et sans espoir, aiguisé par le frais souvenir d'heures disparues ; Octavie n'exigea même pas son renvoi du palais. Elle participait aux banquets, car sa beauté était un ornement pour les festins impériaux, et restait la plus dévouée de la Cour. Néron avait tellement hâte de rencontrer Poppée qu'il avait abandonné ses occupations habituelles. Il s'était finalement persuadé que cette femme voilée dont lui avait parlé Othon, c'était Elle, celle à qui il avait pensé des mois entiers, qu'il avait désirée. Et cette pensée obsessionnelle l'irritait, l'excitait, le comblait tour à tour. Il allait enfin la revoir. Pas un seul instant il ne songea qu'elle était mariée, qu'elle avait un fils, un amant qui était aussi son ami. Aucun obstacle ne pouvait maintenant l'empêcher de s'approprier cette femme.

Dès qu'il mit le pied dans la fastueuse *domus* d'Othon, Néron fut charmé par la magie du lieu. La demeure, située dans le quartier de Carinae, au centre d'un gigantesque jardin, était construite en marbre de Délos, avec des décorations en or et en bronze. Seule l'égalait l'élégante maison de Pétrone. Dans la salle de réception brillaient sur les murs des robinets en or et en argent en forme de serpents. Ces robinets se transformèrent en fontaines sur un simple signe d'Othon et déversèrent sur les convives des flots de myrrhe et de jasmin.

— Poppée ne vient pas nous accueillir ? s'étonna Néron en la cherchant des yeux.

— Elle ne va pas tarder, lui répondit Othon en riant. Cette femme est un bijou. Tu vas voir. Intelligente, belle, réservée, cultivée, gracieuse. Elle possède toutes les qualités. Elle t'a profondément admiré au Cirque. Tu étais formidable ! Sans Corax, tu l'emportais largement.

Les colonnes du *triclinium* étaient en marbre vert de Sparte. Le parquet reproduisait une mosaïque de Pergame, l'*Asarotos aecos*, « la maison non balayée ». L'artiste y avait représenté des moineaux picorant les reliefs d'un repas. Aux murs se succédaient d'agréables peintures de Pyraeius sur la vie quotidienne du Forum, séparées chacune par des plaques de marbre. La frise du plafond signée Miron était entourée de scènes bucoliques de Ludius inspirées des *Géorgiques* de Virgile. Autour de la pièce se dressaient des nymphes de Praxitèle avec, aux quatre coins, d'énormes vases en marbre et des bas-reliefs représentant des scènes de chasse inspirées par Xénophon. Des vaporisations de costus, de citronnelle, d'ambre et de safran imprégnaient de divins parfums les conifères entourant le péristyle, tous taillés en cœur. Il fleurait bon l'iris d'Illyrie, cueilli dans les forêts voisines de la Drina et de Narona. Même l'haleine d'Othon, qui ne cessait de mâchouiller du rhizome d'iris, en était baignée.

— Installe-toi ! Sais-tu, mon ami, que cet iris a été coupé par une femme encore vierge avec une épée à double tranchant ? dit-il à Néron, qui s'étendit à la place du président d'honneur. Pour qu'il garde son précieux parfum, cette femme a mis à son emplacement un gâteau de blé trémois et de miel après avoir tracé trois cercles autour de la plante et l'avoir élevée vers le ciel. Le moindre flacon coûte mille deniers.

Néron, qui faisait pleuvoir sur ses invités des parfums beaucoup plus ordinaires, se sentit presque vexé de recevoir un telle leçon de largesses.

Othon fit signe à un esclave d'imbiber la tunique courte de l'empereur de parfum royal.

Dans tous les angles de la pièce brûlaient du *cusia*, du *malobathre* et du *serichatum* dont chaque petit pot coûtait l'équivalent de dix mois de travail. L'entrée transpirait de baume de Judée, et toutes ces odeurs suaves, épicées et hespéridées se mêlaient au styrax, au jonc, au galbanum des matrones. La délicatesse des émanations s'harmonisait tant avec la chaleur des couleurs, le choix des vins et des fleurs, la douceur de la musique, l'onctuosité des mets, qu'il se dégageait de cet ensemble une intimité privilégiée que l'on ne pouvait retrouver dans les majestueux banquets du palais.

— Poppée n'est toujours pas prête ? demanda Néron qui était de plus en plus impatient de rencontrer celle qu'Othon lui avait tant vantée.

— Elle va arriver. Poppée souhaite toujours être la plus parfaite possible. C'est une perfectionniste. Et toi ? Tu vas vraiment épouser Akté ? J'ai l'impression qu'elle ne t'intéresse plus.

— J'avoue ne pas y avoir véritablement réfléchi.

— À mon avis, ce serait une erreur. Tu perdrais

le pouvoir. En dehors de la généalogie que tu lui as constituée, Akté n'a aucun sang noble dans les veines. Si tu l'épouses, l'Augusta mettra Britannicus sur le trône.

En prononçant cette dernière phrase, il avait baissé légèrement la voix, car le fils de Claude était étendu sur le *triclinium* en face du sien.

— Méfie-toi d'Agrippine ! Tu as entendu ce qu'elle a déclaré publiquement quand tu as chassé Pallas. Elle clame partout que tu n'es qu'un intrus. Elle est prête à se perdre pour t'entraîner dans sa chute. Elle dira tout, s'il le faut, à commencer par l'inceste et le poison. Elle ira avec Britannicus au camp des prétoriens. Elle regrette ses crimes parce qu'ils ont été inutiles, en arpentant, pendant des heures, les galeries du palais. Elle t'arrachera l'Empire si tu n'y prends garde.

— Je suis du même avis, lui dit Paris en se retournant sur le lit voisin en gémissant — il avait encore le dos tout endolori. Ta mère te délaisse visiblement pour Britannicus et Octavie qu'elle serre dans ses bras devant le peuple. On rapporte qu'elle organise de fréquentes et secrètes conférences avec ses amis chez Pallas ; elle amasse de l'argent de tous côtés comme pour s'en faire un moyen ; elle accueille d'un air gracieux tribuns et centurions, honorant les noms et les vertus des représentants des nobles familles que Rome possède encore, comme si elle cherchait un chef et des partisans. Elle met en avant les vertus d'Octavie qui ne sait s'illustrer que par la dignité et la patience.

— On raconte même qu'elle n'épargne rien pour

gagner les officiers de sa garde. Elle les comble d'or, en distribue par poignées en les appelant par leur nom. Elle prépare visiblement une troupe de choc pour un coup d'État. Et que pourras-tu contre deux héritiers légitimes ?

— Eh bien ! Nous supprimerons sa garde et je lui assignerai pour résidence l'ancienne maison de ma grand-mère Antonia. Je ne veux plus la voir au palais, sauf peut-être pour quelques festins. J'irai moi-même lui rendre visite quand bon me semblera avec une troupe de centurions.

Othon et Paris le regardèrent, satisfaits. Ils n'auraient jamais pensé Néron capable d'une telle décision. Ils jubilèrent intérieurement en anticipant sur la réaction de celle qui ne garderait comme honneur que le titre d'Augusta.

Autour d'eux, l'orgie battait son plein. Les convives étaient déjà ivres alors que les plats les plus extravagants se succédaient. Les vins étaient si vieux qu'on ne pouvait plus lire, sur les amphores noircies, le nom de leur pays d'origine ni celui des consuls en place lors de leur mise en amphores.

Néron ne tenait plus en place. Décidément, cette Poppée n'avait aucun respect de l'hospitalité.

— Je ne reconnais plus là, dit Othon, l'empereur dont parle Sénèque dans son dernier écrit. Celui qui t'est précisément dédié.

— Le *De Clementia* ?

— Hum ! Hum !

— Avoue tout de même que je ne suis pas le premier citoyen venu et que Poppée manque à tous ses devoirs !

— Allons ! Il faut être indulgent avec les jolies femmes. Sénèque a eu raison de mettre ta patience en avant.

— Je ne sais trop pourquoi l'une de ses phrases a fait le tour de Rome. Il est vrai que j'ai regretté de ne pas savoir écrire le jour où Burrus m'a présenté pour la première fois un décret d'exécution de deux condamnés à mort mais… j'ai signé quand même.

Paris éclata de rire.

— Et tu as bien fait. Ces deux veaux étaient vraiment des criminels.

Néron hocha la tête en regardant avec lassitude les artistes qui se produisaient devant eux.

— Par Priape, nous sommes aux Saturnales, Othon ! N'as-tu rien d'autre à nous proposer que ces esclaves vêtues comme des princesses et ces jongleurs malhabiles ? Les culs de ces femelles ne sont pas faits pour moisir sous leurs tuniques. Peut-être qu'en échange nous aurons l'immense honneur de découvrir Poppée dans le plus simple appareil. À force de la cacher, tu vas en tirer un jus plus épais qu'un vin d'Albe de dix berges…

Sous l'ironie perçaient l'impatience et le désir effréné de voir Poppée.

Pour satisfaire l'empereur, Paris se leva en riant. Il dénoua sa ceinture aux sons des crotales et des flûtes, tenta d'esquisser des mouvements harmonieux des bras et des jambes avec une souplesse étudiée. Il se retrouva bientôt dans l'état où la nature l'avait conçu, tournant sur lui-même en frappant des mains, quand Poppée entra dans le *triclinium*. Comme elle avait le bas du visage voilé et la chevelure couverte, l'histrion se sentit tellement ridicule qu'il ramassa en hâte ses vêtements et partit se rhabiller sous les rires de l'assistance. Ces moqueries demeurèrent cependant retenues, discrètes, car la présence de Poppée n'inspirait que respect et réserve. Néron resta coi un long moment devant sa beauté et le luxe de sa toilette. Il venait de reconnaître celle qu'il avait fait rechercher pendant des mois. Mais elle était mille fois plus belle encore qu'il ne l'avait vue jusque-là. Sa blondeur tirant sur le roux, sa peau blanche, qu'on imaginait douce tant elle était délicate, préservée du moindre rayon du soleil par un voile qui enflammait le désir des hommes, le séduisirent tout à fait. Sa chevelure, relevée en chignon souple, était ornée d'un diadème d'or. Des boucles encadraient son front. De lourds pendentifs, de larges bracelets, un collier où pendaient de multiples bibelots en or enrichissaient sa tunique bleue. Ses yeux immenses au-dessus du voile accrochaient tous les regards. Othon laissa Néron contempler sa maîtresse avec fierté puis il se leva, lui prit la main et la lui présenta. Poppée sourit en remarquant la lueur éblouie brillant au fond des yeux du jeune empereur. Elle abaissa son voile pour lui parler et il découvrit la bouche la mieux dessinée de Rome.

— Ta beauté et ta séduction dépassent la description qu'Othon m'avait faite de toi, dit Néron en se levant pour l'aider à s'étendre sur le lit de table qu'Othon lui abandonna. Nous t'avons attendue longtemps, mais ta beauté te permet tout.

— Tes compliments me flattent, répondit Poppée en baissant les yeux. C'est pour moi un immense honneur de retrouver aujourd'hui le divin empereur de Rome et de manger à sa table. J'ai certes l'habitude de recevoir la haute société romaine, mais j'avoue être troublée par ta présence.

Il émanait de la peau de Poppée une suave odeur de kyphi.

— Nous nous sommes déjà vus à plusieurs reprises. Te souviens-tu des boucles que tu m'avais données ?

— Je m'en souviens et ne le regrette pas.

— Je t'ai fait chercher alors. Mais personne n'a pu me renseigner à ton sujet.

— Tes hommes sont des incapables ; mais maintenant tous les Romains connaissent la descendante de Sabinus Poppeus.

— Qui est aussi l'épouse de Rufrius Crispinus...

Poppée sourit avec malice.

— Je serai bientôt la femme d'Othon. Crois-tu que j'aurais accepté l'adultère alors que j'ai toujours mené une vie exemplaire et digne de mes ancêtres ?

Néron avait entendu parler de la mère de Poppée, aussi belle et riche que dépravée, mais il n'y fit aucune allusion.

— J'éprouve une immense joie à te revoir, lui dit-il en caressant son bras. Et je ne pensais pas que tu étais devenue si belle. Et toi, que penses-tu de moi ?

— Que tu es beau et brillant, et que le peuple a su faire le bon choix. Tu es en plus un merveilleux cocher. Quelle adresse et quelle force ! Toutes les femmes étaient séduites par ton habileté !

— Cessons nos jeux vulgaires, déclara Néron à l'assemblée. Ce serait un crime d'outrager d'aussi jolis yeux. Je propose que nous rivalisions avec des vers ou des chants. Ces combats seront plus dignes de notre hôtesse.

Il leva son verre à la santé de Poppée qui le remercia en soutenant son regard plus qu'il n'était décent. Il ne douta pas un instant l'avoir conquise.

— Accepterais-tu de te mesurer à moi dans un domaine qui me tient à cœur? demanda-t-il à Britannicus d'une façon inattendue.

Britannicus, qui était attablé avec des amis de son âge, se tourna vers l'empereur et accepta froidement son offre.

— Si tu veux parler de poésie, lui répondit-il calmement, je suis prêt à accepter. Aux Saturnales, tout est permis, même les plus mauvais versificateurs. Et personne ne peut être pire que moi.

Il avait encore un aspect juvénile et fragile que soulignaient sa petite taille et son port mal assuré. Alors que ses épaules étaient étriquées, son visage était curieusement bouffi. Les augustians pouffèrent en l'entendant accepter l'offre de Néron. Il allait être ridicule.

Néron se leva alors avec une lenteur affectée en pinçant délicatement sa tunique, l'auriculaire englouti sous un énorme chaton vermeil. Ses disciples l'entourèrent aussitôt. On lui remit en place sa couronne de laurier, puis on lui tendit un luth d'argent. Il salua d'une manière solennelle, leva les yeux au ciel. Il resta un instant ainsi, comme s'il attendait l'inspiration divine, puis il commença à chanter en regardant Poppée. Le chant devint vite nostalgique, langoureux. Les augustians étaient attentifs, prêts à applaudir. La voix de Néron s'éteignit enfin.

— Les dieux t'ont vraiment donné tous les dons, lui dit Poppée en se levant. Je suis touchée par ta délicatesse. J'aime les artistes. J'écris moi-même de temps à autre. Et si tu me donnais des leçons ?...

Néron éclata de rire.

— Par Junon, je te jure de commencer dès demain !

Il but d'un trait une coupe de falerne.

— Et pour te montrer ma bonne foi, je te conseille d'appliquer chaque soir sur ta poitrine des feuilles de plomb.

— Quelle drôle d'idée !

— C'est une idée de Terpnus, mon cithariste, pour augmenter la force des muscles. Et pour cultiver ta voix, mange des poireaux à l'huile. Tu verras... c'est excellent ! Même si ta voix est déjà douce et bien timbrée. Pourquoi ne nous chanterais-tu pas quelque chose ?

— Je n'oserai pas, lui dit Poppée en posant sa main sur son bras. N'insiste pas.

Néron frémit sous le contact de ses doigts qui étaient glacés.

— Tu as froid ?

— Non, je suis émue, répondit-elle. Émue de te voir ainsi chez Othon, chez moi en somme.

— Même un tremblement de terre n'interromprait pas Néron quand il est en train de chanter, glissa Pétrone à Paris, tous deux très réservés sur les dons poétiques de l'empereur.

— Ni Terpnus quand il applaudit. As-tu remarqué comme il bourdonnait de satisfaction quand Néron chantait ?

— C'est le résultat de tout un apprentissage.

— J'ai hâte de voir comment Britannicus va s'en tirer.

Sans paraître intimidé, le fils de Claude s'approcha à son tour du centre de la salle et déclama des vers d'Astyanax avec une assurance inhabituelle. Il termina en regrettant son trône et en clamant son infortune :

*Ô mon cher père ! Ô ma patrie ! Ô palais de Priam !*
*Plus que ma naissance, la chance me fait défaut.*
*Sachez que je possédais un trône ; voyez donc*
*de quelle fortune, de quelle puissance,*
*de quelles richesses, m'a précipité le sort.*

La voix de l'adolescent était si pathétique, son regard si éperdu que les assistants gardèrent un instant le silence. Était-ce là des paroles de défi ? Mais, comme toutes les libertés étaient permises aux Saturnales, Pétrone jugea bon de se lever et d'applaudir. Néron complimenta lui-même son frère. Il était prêt à toutes les indulgences.

— Je ne t'embarrasserai pas, Poppée, en te demandant de trancher entre nous deux. Britannicus est peu habitué aux banquets, encore moins au chant. C'est donc bien volontiers que je lui abandonne ma couronne de laurier pour ce soir.

— Je te remercie, Néron, répondit-elle avec esprit. Car je ne me serais pas hasardé à trancher entre deux futurs dieux, comme Pâris l'a fait imprudemment entre Héra, Aphrodite et Athéna.

Qui ne l'eût connu davantage aurait jugé Néron fort objectif, mais le ton hypocritement mielleux de sa voix fit frémir Pétrone.

— S'il le pouvait, Néron commanderait publiquement le meurtre de son frère, dit-il à Paris. L'empereur vient de subir le pire des affronts dans un domaine qui lui est cher. Et devant Poppée.

— Et alors ?

— Même s'il ne m'a guère fait de confidences à ce sujet, je me suis rendu compte que Néron était sensible aux charmes de Poppée. D'ailleurs, il faut être aveugle pour ne pas le constater. Akté est finie.

Paris pinça les lèvres.

— Pfeu ! Ces femelles ! Elles détruiront les hommes.

L'empereur passa sa soirée à flatter Poppée. Il était heureux, même si Britannicus l'avait quelque peu irrité. Qu'était-ce en comparaison de la joie de contempler Poppée, de la toucher, de la voir rire ?

La jeune femme lui semblait conquise mais secrète. Tantôt elle lui accordait son bras à baiser, tantôt elle le lui retirait, tantôt elle lui souriait, tantôt elle couvait Othon des yeux. Elle était particulièrement attentive aux désirs de son amant — ce qui le rendait jaloux. Des danseuses enveloppèrent la pièce de parfums et de voiles transparents bleu ciel. L'atmosphère était pure, saine, joyeuse. Tout n'était que beauté.

— Je te plais vraiment ? demanda Néron à Poppée en lui parlant à l'oreille.

— La décence m'interdit de t'avouer à quel point.

— Mais tu aimes Othon…

Elle haussa les épaules sans répondre. Quelques invités s'étaient levés et s'avançaient sur la terrasse. Une bouffée d'air froid s'engouffra par la porte.

— Es-tu prête à me suivre ce soir au palais ? lui demanda encore Néron.

— Ne me tente pas, je t'en prie. J'ai toujours été honnête. Ne profite pas des sentiments que je ressens pour toi, de ma faiblesse, car il s'agit bien de faiblesse.

Il tenta de l'entraîner vers la terrasse mais elle refusa.

— Non. Laisse-moi. J'ai froid… Je préfère rester là. Oui, j'aime Othon. Il possède toutes les vertus. Il est si bon, si raffiné, si brillant. Ne m'oblige pas à le tromper !

Néron se leva, profondément vexé.

Au-dehors, la neige tombait à gros flocons dans la nuit noire. On entendait chanter dans toutes les maisons de Rome. Des cascades de rires leur parvenaient. Pourquoi lui seul à Rome n'était pas heureux ? Lui, l'empereur qui possédait tout, à qui personne ne résistait ? Il leva les yeux vers le ciel comme pour lire dans les étoiles. Le dépit le rendit amer. « Ah ! Les plaintes de cet analphabète, de ce fils de chien, de cet orphelin chétif ! » Que Britannicus fût capable de chanter, c'était déjà inadmissible ! Un être si niais. Mais il avait chanté d'une voix émouvante et bien timbrée. « Britannicus a chanté mieux que moi, reconnut Néron avec rancœur. Les invités l'ont applaudi avec spontanéité, avec sincérité, alors qu'ils n'ont accueilli mes vers que par des louanges outrées. » Néron s'inquiéta soudain en songeant que Britannicus allait avoir… Combien ? Il compta sur ses doigts. Quatorze ans dans deux mois !

Il sentit derrière lui le parfum de Poppée. Ils étaient seuls. Les invités étaient rentrés se réchauffer.

— Tu as changé d'avis ? lui dit-il en fixant la blancheur vierge des nappes de neige qui venaient de recouvrir le jardin.

Elle hocha la tête.

— Je ne te comprends pas. Qui aimes-tu vraiment ? Othon ou moi ? Je ne te laisse pas indifférent.

Elle baissa les yeux, gênée.

— Peut-être que mon cœur ne sait plus ce soir où il en est, répondit-elle. Nous ne pouvons rester là. On nous observe. Viens. Rentrons.

Mais Néron n'obtint rien de plus de cette soirée. C'était beaucoup et c'était peu. Assez en tout cas pour faire naître l'espoir. Le bârû ne s'était pas trompé en conseillant à Poppée de s'abandonner le plus lentement possible aux bras tendus de l'empereur. Quant à Poppée, elle était suffisamment fine pour appliquer ses conseils à la lettre. Mais tout n'était pas calculé dans sa conduite, et elle s'était persuadée qu'elle était attachée à Néron. Une affection à laquelle se mêlait l'amour du luxe et du pouvoir dissimulé sous le voile clair de la pudeur.

## Chapitre 14

*Janvier 55 ap. J.-C.*

Dès le lendemain, Néron envoya un messager chez Othon pour inviter Poppée à assister à sa séance de chant. Il était impatient de la revoir bien qu'il l'eût quittée depuis quelques heures seulement. Il prit un soin extrême de sa toilette avec une humeur des plus joyeuses, se laissa pomponner par Akté en chantant et jacassa sans fin avec ses serviteurs en leur distribuant des sesterces. Sénèque n'avait, depuis longtemps, vu l'empereur en aussi bonne disposition. Le philosophe en comprit vite la raison, et Akté lui fournit tous les renseignements qu'il désirait.

Poppée s'attendait à une telle invitation de Néron. Elle n'en fut pas surprise, mais elle résolut de ne pas y répondre. Quand son messager revint avec une réponse négative, Néron s'enferma dans un mutisme attristé qui étonna la Cour. L'empereur ne chanterait pas aujourd'hui. Il renvoya son cithariste et s'abstint de dîner. Il envoya cependant un second messager chez Othon. Si Poppée n'était pas libre aujourd'hui, peut-être le serait-elle demain ou après-demain ? Mais l'esclave ne lui rapporta que des réponses incertaines. Elle verrait. Elle devait réfléchir. Elle le remerciait de son attention. De son attention ? ! Mais ne comprenait-elle pas que c'était de l'amour ! Il ne pouvait vivre sans elle ! De l'attention ! Pourquoi pas de la sympathie ! Il décida de lui écrire un poème. Elle comprendrait mieux son attachement, son besoin qu'il avait d'elle, de sa beauté, de sa présence, de sa chaleur. « Ta sensibilité me touche », lui avait-elle dit. Et il se rappelait chaque mot qu'elle avait prononcé, chacun de ses gestes, chaque expression qui l'avait révélée. « Ses yeux brillaient quand elle me parlait ; son front rougissait. » Puis revenaient l'assombrir les marques d'affection qu'elle exprimait à l'égard d'Othon, son regard doux et tendre, attentionné, comblé.

Poppée refusa ses invitations pendant trois jours sans motif, puis elle lui expliqua qu'elle était accaparée par les préparatifs de son mariage avec Othon. Son mariage ? ! Il devait avoir lieu dans quelques jours. Il lui fallait choisir sa robe (elle serait blanche et soulignée par une ceinture de laine), son *flammeum*, son voile de pourpre et d'or, organiser la cérémonie. Ce serait Othon lui-même qui l'accompagnerait au temple personnel de la famille ; ils jureraient de s'accepter comme père et mère de leurs futurs enfants devant l'autel des dieux pénates. Le banquet serait somptueux. Elle avait déjà choisi les affranchies qui porteraient les torches jusqu'à la chambre nuptiale, des Grecques qui lui étaient toutes dévouées. Pourvu que ces torches lui portent bonheur et que leur mariage soit fécond ! Elle espérait tellement avoir des enfants d'Othon !

En lisant ces différentes réponses, Néron fut convaincu de s'être fourvoyé. Et pourtant… Ne lui avait-elle pas laissé entendre qu'elle ne savait plus pour qui battait son cœur ? Elle se moquait de lui. Elle le ridiculisait. Pour empêcher cette union, il lui envoya d'autres billets d'invitation. Il devait absolument la revoir avant son mariage. Tantôt elle lui opposait de fermes refus, tantôt elle acceptait de se rendre au palais, pour se rétracter au dernier moment. Néron soupçonnait Othon d'entraver leurs amours ; il le croyait jaloux. Aussi prit-il peu à peu ombrage contre lui, le ridiculisant ou le provoquant devant sa cour à la moindre occasion. Comment concevoir un rival qui lui soit à ce point inférieur ? Sa jalousie s'accrut de jour en jour. Ce fut bientôt de la haine. Son désir de Poppée devint tel qu'il en perdit le sommeil et gagna en agressivité. Poppée hantait ses nuits de sa beauté, de son intelligence, de la grâce de sa conversation et de ses manières, de sa parfaite éducation. Elle le fascinait en rêve par le sérieux de son maintien, la mélancolie calculée de son apparence, la modestie de son air. Il devint même jaloux des hommes qui pouvaient l'apercevoir à demi voilée au théâtre ou dans ses rares promenades sous les portiques du Champ de Mars. Il ne supportait pas d'imaginer les mains poilues d'Othon s'enfouir dans sa chevelure couleur d'Hélios. Il la voyait glisser entre les hommes, un sourire enjôleur aux lèvres, inaccessible, ensorceleuse, ravissante.

Toute la Cour comprit bientôt que Néron était éperdument amoureux, comme il ne l'avait jamais encore été, même d'Akté.

Avec sa bonté habituelle, Akté relégua sa mélancolie dans un coin de son cœur pour venir au secours de celui qu'elle aimait toujours. Elle connaissait Poppée pour l'avoir rencontrée avec d'autres chrétiens au cimetière de la Via Nomentana. Aussi résolut-elle de lui parler. N'était-ce pas une chrétienne comme elle ? Or une chrétienne ne pouvait laisser un homme dans la solitude et le malheur. Au nom de ce Dieu unique, bon et charitable dont on leur rapportait les bienfaits, elle n'avait pas le droit de l'abandonner ainsi à sa peine. Les chrétiens avaient justement prévu de se réunir un soir du tout début de janvier. La réunion fut courte, mais Akté en profita pour se présenter à Poppée et l'attirer à l'écart. Elle lui révéla dans quel état se trouvait Néron. Il était impossible de ne pas répondre à son amour. C'était l'empereur, tout de même ! Poppée la trouva touchante. Elle savait qu'Akté avait été la favorite de Néron. Ce n'était un secret pour personne. Elle lui accorda sa confiance, lui répondit avec sérénité, mais son discours resta ferme et inébranlable. Qu'y pouvait-elle ? Elle aimait Othon et lui avait promis le mariage. Cet amour était partagé. N'était-ce pas plus cruel encore de renoncer à Othon ?

— Je t'en supplie, par Héra, réfléchis bien. Je redoute que Néron n'attente à sa vie !

— Tu l'aimes, n'est-ce pas ? lui dit Poppée avec un air faussement attendri.

— Oui. Je ferais tout au monde pour qu'il soit chaque jour heureux.

— Je t'admire, lui répondit seulement Poppée en la dévisageant et en la jugeant trop belle pour en faire l'une de ses amies. Si Néron te proposait le mariage, en épouserais-tu un autre ?

Akté la regarda sans comprendre.

— Tu vois bien que tu me demandes là un sacrifice impossible.

— Mais…

— Oui ?

— Non, rien. Je croyais…

— Tu croyais que j'aimais Néron ?

— Peut-être.

— Je ne le sais même pas moi-même. Othon attend beaucoup de moi. Il m'a beaucoup donné. Je lui en suis reconnaissante.

— Réfléchis encore…

— Je te le promets, lui dit finalement Poppée en lui prenant les mains dans les siennes et en dessinant un poisson dans la terre humide à l'aide d'une épingle à cheveux. Je te le promets au nom de cela !

Elle pointa l'index vers le symbole des chrétiens. Akté la remercia et s'éloigna rapidement. Elle craignait qu'on ne la cherchât au palais.

Les messages que Néron envoya à Poppée devinrent plus empressés. « Si tu refuses mon amour, lui écrivait-il, l'Empire deviendra pour moi un fardeau insupportable ! Rejoins-moi pour sauver l'État ! » Poppée ne répondit pas à toutes ces déclarations, pas plus qu'elle ne revit Akté. Le soir de son mariage, elle envoya à Néron un message dont toute la Cour parla. « Seigneur, je suis maintenant mariée. Mon époux est jeune et noble. La splendeur de ta vie, de ta position me ferait oublier mes devoirs si j'étais ambitieuse, mais j'aime mon époux et lui serai fidèle. »

Néron refusa pendant plusieurs jours de paraître en public. Il passait ses journées à écrire des vers, ne répondait plus au courrier, n'administrait plus l'Empire, annulait ses réunions, refusait de recevoir les ambassadeurs étrangers.

Il tourna maintes fois la dernière lettre de Poppée dans sa main, la relut pour tenter d'y retrouver, entre les lignes, un signe de ce trouble qu'il avait décelé chez elle aux Saturnales. Pourquoi lui ordonnait-elle de ne plus lui écrire ? Pourquoi se disait-elle en danger de mort ? Elle ne souhaitait plus lire une seule ligne de lui. Il se persuada qu'il devait lui imposer sa présence. Il l'avait séduite une fois. Aussi avait-il toutes les chances de la reconquérir. Il inventa mille astuces pour la rencontrer, quand il décida de se rendre lui-même chez Othon. Ne serait-il pas ridicule ? Qu'importe ! Il irait chercher Poppée puisque Poppée ne venait pas à lui. Il était tard lorsqu'il prit cette résolution. Comme chaque soir depuis qu'il était amoureux, il avait abrégé le dîner et s'était retiré dans sa chambre en renvoyant tous ses amis. Sans prendre le temps de se changer, il s'enveloppa dans un manteau de pourpre et réclama sa litière. Sénèque se précipita pour l'accompagner. Où ? Il ne voulait rien dire. Pétrone tenta de le raisonner. Un empereur ne se hasardait pas ainsi dans les rues de Rome. Qu'il s'entoure au moins d'une garde de robustes Germains ! Néron déclina tout conseil, toute proposition, et il partit seul avec les huit Abyssins qui portaient sa litière vers l'Aventin.

Quand il arriva aux abords du magnifique parc qui entourait la demeure d'Othon, l'empereur fit arrêter un instant sa litière. Il en souleva légèrement le rideau et observa le jeu d'ombres et de lumières des lampes tremblotantes de la maison à travers les branches dénudées des arbres centenaires. Il hésita. Quelle honte pour un empereur de s'abaisser ainsi aux pieds d'une femme !

— Allons ! Avancez ! ordonna-t-il sèchement à ses esclaves.

Devant la haute grille qui interdisait l'accès de la propriété aux étrangers, Néron descendit lui-même de litière et demanda aux gardes noirs qui encadraient la porte de lui ouvrir. Étonnés d'une visite si tardive de l'empereur en personne, qui ne pouvait être qu'exceptionnellement importante, ils se hâtèrent d'exécuter ses ordres. Suivi de ses Abyssins, Néron marcha d'un pas décidé vers la propriété en foulant l'allée de ses sandales empoussiérées, le pan de son manteau élégamment rejeté sur son avant-bras. En le reconnaissant, le *nomenclator* se précipita vers la chambre d'Othon pour prévenir son maître. La tunique froissée, les pieds nus et sa couronne de cheveux en bataille, Othon vint au-devant de Néron, affolé. Que se passait-il au palais ?

— Que veux-tu à cette heure-ci ? lui demanda-t-il, l'air stupide et endormi.

— Rien, rien… Ne cherche pas des vulves de

truie dans un gâteau de miel ! Je veux seulement voir Poppée.

Othon le regarda, interdit.

— Mais… Poppée est couchée.

— Avoue-le. Tu étais avec elle, n'est-ce pas ?

— Non, lui répondit Othon, vexé de devoir lui rendre des comptes. Mais je ne vois pas en quoi…

— Que fait-elle ?

— Mais elle dort !

— Laisse-moi seulement la regarder dormir.

Othon haussa les épaules et monta l'escalier qui donnait accès aux chambres. Il entrouvrit celle de Poppée ; Néron s'approcha de son lit. Il regarda longtemps la chevelure d'or étalée comme un soleil sur les coussins de soie. Il écouta, le regard accroché à ses lèvres, sa faible respiration, admira le haut de sa blanche poitrine dénudée.

— Retourne te coucher, dit-il finalement à Othon. Laisse-moi avec elle.

— Mais Poppée m'appartient !

— Tous les sujets de l'Empire sont propriété de l'empereur.

Poppée se tourna sur le côté en gémissant, dérangée dans son sommeil.

— Mais tu es fou ! Par Mars et Vénus réunis, je te jure que je ne céderai pas.

Néron le regarda droit dans les yeux et redescendit l'escalier d'un pas furieux.

— Attends ! lui dit Othon en courant derrière lui. J'exige des explications. Jure-moi que tu n'es pas l'amant de ma femme.

Néron se mit à rire nerveusement.

— Et en plus tu te fous de moi, par Jupiter ! Dès demain, j'installerai Poppée dans une résidence officielle. Si tu t'y opposes, je t'enverrai gouverner la Lusitanie ou pourrir au Transtévère. Choisis, et réfléchis vite !

## Chapitre 15

Quand Poppée apprit l'ultimatum que Néron avait donné à son mari, elle refusa tout net d'habiter dans une résidence de l'empereur. Elle resterait dans sa villa des Carinae. En revanche, Othon accepta de partir pour la Lusitanie, car c'était sa seule chance de survie. Dès que son époux fut parti, Poppée s'habilla en deuil. On ne la vit plus du tout, ni au théâtre ni au Champ de Mars. Certains la disaient malade. Elle ne répondit à aucun message de l'empereur.

Néron s'inquiétait. Avait-il choisi la bonne solution ? Obtiendrait-il Poppée en la faisant souffrir, en la séparant d'Othon ? Rien n'était moins sûr. Les jours passèrent, quand Poppée répondit enfin à l'une de ses invitations. Il ne l'espérait plus, car elle lui avait refusé sa porte à plusieurs reprises. Il avait même envisagé le retour d'Othon à Rome. Elle accepta de venir au palais pour les fêtes des Sigillaires.

Les Sigillaires, pendant lesquelles les Romains s'offraient des statuettes d'argile et d'argent en quantité impressionnante, suivaient d'un peu plus d'un mois les fêtes de Saturne. Pour ces manifestations qui s'ajoutaient aux cent quatre-vingt-un jours chômés de l'année, Poppée avait décidé d'être la plus belle, la plus parfaite des femmes de la Cour. Elle avait même consacré au dieu des Juifs ses plus chers bijoux la veille en les confiant au prêtre qui professait la croyance à un dieu invisible car, sans approfondir ses doctrines, elle se sentait de plus en plus attirée par son mysticisme, sa foi dans l'au-delà, sa croyance en la venue sur terre d'un homme exceptionnel qui délivrerait le monde. De quoi ? De qui ? À coup sûr, ce Messie s'accorderait avec l'empereur et l'aiderait dans sa tâche. La ferveur des Juifs trouvait un tel écho dans son tempérament auréolé de mystère qu'elle avait encore choisi leur dieu pour la journée exceptionnelle qui s'annonçait.

En sortant de sa baignoire de porphyre, Poppée contempla longuement son corps dans des miroirs d'argent poli, sa peau qui avait la blancheur laiteuse du marbre parien. Elle ruisselait encore du lait d'ânesse dans lequel elle venait de se baigner car, dans un *stabularium* particulier, étaient parquées autant d'ânesses qu'il était nécessaire à sa beauté. Et, partout où elle se rendait, ces femelles précédaient ses bagages. Elle se rinça abondamment le visage pour ôter le masque de crème et de poudre qu'elle avait étalé comme une couche de porcelaine sur sa figure la veille au soir ; dans la journée, il faisait rougir ses joues sous l'effet de la plus petite émotion. Pendant qu'elle enrobait ses mains de mucus de crocodile, ses esclaves la séchèrent avec du neigeux duvet de cygne et frappèrent sa langue avec des baguettes plates en ivoire qui la rendirent douce et veloutée.

Puis elle abandonna son corps à des masseuses africaines qui avaient pour mission d'entretenir quotidiennement la fermeté et la souplesse de sa peau, et se fit coiffer en observant attentivement l'agencement de chacune de ses boucles, inclinant la tête ou usant de jeux de miroirs. Des parfumeurs de Chypre l'entourèrent d'un fin nuage de nard ; des habilleuses d'Alexandrie dénichèrent dans des boîtes parfumées les bijoux adéquats à sa toilette, et une esclave brune de Samos, agenouillée devant elle, enveloppa ses pieds et ses mollets dans de fines bandes de toile de lin tendues par des jarretières brodées. Puis elle attacha ses souliers de Sycione en chevreau blanc, aux semelles de cuir doré qui la rehaussaient légèrement, lui donnant ainsi une démarche plus dégagée, plus élancée. Ils étaient brodés de perles et fermés, sous le cou de pied, par des agrafes en forme de croissants.

— Maîtresse, veux-tu que je répande sur tes cheveux cette nouvelle huile, tirée de l'ambre gris, de ce parfumeur toscan que tu as reçu hier ?

— Oui, Silvia, car son odeur est bien suave.

— Elle fera pâlir de jalousie les Romaines qui emploient en vain de la poudre de safran, du savon germain ou de l'huile malodorante pour égaler la brillance de ta chevelure, lui dit le bârû qui assistait à ces préparatifs.

Poppée sourit. Elle contrôla ses trois rangs de boucles réalisées au fer chaud tout autour de son front et de ses oreilles, les enroula autour de son doigt pour voir si la frisure résistait, et se déhancha pour juger de la perfection de son chignon roulé sur sa nuque, maintenu par de fines chaînes en or.

— Rajoute ce ruban blanc brodé de pierres d'ambre et ces épingles ornées de perles de la mer Rouge, dit-elle à l'*ornatrix*. Je crains que ce chignon ne se relâche.

Elle suspendit elle-même, à ses lobes roses, des boucles d'oreilles qui tintèrent comme le son cristallin de sa voix quand elle se leva pour se laisser vêtir.

Avec une précaution infinie, une esclave passa par-dessus sa chevelure sa première tunique en toile très fine, après avoir serré sa poitrine dans un corsage oriental en laine brodée de soie et d'or ; puis elle laissa tomber en plis souples la *stola* de manière à ne pas dissimuler le corsage et la serra à la taille par une ceinture de joyaux.

Poppée connaissait si bien le troisième chant de l'*Art d'aimer* d'Ovide qu'elle l'appliquait à la lettre en empruntant à Martial quelques recettes de beauté. Comme il le recommandait, elle se regardait marcher dans ses miroirs pendant des heures afin de corriger son maintien, n'hésitait pas à porter des vêtements de soie pure. D'un œil critique, elle ne dérogea pas au sacerdoce. Elle étudia le mouvement de son bras droit, le battement de ses cils, et rechercha les positions qui la mettaient le plus en valeur. Devait-elle rire ? Son nez, fin, charmant, s'épatait légèrement. Mieux valait sourire. Sa fossette et ses taches de rousseur lui donnaient des airs enfantins. Mais elle devait faire entendre ce rire délicieux qui communiquait à autrui la joie et la bonne humeur. Tout était affaire de dosage subtil. Tout en mâchant des pastilles de myrte pour parfumer son haleine, elle jugea préférable de parler grec pendant toute la soirée. Néron le connaissait admirablement et le préférait au latin. Elle montrerait ainsi sa culture et jouerait de sa voix avec des accents mélodieux. Elle jeta un dernier coup d'œil dans son miroir.

— À nous deux, Agrippine, dit-elle. On verra bien laquelle de nous deux sera la plus forte !

— Toi, à n'en pas douter ! lui dit le bârû en l'observant par en dessous. Agrippine ne possède plus aucun pouvoir.

— Je n'ai pas eu cette impression lorsqu'elle est venue me trouver avant notre mariage pour m'interdire de revoir Néron.

— Elle bluffait. Crois-moi ! Néron est à point. Tu l'as fait mijoter suffisamment longtemps. Si tu ne cèdes pas maintenant, tu perdras tout.

— Soit ! dit Poppée en se regardant dans le miroir. Paie-toi ! Tu sais où se trouve le coffre de sesterces que je t'avais promis. Dis-moi, crâne de noix — c'est ainsi qu'elle l'appelait familièrement.

— Oui ?

— Tu connais bien Agrippine ?

— D'après ce que j'en entends dire.

— Mais tu la rencontres souvent ?

— Et pourquoi voudrais-tu que je la rencontre ?

— Je ne sais pas. Pour me fournir des renseignements, par exemple. Elle m'a dit qu'un bârû l'avait informée de ma liaison avec Néron. Il fallait que ce bârû fût bien mauvais voyant pour lire aussi mal dans les étoiles.

— Tu vois bien que ce ne peut être moi ! Mais…

Que t'a-t-elle dit d'autre au sujet de ce bârû ? Je le connais certainement. Depuis que Rome cherche à gouverner les Parthes et nous fait la guerre, il y a beaucoup de devins qui viennent à Rome se constituer une petite fortune.

— Qu'il était rasé, petit, maigrichon comme tous les bârûs ! Comme toi, crâne de noix ! Toi aussi tu es venu ici pour t'enrichir.

— Comment peux-tu porter sur moi un jugement aussi méprisable. Je suis venu à Rome comme messager de notre Grand Prêtre auprès de Claude.

— Ton Grand Prêtre doit attendre depuis longtemps la réponse de Claude ! ironisa Poppée.

Le visage du bârû s'assombrit. Il revit devant ses yeux la lettre de condamnation qui l'accusait d'avoir volé les bijoux ornant la statue de Mazda dans le temple de Ctésiphon.

> « L'agate, les bracelets à rosaces en or pur, l'ivoire, la tiare en lapis-lazuli et en cornaline de Marduk ont disparu du temple de Ctésiphon. Ils ont été vus dans les mains d'Emeru, bârû du Grand Prêtre. Que le prêtre se prononce ! Le bârû mérite la pire des sanctions. À Ctésiphon, le 21 d'Elul, l'an 4 de Sarponit, Prêtre de Ctésiphon. »

Sans demander son reste, le bârû avait faussé compagnie aux gardiens du temple en emmenant avec lui ses kalu.

— Veux-tu m'accompagner au palais ? Je souhaiterais te présenter à Néron.

— Une autre fois. J'ai de nombreuses consultations aujourd'hui.

— Soit !

Il la salua plusieurs fois et l'accompagna jusqu'à sa litière. Ces dernières questions le rendirent soucieux.

Poppée arriva au palais en même temps qu'Agrippine. Elle s'étonna de la voir sans soldats attachés à sa sécurité et sans garde personnelle.

Ainsi donc, il était vrai qu'Agrippine était en disgrâce. On racontait même que le seuil de sa maison du Champ de Mars était déserté.

Comme elles descendaient ensemble de litière, Agrippine tourna le regard vers elle et la toisa d'une bouche méprisante avant de monter dignement les marches du palais. « Elle me dédaigne, mais je n'en aurai pas moins le dernier mot », se dit Poppée. Elle monta à son tour l'escalier en marbre. Son cœur battait à tout rompre. Et si l'Augusta la faisait arrêter... Si Néron n'était pas là... Si... Mais elle n'eut guère le temps de s'interroger davantage. Contrairement au protocole, Néron était venu à sa rencontre alors que tous les invités étaient déjà installés dans le grand *triclinium*. Il embrassa rapidement sa mère et se précipita, enjoué, vers Poppée en lui prenant la main.

— Où est Octavie ? lui demanda durement Agrippine.

— Je l'ai installée à ta table, mère. Tu pourras ainsi l'embrasser tout à loisir.

Agrippine se retourna sans répondre et suivit le corridor jusqu'à la haute porte du *triclinium* ; avant d'y pénétrer, elle ne put s'empêcher de jeter de furtifs coups d'œil vers son fils. Que venait faire cette

Poppée au palais ? Agrippine souffrait d'être tenue à l'écart des intrigues de la Cour, d'être privée de ses sources d'information et d'être séparée de ses courtisans. Que son fils eût une maîtresse, soit ! Mais qu'il l'amenât au palais, c'était le comble ! Le sort de Poppée était réglé ; elle trouverait bien un moyen de se débarrasser d'elle.

La nuit était d'autant plus vite tombée que la pluie n'avait pas cessé de la journée. Aussi les lampes d'airain étaient-elles déjà allumées, diffusant un abondant éclairage dans la salle à manger. Autour des lits et des tables, les triclinaires, très actifs, proposaient des vins légers et miellés de Cécube, de Mamertium, du falerne épais, de plus de quinze ans d'âge. Le dîner venait juste de commencer, mais ils changeaient déjà les plats de certains invités, versaient de l'eau neigée et parfumée sur les doigts bagués des sénateurs ou des chevaliers. La vaisselle d'or et d'argent brillait sous les émanations de parfums rares que Néron avait achetés à l'exemple d'Othon. La Cour s'extasiait sur les viandes, la variété des fruits, l'abondance des gâteaux et le choix des boissons. Une musique douce montait des flûtes, et des esclaves exotiques roulaient des hanches sous le nez des convives en berçant leur nombril comme des amphores au large de la mer. Le son des instruments s'épandait jusque sous les voûtes où une pluie de pétales tombait lentement du plafond d'or et de jaspe, parfumant les sauces d'odeurs et de saveurs inattendues.

En revoyant Poppée, Néron ressentit le violent désir de la serrer contre lui et de l'embrasser. Elle paraissait froide et distante. Lui en voulait-elle encore d'avoir envoyé Othon en Lusitanie ? Il comprit la nécessité de rester seul avec elle. Il lui devait des explications. Mais ses amis l'attendaient dans le *triclinium*. Après tout, n'avait-il pas donné l'ordre de servir ? Sa présence n'était pas indispensable. On jaserait. Et alors ? Rome ne connaîtrait-elle pas bientôt la maîtresse officielle de l'empereur ?

— Où m'entraînes-tu, Néron ? lui demanda fermement Poppée en passant devant la salle à manger.

— Peux-tu m'accorder un entretien avant notre dîner ?

Poppée le regarda, étonnée. Elle n'avait rien à lui dire. Elle se laissa cependant conduire jusqu'à ses appartements en observant autour d'elle le luxe qui jaillissait des murs et des plafonds. Elle admira chaque vase, évalua le prix de chaque statue, de chaque meuble.

Dès qu'ils furent seuls, Néron lui prit les mains dans les siennes.

— Pourquoi ne réponds-tu pas à mes prières ? lui demanda-t-il. Pourquoi ? Pourquoi m'as-tu laissé espérer ? Pourquoi as-tu épousé Othon ?

— Tu le sais, Néron. Je n'ai toujours pas le droit de répondre à tes lettres. Je suis mariée.

— Qui t'oblige à le rester ?

— Mais j'aime Othon !

— Aux Saturnales, j'ai lu dans tes yeux de l'amour pour moi. Ne me mens pas.

Poppée baissa les yeux et soupira.

— Tu as raison. À quoi bon te le cacher ?

Néron respira son parfum. Elle lui caressa la

nuque en souriant, mystérieuse, les joues rosies par l'émotion.

— Tu veux réellement savoir pourquoi j'ai épousé Othon ?

Il lui fit signe de s'asseoir sur un divan recouvert de soie.

— Ta mère est venue me voir avant notre mariage.

Néron s'étonna.

— Elle croyait que j'étais ta maîtresse. Elle m'a ordonné de ne plus te revoir. Elle m'a menacée.

— Mais pourquoi ne m'as-tu pas prévenu ?

— Je pensais qu'elle régnait encore, même si Othon m'avait dit que tu l'avais chassée du palais.

— Ma mère n'a plus aucun pouvoir. Ainsi donc, tu aurais refusé de te marier…

— Oui, mentit Poppée.

— Et c'est encore la faute de ma mère si…

— Oui.

— Comme je t'aime ! lui dit-il en l'attirant contre lui. Comme je t'aime !

Il approcha ses lèvres des siennes, caressa sa chevelure quand Paris entra précipitamment dans le bureau sans se faire annoncer. Néron éclata de rire. On l'attendait sans doute dans le *triclinium*. Il imaginait la colère de sa mère. Mais en voyant l'affranchi pâle et tremblant, le rire de Néron se figea dans un silence stupéfait. Que se passait-il ?

— Néron, Britannicus est mort ! lui dit-il.

Poppée étouffa un cri.

— Il était à la table voisine de la mienne. Là où tu devais dîner.

— Que veux-tu dire par là ? J'allais juste vous rejoindre…

— César, ta vie est menacée ! Ta mère épouse demain Rubellius Plautus pour le faire acclamer empereur. Elle voulait t'empoisonner !

— Quoi ? Que chantes-tu là ? Tu es devenu fou !

— J'ai été prévenu par Atimetus, l'ancien affranchi de Domitia, juste avant le dîner, mais je ne pensais pas qu'Agrippine agirait aujourd'hui même. Attention, Néron ! Rubellius Plautus descend d'Auguste par les femmes au même degré que toi.

— Calme-toi. A-t-on goûté tous les plats, toutes les boissons ?

Paris exprima une moue dubitative. Il n'avait pas observé à chaque instant la table voisine.

— Britannicus a juste repoussé une boisson parce qu'elle était brûlante. Quand l'esclave y a rajouté de l'eau glacée, il s'est écroulé !

— Allons, viens ! dit Néron à Paris en se précipitant vers la salle à manger. Allons voir ce qui se passe. Tu t'affoles peut-être pour rien.

Poppée et Paris coururent derrière Néron. Dans le couloir, les gardes s'agitaient de tous les côtés. Les serviteurs surveillaient les sorties.

En entrant dans le *triclinium*, Néron rencontra le regard froid de sa mère penchée avec Octavie au-dessus de Britannicus qui gisait à terre, les yeux ouverts, convulsés. Son apparence était impressionnante. Il avait perdu son air rêveur, sa grâce silencieuse. Il était mort en lisant des vers à Lucain.

Les habitués de la Cour attendaient à leur place pour régler leur attitude sur celle de Néron. Poppée resta debout, interdite. Son regard croisa celui d'Octavie. Elle la trouva insignifiante, mais ses yeux profonds révélaient l'honnêteté de son âme. Poppée en fut presque gênée.

— Allons ! Allons ! dit l'empereur. Cessez de crier ! Calmez-vous ! Britannicus a le mal d'Hercule, vous le savez tous ! Sous peu, il reviendra à lui. Qu'on l'emmène dans sa chambre ! Xénophon le soignera.

Après un moment de silence et de confusion, la fête reprit. Néron entraîna Burrus et Sénèque dans son bureau afin de leur rapporter les propos de Paris. Sénèque prit aussitôt la défense de Burrus et Burrus celle d'Agrippine.

— Tout accusé, à plus forte raison une mère, a le droit de se défendre, dit-il. Les accusateurs ne sont pas là ; tu n'as entendu que les propos d'un seul homme. Les jugements hâtifs favorisent les erreurs judiciaires. Si Agrippine est reconnue coupable, je serai le premier à l'en punir.

— Et toi, Sénèque, qu'en penses-tu ?

— Xénophon est formel. Britannicus est victime du mal d'Hercule. Aucun poison ne serait assez efficace pour agir instantanément. Même Locuste ne sait pas en préparer de tels !

— Qu'on aille chercher ma mère.

Néron lui expliqua ce dont on l'accusait.

— Tu veux faire d'une pierre deux coups ! lui dit-elle. Tu viens d'empoisonner Britannicus, mais un crime ne te suffit pas. Tu veux maintenant condamner ta mère. Je ne m'étonne pas qu'Atimetus, qui n'a jamais eu d'enfant, ne connaisse point le cœur d'une mère. Non ! Une mère ne change pas de fils comme d'amants une putain. Si Atimetus n'a plus d'autres ressources que de vendre ses délations mercenaires, ce n'est pas une raison pour que j'encoure, moi, le soupçon infamant d'un infanticide ou que César en subisse le remords. Les affranchis de Domitia ? Je rendrais grâce à leur haine s'ils disputaient avec moi de tendresse pour toi. Mais ils arrangent toutes sortes de fictions. Où étaient-ils quand je préparais ton adoption, le pouvoir proconsulaire, le titre de consul désigné et tout ce qui t'ouvrait l'accès à l'Empire ? Qu'un accusateur me convainque d'avoir sollicité les cohortes stationnées dans Rome, ébranlé la fidélité des provinces, enfin, corrompu et poussé au crime des esclaves ou des affranchis ! Aurais-je pu conserver la vie, si Britannicus avait possédé le pouvoir ? Certes, la tendresse jalouse m'a parfois rendue imprudente, mais réfléchissez. Si Britannicus avait régné, si Plautus régnait, il deviendrait mon juge pour de véritables crimes dont seul mon fils pourrait m'absoudre.

— Allons, calme-toi, dit Sénèque, visiblement convaincu. Nous désirions juste rétablir la vérité.

— Et la justice ? Je réclame la punition de mes accusateurs.

— Ils seront exilés, répondit Néron. Atimetus sera supplicié aux prochains jeux du Cirque !

— Et Paris ?

— J'aviserai, dit-il du bout des lèvres, bien que l'affranchi fût trop nécessaire à ses plaisirs pour être puni.

Agrippine toisa tous les assistants d'un air hautain. Puisque les moindres accusations s'écroulaient devant ses arguments, n'avait-elle pas fait la démonstration de son influence, de son pouvoir qui existait encore ? Néron le lui laissa du moins supposer. Quand elle sortit de la pièce, elle croisa Poppée qui cherchait l'empereur.

— Ma petite, le *triclinium* ne se trouve pas dans ce corridor. Tu es ici dans les appartements de l'empereur et de l'impératrice Octavie. Tu t'y es égarée, lui dit-elle sévèrement d'un ton glacé qui la fit trembler. Je t'avais pourtant avertie. Ne t'étonne pas de te retrouver dès demain en Asie.

— Tes menaces ne me font pas peur, Augusta, lui répondit Poppée. Néron est le seul empereur dans ce palais et je doute, en voyant tout ceci, que tu sois de taille à lutter longtemps.

— Petite garce ! Jamais tu ne commanderas dans ce palais ! Entends-tu ? Jamais !

— Je suis pourtant plus sûre d'y rester que toi. D'ailleurs, si je le souhaitais, je l'habiterais déjà alors que tu l'as définitivement quitté.

— Tu l'auras voulu ! siffla Agrippine entre ses dents.

— Que se passe-t-il encore ? demanda Néron en entendant les cris de sa mère.

— Cette femme m'insulte.

— Allons, calme-toi, lui dit Néron. Respectons ce soir le repos de Britannicus.

— Tu as raison. La fête est finie. Cette femme peut quitter le palais.

— Toi aussi, lui répondit froidement l'empereur. Je vais donner l'ordre de te raccompagner. J'irai te voir demain pour te renseigner sur le sort de ce malheureux Britannicus.

— Je saurai venir moi-même.

— As-tu déjà oublié nos accords ? C'est moi qui décide de tes visites au palais. Et les événements de ce soir n'y changeront rien.

Poppée jubila en regardant Agrippine s'étouffer de rage. Mais elle comprit que sa vie serait dorénavant exposée à chaque instant et qu'elle aurait chaque jour besoin de la protection de Néron.

Elle était enfin prête à la lui réclamer.

## Chapitre 16

*Septembre 57 ap. J.-C.*

Pendant un an, Poppée n'eut rien à redouter d'Agrippine qui vécut retirée dans sa maison d'Antium. Elle ne venait au palais que pour les grandes occasions et semblait se désintéresser de Néron. C'est qu'elle connaissait ses faiblesses. Aussi préférait-elle se faire oublier quelque temps pour agir ensuite plus efficacement. Néron se lasserait de Poppée. Son fils était un volage qui aimait la nouveauté, qu'elle fût du sexe masculin ou féminin. Tout était affaire de patience et, même si Poppée n'était pas congédiée, elle perdrait peu à peu son charme et son ascendant sur Néron.

À Rome, le mois de septembre était encore chaud. En cette matinée baignée de lumière, Poppée dormait à poings fermés. Néron se leva sans faire de bruit et s'avança comme chaque jour sur la terrasse. Rose et dorée, Rome était déjà noyée de soleil, sa ville aux trente-sept portes, la capitale de son Empire, avec ce million d'individus dont il était le maître, Grecs, Italiens, Gaulois, Espagnols, Germains, Africains, Asiatiques.

Des *insulae* disparates, patinées par le soleil, inégalement construites, montaient les cris habituels ; les immeubles de rapport écrasaient les *domus* entourées de leur jardin particulier ; une cohue ininterrompue, bruyante, gesticulante, d'hommes, de femmes, d'enfants, de vieillards, à pied, en litière, en chaises à porteurs, à cheval, soulevait la poussière des rues. Quelques jours avant, un immeuble avait brûlé comme une torche. Il faudrait retrouver des logements pour les rescapés, reconstruire.

Il était facile d'imaginer les gestes habituels, les activités quotidiennes de chacun.

Dans de sombres venelles irrégulièrement tracées, protégées par des statues et des édifices religieux, les marchands, les artisans, les tenanciers de latrines publiques, les rôtisseurs, les prêteurs sur gage s'activaient, apostrophaient les Romains.

Bavards et enjoués, les barbiers rasaient leurs clients sur la chaussée, contraignant les passants à les contourner, sans se préoccuper de leurs injures. Sous les toiles qui couvraient leurs marchandises, les bouchers, les poissonniers, les fruitiers interpellaient les rares Romaines qui passaient. On sentait le fumet des saucisses éclatées rôtissant sur le gril, l'odeur de marée des murènes séchées arrosées de garum. Certains vantaient leur viande de chèvre piquée de myrte, d'autres, les bienfaits de crèmes ou de potions diverses. Des poteaux soutenant les toiles des bouchers pendaient des grives, des loriots, des chapelets de boudins, des lièvres, des porcelets, des jambons de sanglier. La poussière venait se déposer sur des grenades de Numidie, des citrons de Corcide, des dattes et des figues fraîches, des jujubes de Libye, des pruneaux de Syrie. Les épiciers étalaient des fromages de toutes formes sur des feuilles de figuier, entourés de sacs d'épices. Ils avaient attaché les unes aux autres leurs fiasques de vin afin de prévenir les vols. Les mendiants et les chômeurs, pensionnés à vie grâce au service de l'annone, lançaient leurs plaintes près du portique de Minucius, aux bords du Tibre, leur tessère congiaire de bois à la main. Ils emportaient comme des voleurs leur ration de vivres gratuite.

Néron contemplait sa Rome pacifique, reine des conquêtes, impératrice, des marées de l'Océan aux eaux salées de la Caspienne, étalant son tentaculaire réseau routier du Tibre au Rhin, du Danube à l'Euphrate, jusqu'aux déserts d'Afrique et d'Arabie. Où que l'aurore parût, une légion travaillait pour lui sous les aigles de Rome, dans une province soumise, dans la péninsule Ibérique, en Gaule, en Germanie, en Bretagne, en Asie. Il était le gardien d'une conquête universelle. Même Nicomède avait légué en mourant sa Bithynie à Rome. Seuls les Parthes se rebellaient encore aux bords de la Caspienne. Mais, au sud, les annexions de Cyrénaïque, d'Égypte, de Numidie et de Maurétanie avaient relié l'Empire à la Judée et à la Syrie. Lui que le peuple aimait à l'égal d'Auguste, lui à qui le sénat avait rendu un éclatant hommage parce que Corbulon remportait des victoires en Arménie, était le maître tout-puissant du monde !

Telle une lionne affamée, Poppée bâilla à s'en décrocher la mâchoire et se retourna vers Néron en gémissant. Elle le chercha un instant dans le lit avec sa main. Comme la place était libre, elle ouvrit les yeux, surprise.

— Que fais-tu ? lui dit-elle en rejetant la couverture à ses pieds.

— Rien. Je vais me préparer pour recevoir les clients.

— Oh ! non… Viens te recoucher. Sénèque les recevra à ta place. Ce sont là des tâches de subalterne.

Néron ne résista pas à son ton boudeur, presque enfantin. Il se recoucha auprès d'elle et la serra contre lui. Elle l'enveloppa de ses bras et de ses jambes.

Sa passion pour elle n'avait pas faibli depuis leur première rencontre. Mais Poppée se montrait toujours réticente pour lui accorder toute une nuit d'amour, le faisant patienter souvent. Elle refusait même parfois de le rejoindre au palais. Akté ou Paris comblaient alors ses heures de solitude, d'incertitude, car dès que Poppée lui opposait un refus, il craignait de la perdre de nouveau, de ne plus la revoir. La main de Poppée glissa subrepticement entre leurs corps et caressa habilement Néron. Sous des apparences pudiques, Néron avait découvert, chez cette jeune femme, une expérience des hommes redoutable. Après une nuit de repos, Néron n'eut aucune peine à lui procurer ce qu'elle désirait. Il se laissa faire en s'emparant de sa bouche comme d'une pâtisserie aux doux arômes de cannelle. Puis il enfouit sa tête sous ses aisselles aigres, humides de sueur, qu'il lécha longuement. Elle promenait son sexe tendu entre ses cuisses moites et brûlantes, l'enfouissait à l'intérieur d'elle-même pour s'en libérer aussitôt, contrôlant son désir, provoquant le sien. Néron se cabra. Il l'aurait dévorée de désir. Il l'invita à continuer par des mots obscènes, la traita de putain, de perfide, de rouée. Elle se mit à rire ; elle aimait cela. Il caressa ses reins et se laissa entraîner par le mouvement de ses hanches.

— Tu vas être satisfait, lui dit-elle en embrassant ses cheveux roux. J'ai décidé de m'installer définitivement au palais. Je ne supporte plus cette situation ambiguë. J'ai peu vu ta mère cette année, mais elle me toise dès qu'elle me rencontre. Je partage cette couche avec une affranchie à qui tu es soumis comme un esclave. Que peux-tu donc attendre d'Akté sinon le plus vulgaire des amours ? Et puis cette Octavie n'est pas digne de toi ! Elle n'est même pas capable d'avoir des enfants ! Alors que nous pourrions en concevoir de si beaux !

— Tu sais très bien qu'Akté n'est qu'une passade. Que crains-tu d'elle ?

— Oh, rien ! Mais je ne puis accepter pour rivale une esclave grecque. Elle me remplace quand je ne suis pas là. Si je ne viens pas habiter au palais, j'ai résolu de rejoindre Othon. Je ne l'aime plus, mais il me donnait au moins ce que celui que j'aime ne veut pas me donner, et il me traitait avec des égards dignes du rang suprême.

— Ne me dis jamais cela, entends-tu ? Jamais ! Voilà plus d'un an que je te supplie de venir vivre ici. À quoi joues-tu encore ?

— Tes menaces ne m'impressionnent pas, Néron. Je partirai si tu ne m'offres pas un appartement près du tien. J'ai compris que tu redoutais les commérages. Octavie reste ta femme.

Néron se leva avec un mouvement de nervosité. Il croqua rageusement dans une pomme après l'avoir roulée contre sa poitrine pour l'essuyer.

— Je ne redoute rien. Si je relègue Akté au fond du palais, seras-tu satisfaite ?

Poppée fit la moue. Elle regarda sans bouger le serviteur qui leur apportait des gâteaux et du lait. L'esclave rougit en déposant son plateau sur le trépied installé au bord du lit, car son visage était près des fesses arrondies de la jeune femme qui le provoqua en les bombant davantage. Rouge de confusion, il se retira la tête baissée.

— Jure par les dieux tout-puissants que tu ne toucheras plus un poil de la toison d'Akté ! dit Poppée en se levant et en collant son corps nu contre le sien.

— Je te le promets. Pourquoi l'accepterais-je dans mon lit si tu y viens chaque jour ?

— Et Octavie ? Elle ne te sert à rien, celle-là.

— N'exagère pas, Poppée. Octavie est inoffensive.

— Sauf lorsque ta mère la pousse entre nous deux. L'Augusta a réussi à cristalliser autour d'elle des sympathies inquiétantes.

— Mais non… Ma mère n'a aucun pouvoir. J'ai mis un frein à sa volonté de commander.

— L'Augusta n'a, certes, plus ses petites entrées au Palatin, mais elle conserve les grandes. Il n'est pas une fête, un banquet, des jeux où elle n'apparaisse avec Octavie. Tu refuses de l'avouer, mais ta mère t'impressionne autant que par le passé. Tu la crains et elle le sait. Elle fait mine d'approuver tes amis, d'applaudir tes chants, mais elle manœuvre contre toi. Et tu restes là comme un enfant. Tout enflammé des victoires arméniennes, adulé par le peuple, tu demeures inactif et insouciant. Interroge Sénèque. Je suis sûre que lui ne partage pas ton aveuglement. Comment une femme en qui coule le sang du bouillant Germanicus et de Vipsania Agrippina renoncerait-elle si facilement à ses ambitions ? La vérité est que tu n'es qu'un enfant sous tutelle alors que tu te prétends maître de l'univers. Tu n'as jamais été un homme libre comme pourrait le devenir n'importe quel affranchi étranger. Si Agrippine ne souffre pour bru qu'une ennemie de son fils, rends-moi à Othon. J'irai avec lui aux limites du monde. Au moins là, si j'apprends que tu es outragé, je ne serai pas témoin de ta honte ni des dangers que tu cours.

— Calme-toi. Et cesse de me parler d'Othon. Peut-être as-tu raison. Mais non… Je te jure qu'Agrippine n'a plus aucun pouvoir ni sur moi ni sur personne.

— Néron ?

— Oui ?

— Pourquoi ne m'épouses-tu pas ? Mon visage te déplaît ? Mes aïeux ne sont pas dignes de toi ?

— Tais-toi, lui répondit Néron dans un souffle en lui baisant les cheveux. Tais-toi.

— Je souffre de t'entendre salué *imperator*, de voir le sénat décréter pour toi des supplications, des statues, des arcs de triomphe, le consulat pour plusieurs années, alors que tu trembles encore devant ta mère. Tu n'es qu'un petit garçon bien sage, soumis aux ordres maternels. Et tu te crois empereur ? Ce que ta mère redoute, je vais te le dire : elle craint que je ne la démasque, que je ne te révèle ce que pense d'elle le sénat ou le peuple qui se soulèvent contre son orgueil et son avarice.

Elle se dégagea doucement de l'étreinte de Néron et releva ses cheveux pour se baigner.

— Laisse-moi rejoindre Othon. Je ne tremblerai plus pour toi. J'ai si peur qu'il t'arrive malheur alors que tout conspire contre toi ! Tu as relégué ta mère dans le palais d'Antonia ? Certes ! Mais sa maison a pris plus d'importance que le palais. Les préteurs, les édiles, les tribuns, les sénateurs courent vers elle, non vers toi. Et elle a accumulé une fortune immense. J'entends parler de tous côtés ! Sais-tu comment le peuple t'appelle ? « L'impératrice Néron » ! Quant à ta mère, il la nomme « Agrippine, empereur de Rome » ! Et ceci ? dit-elle en jetant une pièce d'or sur une table de marbre et en pointant sur elle un index accusateur. Qu'est-ce que c'est ?

Néron fronça les sourcils. La pièce représentait le profil impérieux d'Agrippine. Poppée la retourna et ajouta sur un ton venimeux :

— Et ceci ? Quelle est cette tête d'enfant attardé qualifié de Néron César ? N'est-ce pas Agrippine qui a permis de graver une pièce qui ira jusqu'aux limites du monde donner la preuve que l'Empire est gouverné par deux Césars, ou pire encore, qu'il est dominé par une femme ? Ah ! L'Augusta prend soin de rappeler à tous qu'elle est la fille de Germanicus !

Un instant, Néron pensa répudier Octavie et épouser Poppée. Mais Agrippine constituait un obstacle majeur entre eux. Poppée avait raison. Son regard glissa vers la chute de ses reins ; ses fesses étaient fermes et petites, ses jambes longues, ses pieds petits, ornés de fins bracelets d'or.

— Reste près de moi, lui dit-il en la serrant de nouveau contre lui. Je te donnerai les plus beaux appartements du palais. Ta sincérité me touche. Tu as bien fait de m'éclairer. Sans toi, je suis aveugle. Tu seras dès demain la maîtresse de ces lieux.

Le visage de Poppée s'éblouit. Elle entoura son cou de ses bras blancs et l'embrassa avec reconnaissance.

— Tu verras, lui promit-elle, je ferai de ta demeure le plus beau palais du monde. Je revêtirai les murailles ; je plaquerai de l'or et de l'argent sur les murs ; j'y insérerai des pierres précieuses ! J'en veux partout dans les boudoirs ! Les plafonds et les planchers des *triclinia* changeront de décor à chaque service. On reconnaîtra nos appartements à leur magnificence. J'aime les contrastes. Je changerai les meubles. Je multiplierai les statues. Elles seront toutes blondies de poudre d'or comme mes cheveux. L'empereur ne mérite que des tables à pieds d'ivoire, des lits de repos incrustés de pierreries, des candélabres d'Égine, des dressoirs sculptés croulant sous les gemmes. Toutes les coupes seront en *murrha* oriental, tous les tapis viendront de Babylonie, tous les meubles seront en citrus de l'Atlas. Je jetterai toute la vaisselle en argent. Seul l'or doit régner dans un palais digne de ce nom. Je ne me contenterai pas des écuelles de ta mère. Je ferai de notre nid d'amour un Olympe terrestre.

Néron la serra contre lui de toutes ses forces.

— Ah ! Je reconnais bien là cette beauté chère aux Grecs dont tu es l'Hélène. Le palais est désormais ton royaume. Je te le donne.

Puis il l'embrassa tendrement et relâcha sa chevelure. Il aimait sentir son odeur, enfouir son visage dans ses boucles blondes. Il aurait cédé sur tout pour la garder. Il aurait même peut-être abandonné l'Empire du monde. Le soleil pénétra dans la chambre de ses rayons obliques et ambra la longue chevelure bouclée de Poppée qui rejeta la tête en arrière en lui offrant, comblée, la blancheur de sa peau.

## Chapitre 17

*Novembre 58 ap. J.-C.*

Le bârû fit mine de s'étrangler. Il toussa à plusieurs reprises, le visage rouge, les yeux exorbités. Il tremblait dans son lit comme une feuille au vent.

— Ne t'essuie pas le front, lui souffla l'un de ses chantres en se penchant vers lui pour l'embrasser en guise de bonjour matinal, sinon le fucus et la lie de vin dont je t'ai barbouillé vont s'estomper. Je vais t'apporter un récipient d'eau pour ta toilette et un strigile en terre cuite. Masse-toi déjà le corps avec cette huile ! Je l'ai utilisée pour engluer les poux car je me suis gratté toute la nuit !

— Apporte-moi aussi du savon d'argile. Et tu feras venir le gallabu ! Je ne peux rester ainsi, avec cette barbe qui pousse ! Que ne faut-il pas inventer ! pesta le prêtre. Alors, ils arrivent, ces maudits messagers ? Ils sont à deux cents gar d'ici ! Je ne vais pas les attendre jusqu'à l'approche de la déesse Gula qui annonce la nuit, ni rester tout le jour dans cette pièce d'un quart de musarû aussi étroite qu'un couloir...

— Voilà quatre fois que tu évites les invitations de Poppée. Elle va finir par se méfier.

— Et alors ? Que voudrais-tu que je fasse ? Que j'aille au palais, que j'y rencontre Agrippine et qu'elle me présente à elle comme son conseiller, son porte-bonheur, son crâne de noix, son protecteur ? Il a fallu rencontrer Néron. Heureusement qu'il n'était pas au courant des tractations que j'ai conclues avec sa mère ! Il m'avait juste vu de temps à autre au palais ; aussi Poppée n'a-t-elle eu aucun mal à croire que je m'y rendais comme tout astrologue chaldéen pour donner à l'Augusta des consultations et pour y cueillir, par la même occasion, des informations. Elle me paie bien pour cela, que je sache !

— Par Shamash au lion ailé, je crois bien qu'ils arrivent ! Je viens d'entendre des sabots sur les pavés.

— Le scribe a terminé mon message ?

— Presque, lui répondit le vénérable dubshar qui, assis en tailleur au pied du matelas, enfonçait le bout de son roseau dans l'argile épurée.

Il tourna légèrement la tablette vers la gauche pour ne pas effacer les signes qu'il venait de tracer puis enveloppa la « lettre » dans une mince feuille d'argile.

— Tu es digne de Nabu, le scribe des dieux. Écris mon nom sur l'enveloppe et appose dessus mon cachet. Tu te tiendras à la disposition des gardes de Poppée. Maintenant, laissez-moi ! Ah ! Mammu... Jette des noyaux de dattes dans le feu et éteins les lampes. Bouche aussi les trous des conduits.

Le bârû disparut sous ses couvertures. Sa chambre était froide, mais elle bénéficiait de la proximité de la salle principale où, l'hiver, brûlait un feu en permanence. Le foyer était entouré de briques d'argile et de paille savamment liées entre elles.

Le chantre entoura sa tête d'un turban et enleva ses chaussures, car le lien qui passait entre ses doigts de pied l'avait blessé. Avec des branchages de palmier, il balaya la terre battue de la chambre et le carrelage de la salle à manger, contourna le fourneau en terre où traînaient du basilic, de la coriandre et du thym, des graines de courges et de concombres. Il souleva le rideau en laine : les gardes de Poppée venaient de descendre de cheval et tiraient leurs bêtes vers la cour centrale légèrement déclive. Ils les attachèrent près de la hutte en roseaux où le bârû conservait son bois. Les parois en étaient garnies de branchages, de boue séchée et de nattes. Dans les étages, les femmes sortirent de chez elles et se penchèrent par-dessus l'escalier pour voir qui arrivait.

— Allons, rentrez, les enfants, ce n'est pas pour nous, cria un artisan qui travaillait l'osier au rez-de-chaussée juste en face de chez le prêtre chaldéen.

Le chantre secoua le foyer et rajouta quelques branchages. Il tira les tapis qui plissaient, tous de couleur rouge pour chasser les démons, tapota les nattes fixées au mur avec de gros clous qui en cachaient le lait de chaux, rangea quelques écuelles qui traînaient sur un guéridon en bois, et promena un bol bouillant de décoction de selago.

— Aïe ! Je me brûle ! Et les voilà qui frappent.

Il laissa son bol sur un trépied et se précipita pour ouvrir.

— Salut à toi, chantre ! lui dit l'un des gardes en tendant le bras. Poppée te salue aussi. Elle m'envoie chercher ton honorable prêtre.

Le feu pétilla et projeta une flamme plus haute que les autres vers le plafond.

— Hélas, lui répondit le chantre. Notre maître est très malade.

Les gardes reniflèrent bruyamment.

— Ça sent effectivement le selago.

— J'en ai fait bouillir avant votre arrivée pour désinfecter la pièce.

On entendit alors une toux sèche et prolongée.

— En plus, notre maître s'est blessé en descendant de sa mule. Sa cheville est bandée.

— Il boite ?

— Vous voulez le voir ?

Les gardes haussèrent les épaules. C'était inutile. Le chantre libéra le lien qui fixait le battant de la porte à son montant et leur offrit à boire. Ils ôtèrent leurs manteaux et s'assirent sur des fauteuils en roseaux tressés.

— Ce ne sera pas de refus, par Jupiter ! Ça nous réchauffera. Tu as du vin ?

— Par Marduk, le vin est un véritable poison ! Que voulez-vous ? du vin d'orge ? du vin de palmier ? du blanc ?

— Donne-nous donc du blanc bien fort.

— Avec des brochettes de sauterelles ?

Ils s'empressèrent de refuser.

— Alors, servez-vous. Il y a des poires, des abricots, des prunes, des pistaches, des dattes à l'huile.

Le chantre rompit le cachet d'argile d'une jarre de soixante sila fichée dans un rond de paille tressée et déroula la corde qui tenait ficelé le linge dont elle était recouverte. Il leur servit du blanc et du jus de grenadier relevé de fenouil et d'ammi avec des « pommes perses », puis il détacha des oignons qui pendaient en guirlandes du plafond.

Les Romains burent d'un trait et s'essuyèrent la bouche du revers de la main. Puis ils le remercièrent, prêts à rejoindre leurs chevaux qui piaffaient devant la porte.

— Que rapportons-nous à Poppée ? demanda le plus grand des deux en tirant sur sa cuirasse.

— Que mon maître est souffrant et qu'un démon le possède, par Adad. Que voulez-vous lui dire ? Que je fais des libations de tamaris dans le vase *agubbu* afin qu'il se remette au plus vite. Tenez ! Voilà un message pour Poppée. Souhaitez-vous en dicter un au scribe ici présent ?

— Non. Poppée y répondra. Salut à toi, et meilleure santé au bârû !

*

* *

Néron dodelina de la tête. Sa couronne de laurier tomba sur son nez et, après avoir lutté contre le sommeil en clignant des paupières, il s'affaissa finalement sur son lit. Il était ivre. L'orgie s'était prolongée tard au palais, succédant au sacrifice qu'un augure avait donné devant le temple de Jupiter Capitolin pour apaiser les dieux. Car les dieux étaient irrités. On n'en connaissait pas la raison bien que toutes les têtes se fussent tournées vers le Palatin en constatant que, sur le Forum, près des Comices, les branches du plus vieil arbre du monde flétrissaient et que son tronc se desséchait. La mort prochaine du figuier Ruminal, qui avait ombragé Remus et Romulus allaités par la louve, était unanimement interprétée comme un mauvais présage. Les prêtres s'inquiétaient des terribles épreuves que Rome devrait sans doute affronter car, depuis huit cent trente ans, l'arbre croissait avec vigueur.

Ces sinistres auspices, ajoutés aux plaintes incessantes de Poppée, qui, dès qu'elle quittait ses bras, le ridiculisait devant les courtisans parce qu'il laissait sa mère le manœuvrer, assombrissaient les pensées de Néron.

— Tu vois ce que nous rapporte cette Poppée depuis qu'elle habite au palais, dit Agrippine à son fils. Je ne viens pas te saluer d'Antium pour te voir à ce point tracassé.

Néron ronchonna et ouvrit un œil. Il s'étonna presque d'apercevoir sa mère, alors qu'elle avait assisté à tout le banquet. Poppée était partie se coucher depuis bien longtemps. Elle refusait d'assister aux orgies et quittait le *triclinium* dès que les danseuses et les hétaïres y entraient. Ses yeux descendirent vers la gorge haute et ferme de sa mère, vers ses hanches souples : ils s'arrêtèrent sur son cou d'albâtre et ses lèvres gracieusement ourlées. Depuis qu'elle avait passé les quarante ans, Agrippine entretenait son corps par de longs massages et des onguents aussi divers qu'efficaces. Elle restait un temps infini dans les *tepidaria*. Aussi dégageait-elle toujours une séduction majestueuse, obtenant de tout homme ce qu'elle désirait.

— Tu as raison de rester à Antium, lui dit Néron ; l'air te fait du bien. Je ne t'ai jamais vue aussi belle. Je dois moi-même me rendre à Baies à la fin de l'hiver ou au printemps prochain. Je passerai te voir là-bas.

Agrippine pinça les lèvres ; son fils était visiblement satisfait de son absence. Elle s'approcha de lui et lui caressa la joue en lui montrant sa gorge à peine couverte.

Les invités gisaient à terre, nus et enlacés. La plupart dormaient déjà profondément, ronflant parfois bruyamment, la bouche ouverte. La mosaïque représentant Ariane à Naxos était tachée de vin, car les convives avaient joué au jeu grec du cottabe en envoyant leur boisson dans une jarre centrale, choisissant dans le même temps l'hétaïre ou le danseur de leur choix. D'autres étalaient leurs chevelures sur la sciure de bois safran répartie à terre par des esclaves, le nez dans l'urine.

— Quitte Poppée, murmura Agrippine à son fils. Elle est pernicieuse pour toi, pour ton pouvoir, pour le peuple romain. Les dieux t'envoient de lumineux présages. Alors, qu'attends-tu ? que Rome soit anéantie ? Poppée n'a pas besoin d'un empereur mais d'un âne toujours prêt à la monter. Il ne dépareillerait pas au milieu de ses quatre cents ânesses ferrées d'or.

La bouche juteuse et les pupilles brillantes, Néron se laissa embrasser avec des soupirs gloutons de satisfaction. Les danseuses, nues, minces comme des figurines de Tanagra, l'avaient vivement excité pendant toute la soirée, et il n'était pas mécontent de s'abandonner aux caresses d'une si belle femme. Qui était cette douce matrone qui s'étendait contre lui, qui ouvrait sa tunique, qui entretenait son plaisir ? Il n'en avait cure, rejoignant les nuages de Morphée et de Vénus qui se le partageaient jalousement.

Comprenant les manœuvres d'Agrippine, Sénèque, qui s'était lui aussi assoupi, finit par s'inquiéter. Il repoussa avec dédain les deux prostituées qui étaient étendues sur lui et se leva en titubant. Burrus dormait sur le côté entre Paris et Pétrone.

Poppée ne devait rien savoir de ce qu'Agrippine tramait, mais comment empêcher l'Augusta d'arriver à ses fins sinon en prévenant sa rivale ? Il eut alors l'ingénieuse idée de recourir à Akté. L'affranchie n'avait pas reçu la visite de Néron depuis de nombreux mois. Il gagna sa chambre en longeant les murs d'un pas mal assuré.

Akté dormait déjà.

— Lève-toi et habille-toi, lui dit-il en hoquetant. J'ai besoin de toi ! L'Augusta tente de séduire l'empereur.

Akté soupira. Elle avait sommeil. Sénèque la secoua énergiquement.

— Allez ! Dépêche-toi !

— Mais enfin, pourquoi le ferais-je ? lui dit Akté en se retournant. Fiche-moi la paix !

— Parce que le premier conseiller de l'empereur l'exige.

L'affranchie haussa les épaules en nouant sa tunique.

— Et c'est parce que tu l'exiges que je parviendrai à me faire entendre de Néron ? dit-elle en relevant ses cheveux d'un geste habile.

— Je suis sûr qu'il brûle encore pour toi d'une passion en sommeil.

Akté le regarda d'un air dubitatif en le suivant vers la porte.

— Tu inventerais vraiment n'importe quoi.

Quand ils pénétrèrent dans le *triclinium*, Sénèque craignit qu'Agrippine n'eût progressé irrémédiablement dans son entreprise. Il s'étonna au contraire de ne pas l'y trouver. Néron tentait en vain de se lever.

— Où vas-tu, Néron ? lui demanda-t-il.

— Ma mère m'attend.

Sénèque lança un clin d'œil éloquent à Akté.

— César, lui dit-elle en se jetant à ses pieds, on rapporte dans Rome qu'Agrippine recherche l'inceste et en est fière. Prends garde, je t'en prie. Le peuple murmure. Les soldats ne suivront pas un prince sacrilège.

En voyant Akté, son teint mat de Grecque, la tendresse de son regard, la jeunesse gracieuse de son corps contrastant avec la beauté mûre de sa mère, Néron s'enflamma de désir pour elle. Il l'accueillit à côté de lui et baisa le haut de sa gorge.

— J'ai peur pour toi, lui dit-elle. Les soldats prétendent qu'ils n'hésiteront pas à rejeter un empereur condamné par les dieux. N'oublie pas qu'Agrippine est autrefois devenue la maîtresse de son frère, de son beau-frère, l'épouse de son oncle, la complice d'un affranchi ! L'Augusta est capable d'un raffinement inouï de débauche. Elle fait aussi courir le bruit que tu serais l'assassin de Britannicus parmi les anciens courtisans du fils de Claude. Or, Agrippine en a cent fois plus encore. Et s'ils confondaient leurs intrigues contre toi au nom de la vertu et des dieux outragés ?

Akté décela vite une angoisse dans les yeux de Néron. Il l'écoutait d'autant mieux qu'elle n'essayait pas d'en tirer un quelconque avantage. Sa mission achevée, elle se dégagea doucement de son étreinte, laissant à l'empereur la sensation qu'une âme attentive, aimante, veillait sur son destin, comme si les dieux lui montraient du doigt la voie à suivre.

Sûre de son fait, Agrippine attendait dans le palais d'Antonia l'arrivée de son fils. Elle se prépara, s'habilla de simples voiles de Cos, se parfuma abondamment. Mais, après avoir arpenté maintes et maintes fois les tapis orientaux de sa chambre et avoir guetté de sa fenêtre la grille de sa propriété, elle comprit avec dépit que Néron ne viendrait plus et qu'elle avait été vaincue. Or, il lui était inconcevable de supporter davantage le respect affecté de son fils et les sourires retenus des courtisans. À Antium, des passants s'arrêtaient même devant sa maison pour l'insulter et se moquer d'elle. Des bateaux doublaient si près les terrasses de sa villa qu'elle percevait les huées et les railleries des passagers.

— Je vais tuer cette putain et ce philosophe qui est revenu d'exil grâce à moi, cria-t-elle. Jamais ! Non, jamais je n'abandonnerai mon royaume à cette Poppée de malheur. S'il le faut, je saurai défaire un empereur que j'ai fait. J'irai montrer Octavie en larmes aux prétoriens. Leur camp offrira un asile à une épouse délaissée, à une mère bafouée, ignorée. Je retrouverai bien des vétérans ayant combattu dans les armées de mon père pour me venger.

Ne maîtrisant plus sa colère, Agrippine éclata en dangereuses menaces. Ses cris étaient si perçants, sa rage si peu contrôlée qu'elle réveilla tous les domestiques de la maison. Puis elle s'enferma dans sa chambre en écrivant des messages jusqu'à l'aube. Pendant toute la nuit, sa lampe demeura allumée. Chacun se demanda alors ce qu'elle manigançait, convaincu que ce ne pouvait être que redoutable.

## Chapitre 18

Le lendemain, le bârû décida de se présenter à Poppée pour excuser son absence de la veille et pour lui réclamer de l'argent. Il ne lui restait plus un sesterce pour payer son loyer.

Il se vêtit de deux tuniques longues superposées, enroula un foulard autour de son cou et rabattit le capuchon de son manteau jusque sur le dessus de son front. Puis il serra un linge autour de sa cheville et fit un nœud solide.

— Allons ! Délie davantage les lanières de ces sandales si tu veux que j'y rentre le pied. Tu vois bien qu'elles sont encore trop fermées, dit-il à l'un de ses chantres en réchauffant ses doigts gourds au-dessus du brasier de bronze.

— Je vais te prêter les miennes, ce sera plus simple, lui suggéra l'autre en se levant.

Il monta rapidement l'escalier en pierre de l'*insula* jusqu'au cinquième étage qu'il partageait avec des commerçants peu argentés et lui rapporta une paire de *soleae*. Une odeur fade de polenta s'engouffra par la porte entrouverte.

— C'est bon ! lui dit le bârû après avoir tourné son pied de tous les côtés avant de l'introduire dans la sandale. Ma mule est prête ?

— Tu l'as au pied, maître.

— Par Marduk ! Je me demande parfois si tu n'es pas complètement idiot. Je te parle de mon âne.

— Elle t'attend dans la cour.

Le chantre l'aida à monter sur le dos de l'animal en bougonnant. Il ne méritait pas ces insultes.

— C'est bien encombrant tous ces vêtements. Allez Julie ! Avance ! En mon absence, tu surveilleras le brasier. Utilise des combustibles carbonisés pour éviter la fumée. Tu prépareras la salle, les lilissu, les lampes, et tu feras patienter les clientes. J'ai quatre rendez-vous cet après-midi. Quant au propriétaire, tu lui diras qu'il aura dès demain ses 30 000 sesterces.

Le chantre lui fit signe de ne pas s'inquiéter.

— Je pourrai utiliser ton eau ?

Le bârû lui donna son approbation. Dans les étages, l'eau était chichement mesurée. Deux colombes venues se réfugier sous les tuiles de l'immeuble traversèrent la cour affolées en cherchant une issue. Elles se perchèrent finalement sur sa toiture en terrasse et roucoulèrent tranquillement. Le bârû les avait suivies des yeux.

— Hum ! Hum ! Bon présage ! Bon présage !

Des *cenacula* supérieurs provenaient maints éclats de voix : c'était l'heure du déjeuner. Les esclaves venaient vider leurs chaises percées dans le *dolium* placé sous la cage de l'escalier. Dans les latrines de la cour, les locataires assis sur leur siège de marbre discutaient ferme. Partout, des panneaux de bois rappelaient les interdictions de jeter par la fenêtre des immondices, sous peine d'amende.

Le bârû longea les boutiques qui occupaient le rez-de-chaussée de l'immeuble donnant sur la Via Biberatica, la rue au Poivre. Chacune d'elles ouvrait sur la rue par une vaste porte cintrée qui en occupait toute la largeur et dont les battants de bois étaient rabattus sur le seuil.

— Tiens ! Le propriétaire a encore enlevé l'échelle qui donne accès à la soupente du boulanger, remarqua-t-il. Lui non plus n'a pas dû payer son loyer.

Des balcons et des pilastres des loggias tombaient des cascades de lierre qui faisaient oublier les insuffisances d'hygiène des appartements. À la base, un mélange de pierres d'assise, de chaînes de briques et de rangées de moellons consolidait la minceur obligatoire de l'immeuble. Mais rien n'adoucissait la puanteur du fumier voisin. Le prêtre se boucha le nez.

— Il y a des jours ventés où j'aimerais réellement être enrhumé, marmonna-t-il.

Le bârû était bien le seul qui ne fût pas informé dans Rome de la colère d'Agrippine. Au Palatin, l'ivresse de Néron et les tentatives de sa mère avaient soulevé bien des craintes et des interrogations. On bénissait Sénèque d'être si pertinemment intervenu.

Dès que Poppée se réveilla et qu'elle apprit ce qui s'était passé, elle entra à son tour dans une colère digne d'Héra. Elle s'habilla en hâte et surgit dans la chambre de Néron à une heure où l'empereur recevait son ancien précepteur Anicetus qu'il avait lui-même élevé aux fonctions de préfet de la flotte.

Malgré son teint de lys à peine éclos d'un masque à base de bourgeon de peuplier et de feuilles de pavot noir, elle ne put contenir les rougeurs qui envahirent ses joues en voyant Néron encore alité. La pièce fut d'un seul coup imprégnée de ce parfum de Judée dont ses voiles étaient embaumés.

— Qu'est-ce que j'apprends ? lui dit-elle dans un cliquetis de bracelets. Je n'avais pas plus tôt quitté le banquet hier que tu te vautrais sur cette otarie ? Mais que cherches-tu ? Tu vas bientôt lui tendre ton cou pour qu'elle te le tranche plus facilement. À moins que tu ne préfères le destin de Claude. Tu ne m'as pas crue lorsque je te dénonçais ses complots. Et maintenant ? N'en as-tu pas la preuve ?

— Je craignais ta réaction, soupira Néron en portant la main à son front. Ma mère va repartir pour Antium. J'ai une migraine à fendre le marbre. Oui… Je sais ce qui s'est passé. Sénèque vient de m'en parler. Je regrette. J'étais saoul. Tout le monde était saoul. Je ne me souviens de rien, mais tout est arrangé, n'est-ce pas ?

— Une simple absence ne change rien, répliqua Poppée. Ta mère est dangereuse.

— Je crois, hélas, que Poppée a raison, intervint Sénèque en replaçant sur sa tête un linge chaud fumant de tisanes. L'Augusta devient très dangereuse.

Néron reculait devant les sinistres plans qui mûrissaient dans son esprit depuis quelques mois. Sa mère était bien encombrante mais il l'aimait, même en cet instant où elle complotait peut-être contre lui.

— Et toi, Anicetus, qu'en penses-tu ? demanda-t-il au préfet de la flotte.

— Agrippine doit disparaître, répondit son ami sans détour. Elle t'empêche de gouverner.

— Je propose que nous éloignions ma mère dans une province, dit Néron en soupirant.

— Allons, Néron, intervint calmement Sénèque en s'asseyant sur le lit. Il est temps de te défaire de ce joug maternel. Agrippine complotera ou dirigera partout où elle se trouvera. C'est une femme de pouvoir. Ne te cache pas la réalité. Ta mère doit disparaître. L'éloigner ne sert à rien.

L'empereur s'assit sur son lit et resta muet pendant quelques instants, le dos courbé. Puis il leva les yeux vers Poppée, accablé.

— Que proposes-tu ? lui demanda-t-il.

— Un empoisonnement.

Ses reins frémirent.

— C'est le moyen le plus sûr, le plus simple et… le moins pénible. Il peut être déguisé en accident.

— Le poison est efficace sur un vieillard, sur un malade, mais sur une femme robuste, en pleine santé ? dit Anicetus. Et puis, tout le monde le sait : Agrippine habitue son corps depuis de longues années à supporter les poisons les plus puissants. Comment le lui administrerions-nous ? Corrompre ses serviteurs semble difficile ; Agrippine est habituée aux complots ; elle a l'œil sur toutes les trahisons.

— Alors, choisissons le couteau ou l'épée, suggéra froidement Poppée que le désarroi de Néron ne semblait guère émouvoir.

— Comment cacher une mort sanglante ? L'exécuteur d'un si grand crime risquerait de parler.

— Sauf si c'est toi...

— Je m'y refuse ! dit Anicetus en se levant brusquement du divan où il était assis. Par Mars, employer l'épée, c'est se condamner aussitôt. Non, j'ai une meilleure idée. Néron célébrera au printemps prochain à Baies les fêtes de Minerve. L'Augusta se trouvera alors à Antium. Envoie-lui une invitation ! Je commande la flotte de Misène et je connais bien les dangers de la mer. Supposons qu'il arrive un incident à son navire, assez loin de la côte, qu'une cloison cède... Ce serait la mort. Imaginez une traversée nocturne après un bon dîner, sous un ciel merveilleusement étoilé, une brise douce, légère. Un accident survient. Le bateau coule. Les passagers se noient.

L'idée parut soudain moins terrifiante à Néron. Il n'était plus question d'assassinat mais d'accident. Quel homme assez injuste imputerait au crime le tort des vents et des flots ? Rien de plus fertile en hasards que la mer. Il donnerait ensuite à la mémoire de sa mère un temple, des autels, des marques d'affection extrême. Il porta une attention plus aiguë au quadragénaire sec et tanné, qui avait la réputation d'être intraitable avec ses navarques.

— Rappelle-toi, César, le vaisseau qui s'ouvrait dans l'amphithéâtre pour laisser sortir des lions. Je connais les constructeurs de ce vaisseau. Une partie détachée en pleine mer par un mécanisme provoquera une voie d'eau dans un semblable bateau.

— Voilà une idée ingénieuse, dit Poppée, enthousiaste. Cela se passera si loin que personne ne pourra t'imputer cet accident du hasard.

Néron hésita encore. Il se sentait entraîné malgré lui dans un gouffre profond. Sa tête le faisait terriblement souffrir.

— Taisez-vous ! ordonna-t-il. Taisez-vous tous ! Vous voulez supprimer ma mère. C'est facile pour vous. Elle ne vous a pas donné le pouvoir. Elle n'a pas sacrifié sa vie pour vous.

— Allons, Néron, calme-toi, lui dit Sénèque. Je comprends que cette décision soit dure à prendre, mais crois bien que tu n'as pas le choix. Elle te tuera si tu ne la tues avant.

Néron enfouit sa tête entre ses mains.

— Pars pour tes chantiers navals, dit-il finalement à Anicetus d'une voix faible. Sois assuré d'avance de ma reconnaissance et de ton avancement si tu réussis dans ton entreprise.

Poppée entoura son cou de ses bras de neige. Un tel sacrifice méritait une suprême récompense. Quant aux conspirateurs, ils soupirèrent de soulagement. Néron serait bientôt le seul empereur de Rome, et chacun d'eux comptait bien en tirer de fructueux avantages.

Le bârû retint sa respiration. Il se tenait depuis quelques instants devant la porte entrouverte de la chambre. Quand il était arrivé aux portes du palais, Agrippine était en discussion mouvementée avec les gardes de Néron qui avaient reçu l'ordre formel de ne pas la laisser entrer. Afin de l'éviter, le bârû avait contourné l'angle du palais et traversé les jardins à l'insu de tous. L'Augusta créait suffisamment de tapage pour détourner une garnison entière de son devoir. Il s'était faufilé jusqu'aux appartements de Poppée qui jouxtaient ceux de l'empereur, prêt à se faire annoncer, quand il avait été intrigué par des éclats de voix provenant de la chambre de Néron.

Le prêtre en avait assez entendu pour estimer les informations que Marduk lui envoyait. Lui qui était venu se renflouer auprès de Poppée allait emmener un trésor.

— Ça alors ! s'exclama-t-il en écoutant la conclusion de Néron. C'est incroyable ! Poppée n'a pas perdu son temps. S'ils me trouvent ici, je ne pourrai pas bénéficier de ces informations. Mieux vaut quitter ces lieux au plus tôt. Personne ne m'a vu.

Avant que les conspirateurs ne quittassent la chambre, il s'éclipsa derrière une statue d'Hercule, déroula la bande qui le gênait pour marcher, et longea le corridor sur la pointe des pieds. Comme les gardes revenaient, il se dissimula dans l'angle sombre d'un renfoncement, attendit qu'ils fussent passés, et marcha rapidement vers le jardin. Il salua le *janitor* et courut reprendre sa mule attachée à un bosquet puis il fila chez Agrippine. Elle venait de partir pour Antium. Il se rendit aussitôt chez un forgeron gaulois qui s'était établi près du Tibre. Il lui fallait un bon cheval bien ferré pour gagner Antium au plus vite.

Le soir même, il était prêt à partir.

## Chapitre 19

*Mars 59 ap. J.-C.*

Agrippine allongea ses jambes en soupirant d'aise. Un air frais venant du large déplaçait ses voiles. Elle renversa la tête en arrière pour savourer cette brise qui la caressait et observa sa propriété juchée au bout du promontoire, détaillant sa blancheur par endroits légèrement lézardée, ses statues et ses colonnes à cariatides. Elle n'avait pour tout vis-à-vis que la mer étale, à peine frissonnante devant elle, et les jardins aux portiques ombragés de lauriers-roses qui s'avançaient en terrasses. Elle ferma les yeux, pensa à Rome, à cette Rome dont elle était chassée par son propre fils, de l'autre côté de la baie, à la foule affairée sur le Forum, au palais, aux jardins, aux galeries de marbre où elle n'entrait que pour y être honteusement raillée. Elle regrettait, bien sûr, son pouvoir perdu, ses licteurs, sa garde, son char, ne supportait plus la présence de Poppée à une place qui lui était due. Comment se débarrasser d'une telle rivale ? Depuis la mort de Britannicus, elle avait tenté de se servir d'Octavie, mais Octavie était si effacée, si craintive, si passive…

Le crissement de sa birème ballottée par les flots lui fit ouvrir les yeux. Le ciel opalescent disparaissait derrière de blanches nuées rosies par le soleil couchant. La mer s'échouait silencieusement sur le sable doré, sur les roches aux reflets auburn. Les pins méditerranéens inclinaient leurs troncs vers les rayons blancs. Pallas la rejoignit avec un courrier impérial.

— Voilà qui est étonnant ! lui dit-il, intrigué. Une lettre de l'empereur en personne !

Agrippine se leva aussitôt et saisit le rouleau de papyrus que lui tendait son amant. Elle le déroula et lut précipitamment le message de son fils. Que voulait-il, alors qu'il lui avait interdit l'accès au palais ? Le regrettait-il ? Cherchait-il à obtenir son pardon ? La tête appuyée contre le marbre frais d'une colonne, Pallas observait l'expression de son visage. Il fut soulagé en voyant s'illuminer ses traits.

— Je savais que mon fils me reviendrait ! dit-elle, satisfaite.

— Que t'écrit-il ?

Agrippine relut à haute voix l'invitation de Néron.

À la meilleure des mères,

J'irai à Baies au mois du dieu Mars où je célébrerai les fêtes de Minerve. Je t'invite dès aujourd'hui, ma chère mère, à partager ma joie car nous devons renouer entre nous des liens d'affection qui n'auraient jamais dû se relâcher. Un fils doit savoir souffrir les moments de colère de ses parents et apaiser ses ressentiments. Seras-tu assez bonne pour me pardonner ? Si tu es prête à m'accorder ce pardon, fais-moi signe et rejoins-moi à cette époque. Nous montrerons ainsi à tous les courtisans que nous nous sommes réconciliés et que nous sommes prêts à continuer notre route ensemble. Accepte de présider avec moi le premier jour des Grandes Quinquatries, cinquième après les ides de mars, en l'honneur de la déesse de l'intelligence et de la sagesse. Je t'accueillerai moi-même sur le rivage de Baies avec la Cour. Comme j'ai hâte de réparer les torts que je t'ai faits ! Les dieux m'ont soudain éclairé. Sénèque et Pétrone aussi. Je l'avoue. Je ne puis tout écrire, mais tu as compris avant moi combien j'ai été manipulé. Me pardonnes-tu ? Oh ! Ma mère adorée ! Comment ai-je pu croire un instant qu'une autre femme te remplacerait dans mon cœur ?

Viens, je t'en prie. Je t'enverrai ma propre trirème pour que tu puisses voyager plus agréablement. J'ai hâte de connaître ta décision. Fais-la savoir au messager que je t'envoie. Il est de confiance.

Ton fils qui a besoin de toi et de ton amour.

Néron.

Pallas grinça des dents en ricanant.

— C'est un piège, dit-il aussitôt.

— Comment peux-tu envisager que mon propre fils me tende un piège ? Non ! Néron s'est lassé de

Poppée et il constate enfin qu'il a besoin de moi. Tout se passe au contraire comme je l'avais prévu.

— Tu parles avec l'aveuglement d'une mère, mais ton jugement n'est pas objectif. Néron a beaucoup changé et Poppée est capable de le pousser aux pires extrémités.

Agrippine réfléchit un instant. Elle se tourna vers la mer, regarda en direction de Baies.

— Non, Pallas. Cette fois-ci, je pense que tu te trompes. Néron a vingt et un ans. Il est tout juste capable de faire courir sur un hippodrome de marbre jaune de petits chars en ivoire.

— Méfie-toi tout de même. Me permettras-tu de t'accompagner à Baies ?

— Par Vénus, tu as perdu la raison ? Néron te hait. Non ! Je prendrai avec moi Crepereius Gallus et je résiderai dans ma villa de Baules.

— Ce jeune chevalier t'accompagne partout ces derniers temps...

— Serais-tu jaloux ? Gallus viendra avec moi, c'est tout.

Puis elle s'avança vers le courrier de Néron et lui confirma sa décision.

— Dis à l'empereur que j'aurai beaucoup de joie à répondre à son invitation. Je quitterai Antium la veille des Quinquatries pour être à Baies le premier jour des fêtes.

— Par Ishtar, je te le déconseille ! dit le bârû en entrant sans se faire annoncer. Je t'apporte des nouvelles qui t'enlèveront l'envie de commettre une telle bêtise !

— Te crois-tu tout permis, pour entrer dans ma

villa comme dans un temple ? lui dit Agrippine, étonnée.

— Quand tu sauras pourquoi je viens, tu m'en féliciteras.

Agrippine haussa les épaules et renvoya le messager de l'empereur.

— Je suppose que tu as besoin d'argent.

Le bârû releva ses tuniques et son manteau blanc à l'aide de son bâton pour montrer ses sandales aux semelles trouées.

— Si je n'en avais pas besoin, mes chaussures seraient dans un meilleur état. Je n'ai jamais été aussi mushkinu. Je ne peux même pas m'acheter des sandales babyloniennes.

Pallas lui jeta un sac de sesterces.

— Tu es trop bon, dit le bârû en s'inclinant et en tâtant les pièces à travers la bourse.

— Je t'écoute, lui dit Agrippine après avoir ordonné à deux esclaves noirs de fermer les volets de sa villa et d'allumer les torches.

Pallas et elle s'assirent dans des fauteuils en osier.

— Néron manigance ta mort, Augusta, leur dit le bârû. Je l'ai entendu comme je t'entends. J'étais devant la porte de sa chambre. Il complotait contre toi avec Poppée, Sénèque et un affranchi du nom d'Anicetus. Personne ne m'a vu. J'ai gagné aussitôt le jardin et me suis faufilé à l'extérieur. Je suis venu aussi vite que j'ai pu. Je n'ai pas assez d'argent pour m'acheter un cheval plus rapide. Aussi le messager de ton fils m'a-t-il devancé. Tu dois absolument revenir sur ta décision.

Agrippine le regarda d'un air soupçonneux en

fronçant les sourcils. Elle fit rapprocher les braseros et réclama son châle.

— Mais dis-moi, bârû, que faisais-tu au palais ? J'y suis allée moi-même et ne t'y ai pas rencontré.

— Par Marduk, je te jure que j'y étais ! Je t'ai même entendue insulter les gardes de Néron.

— Et pourquoi n'es-tu pas venu me trouver ? Pourquoi m'as-tu évitée ? Comment t'es-tu soi-disant faufilé à l'extérieur ? Pourquoi venais-tu au palais alors que j'y étais la veille ? Tu ne peux l'ignorer. Tout Rome sait que je suis présente pour les grandes occasions. Si tu ne venais pas y chercher des renseignements pour moi, peut-être venais-tu en donner. Mais à qui ? Travaillerais-tu aussi pour mon fils ? Ou peut-être pour Poppée ?

Le prêtre rougit.

— Me croirais-tu si malhonnête ? bégaya-t-il en se jetant aux pieds de l'Augusta.

— Oui, dit-elle en le rejetant du pied. Pallas ! Fais emmener cet infâme voleur ! Tout conspire contre nous, et je crois ce Parthe assez roué pour être maintenant à la solde de Poppée. Qu'on le fouette jusqu'au sang !

— Mais enfin, Augusta, se lamenta le bârû, je vais régulièrement au palais pour entendre ce qui s'y passe afin de te mettre au courant.

— Depuis plusieurs mois, tu aurais dû avoir bien des choses à me dire. Tu mens. Qu'on l'emmène hors d'ici.

Le bârû eut beau protester, deux robustes esclaves s'emparèrent de lui.

— Poppée elle aussi consulte un bârû. Elle me l'a dit elle-même. Quand je l'ai appris, je t'ai fait suivre, et je sais que tu reçois d'elle d'énormes sommes d'argent.

— Mais c'est faux ! Si Poppée me payait tant, je ne marcherais pas avec des semelles trouées.

— Tant ? Elle te paie donc ! Tu es assez avare pour aller tout nu en hiver. Qu'on l'emmène et qu'on le fouette !

Le prêtre eut beau résister, se coucher sur le plancher, s'agripper aux chevilles des deux nègres, il fut bel et bien traîné jusqu'à la cave et attaché dans la salle suspendue au-dessus de l'hypocauste dans l'attente du fouet. Du plancher formé d'un lit de briques, d'une couche de glaise et d'un pavement de pierre montait une douillette chaleur que le bârû aurait appréciée s'il ne s'était trouvé dans une position aussi délicate.

— Qui t'a informé des manigances de ce traître ? demanda Pallas à Agrippine en s'approchant de son siège et en massant doucement ses épaules.

— Personne, lui répondit-elle en lui prenant les mains. Mais tu as vu comment il rougissait quand je lui ai parlé de Poppée. Je sentais qu'il mentait. Maintenant j'en suis sûre.

— Et s'il disait la vérité ? S'il avait bien entendu ce complot ?

— Je ne changerai rien à mes projets mais je serai prudente. Je l'emmènerai avec moi à Baies. Fais jeter des fagots et du charbon de bois dans les fourneaux. On s'occupera de lui demain.

*

* *

En deux mois, Agrippine ne changea rien de ce qu'elle avait décidé. Elle embarqua la veille des Quinquatries sur la magnifique trirème de Néron et emmena avec elle le bârû qu'elle avait conservé d'office à son service.

Elle était comblée de revenir en impératrice à Baies, même si le prêtre jetait une ombre sur l'amour que Néron éprouvait pour elle. Son fils lui-même lui avait appris que Poppée était sur le point de quitter le palais. Qu'espérer de plus ? Dans tous les établissements thermaux, dans tous les palais, dans toutes les villes en saillie sur la mer, dans les bois de myrtes où s'enlaçaient des couples adultères, courrait le bruit qu'elle était de nouveau la maîtresse de Rome. Et elle voulait que ce traître de bârû constatât en personne sa victoire. Être réhabilitée à Baies, où tous les hauts personnages de Rome profitaient déjà de la tiédeur du printemps, était un rêve auquel elle ne croyait plus.

Le voyage d'Agrippine fut calme. La trirème de Néron était aussi somptueuse que confortable. On reconnaissait de loin les voiles de pourpre et sa poupe en forme de sirène d'or. Elle doubla le cap Misène le lendemain soir au moment où tombait la nuit.

Pendant le trajet, Agrippine s'était occupée à relire le dernier pamphlet de Sénèque. Elle y avait pris beaucoup de plaisir, même si le philosophe ridiculisait Claude avec une férocité excessive.

En voyant au loin la brume noirâtre s'échapper du Vésuve, Agrippine sentit son cœur se serrer de joie. Sous la surface des eaux se mouvaient des taches sombres de bancs de poissons. L'obscurité s'épaissit d'un seul coup et les bois d'orangers, de lauriers-roses couvrant les collines se criblèrent de lumières. Ils arrivaient.

Assise au pied du lit d'apparat où elle s'était allongée, Acerronie ne pouvait s'empêcher d'exprimer sa joie de voir sa maîtresse réconciliée avec l'empereur.

— Comme César est prévenant ! ne cessait-elle de lui dire, les yeux brillants. Tu as retrouvé ton crédit. Ton fils a enfin compris combien tu lui étais indispensable !

— Laisse en paix l'Augusta ! finit par lui dire Crepereius Gallus en surveillant les manœuvres de l'équipage et les recommandations du triérarque.

Agrippine acquiesça d'un signe mou de la main.

La nuit était douce. Le navire longeait les côtes découpées, masses noires sur l'eau d'encre. Les étoiles éclairaient leur route. Les poissons dormaient sous les roches entre deux eaux. Le brassement des flots, monotone, invitait au repos, marqué par la voix rauque d'Herculeius. Ronde et blanche, la lune régnait derrière le Vésuve, tandis que la haute voile pourpre et triangulaire se gonflait comme un ventre de femme enceinte, sous la brise agitée par la course véloce et silencieuse. De la rive parvenait l'odeur des pins et des vergers, la jeune chaleur du soleil ayant fait éclater tous les bourgeons des coteaux. Le souffle d'Agrippine épousa bientôt la cadence des rameurs ; elle somnola un instant, quand un craquement sinistre déchira soudain le silence. Agrippine se réveilla aussitôt. Acerronie poussa un cri en tentant de se rattraper aux montants du baldaquin qui s'écroulèrent. Crepereius Gallus, qui avait été projeté sur le lit, fut écrasé. La trirème s'ouvrit, laissant les flots s'engouffrer à l'intérieur dans un tumulte effrayant. L'épouvante s'empara davantage encore des passagers. Avant même que le bârû n'eût réagi, Agrippine repoussa Crepereius qui lui avait sauvé la vie malgré lui, et s'accroupit derrière le lit. L'eau s'était déjà infiltrée dans les moindres recoins du bâtiment.

— Tu vois ! cria le bârû en se recroquevillant derrière elle. Tu vois ! Je savais bien qu'un malheur adviendrait. Par Ishtar ! Par Marduk ! Par Jupiter ! Par tous les dieux du monde entier !

— Cesse de trembler. C'est un accident.

Comme l'équipage s'agitait en tous sens, Agrippine repoussa du coude le bârû et se dissimula derrière une haute glène. De là, elle vit les rameurs se jeter du même côté du navire comme pour le faire chavirer. Elle tira alors sa servante par la tunique et l'entraîna vers les avirons abandonnés à l'arrière en lui conseillant de s'agripper à eux et de se laisser glisser discrètement dans l'eau. Il ne fallait pas espérer sauver le bateau. Elle-même déchira sa tunique et plongea dans les flots sans hésiter. Elle s'éloigna rapidement, mais Acerronie tomba dans l'eau comme une pierre, entraînée vers le fond par le poids du bârû qui s'accrochait à elle.

— Mais laisse-moi ! cria-t-elle en lui assénant de violents coups de talon.

Elle disparut un instant sous l'eau avant de réapparaître.

— Cet imbécile va me noyer !

Elle tenta de s'en défaire de nouveau mais ses efforts l'épuisaient. Le bârû, qui ne savait pas nager, la tenait enveloppée comme une pieuvre. Elle réclama de l'aide aux rameurs, se fit passer pour l'impératrice dans l'espoir d'être sauvée.

En l'entendant, Agrippine se retourna, mais elle fut atterrée par le spectacle qui suivit. Croyant qu'ils avaient affaire à l'impératrice, les matelots se ruèrent vers Acerronie, armés de crocs et de rames, et lui fracassèrent le crâne en un instant. Le bârû se débattait en suffoquant, s'agrippait de plus belle à la servante. Agrippine comprit alors qu'il ne s'agissait pas d'un accident. Elle ressentit soudain une violente douleur à l'épaule. Sans même s'en rendre compte, elle avait été blessée par l'écrasement de son lit. Elle plongea aussitôt sous l'eau et s'éloigna au plus vite. Elle nagea longtemps. Quand elle revint à la surface, la lumière de la lune lui révéla la proximité du rivage ; elle avait progressé dans la bonne direction. Elle se reposa un instant puis elle continua à larges brassées vers la côte.

Sans doute alertés par le vacarme de la catastrophe, des pêcheurs qui dormaient sur la plage avaient allumé des torches et s'étaient rapprochés du lieu de l'accident où ils jetaient habituellement leurs filets. Quand ils virent Agrippine tenter de se hisser sur les rochers, épuisée, ils se précipitèrent pour l'aider. L'Augusta avait les genoux ensanglantés. Son épaule la faisait terriblement souffrir. Ils la portèrent sur la petite crique et l'allongèrent dans l'une de leurs barques.

Elle les remercia, accepta de boire leur vin, et leur demanda de la conduire à Baules moyennant une confortable somme d'argent. Ils acceptèrent aussitôt. Baules n'était pas loin et ils étaient pauvres. Aussi mirent-ils sans tarder l'une de leurs barques à la mer. Les étoiles blanchissaient déjà ; dans les buissons du rivage, une chouette poussa un cri lugubre. La barque glissa sur les eaux, silencieuse.

— Minerve ne m'a guère aidée aujourd'hui, soupira Agrippine, harassée.

Il lui faudrait imaginer un stratagème pour sauver sa vie. Néron ne manquerait pas de s'affoler en apprenant qu'elle était saine et sauve. Lui laisser croire qu'elle n'avait rien deviné ? Oui. Mais après ? Le ciel défilait sous ses yeux ; elle les ferma enfin, fourbue, et s'endormit.

# Chapitre 20

*20 mars 59 ap. J.-C.*

Anicetus trouva Néron éveillé, pâle, hirsute, les joues envahies d'une barbe naissante, les lèvres serrées lui donnant un air d'oiseau de proie. L'empereur n'avait pu se reposer tant il était nerveux. Aussi avait-il passé la nuit sur l'un de ses vaisseaux amarré au large de Baies, son corps enveloppé d'une *synthesia* flottante et négligée, effeuillant des roses et mâchouillant des raisins secs qu'il finissait par cracher sur le pont, agacé par ses propres mastications. Il sentait le vin, et la lourdeur des parfums dont il était embaumé était presque écœurante. Il ne parvenait pas à détacher ses yeux de la clepsydre posée sur le sol, la retournait sans cesse avec irritation, la rattrapait au moment où elle glissait vers l'autre extrémité du navire.

— Par Déméter, pourquoi n'es-tu pas venu me donner des nouvelles plus tôt ? cria-t-il à Anicetus par-dessus la rambarde.

Le préfet de la flotte lui répondit de la barque qui l'amenait jusqu'au bateau en faisant de grands gestes de victoire.

— Rassure-toi, divin Néron, tout va pour le mieux.

Dès qu'il eut accosté, Néron se précipita vers lui.

— L'impératrice s'est noyée, lui dit Anicetus en se frottant les mains comme s'il avait commis un larcin.

Néron soupira profondément et se laissa tomber sur une glène de cordes.

— Me voilà enfin empereur, murmura-t-il.

Il leva un regard éperdu vers Anicetus. Sa mère était morte. Mais comment se passerait-il d'elle, de son ambition, de ses colères, de son amour ? Il resta un moment interdit. Puis, prenant soudain conscience qu'il lui fallait informer la Cour, il se ressaisit et se leva brusquement, en ordonnant à un serviteur de réveiller Sénèque et Burrus qui dormaient dans la cale. Au même moment, un esclave lui annonça un messager de l'Augusta ; il tendait le bras vers le rivage. Un courrier venait en effet d'arriver et demandait l'autorisation de monter à bord. Ce ne pouvait être un courrier d'Agrippine. Néron envoya une barque jusqu'à lui. Le *nomenclator* se renseigna. Si ! Il s'agissait bien d'un messager d'Agrippine qui était parti de nuit et qui avait galopé le plus vite possible jusqu'à Baies. Il venait de Baules.

Néron regarda Anicetus sans comprendre.

— Tu m'as menti. Pourquoi m'as-tu raconté que l'Augusta était morte ? Il fallait que tu fusses bien crédule pour croire que je ne serais pas aussitôt informé de ton échec ! À moins que tu ne soutiennes ma mère…

Anicetus était resté coi, abasourdi par une information à laquelle il ne parvenait pas à ajouter foi.

— Mais c'est impossible ! lui dit-il. Impossible ! Mes matelots l'ont vue couler ! VUE ! Il doit y avoir une erreur.

— Alors comment expliques-tu qu'un messager se fasse ici annoncer de sa part ?

— Il faut qu'elle revienne des Enfers, dit Anicetus, les bras au ciel. Cette femme est un démon.

À la crainte de Néron s'ajoutèrent l'épouvante et la terreur. S'il était convaincu de matricide, la loi gravée sur les Douze Tables de bronze le condamnerait à être battu de verges jusqu'au sang et enfermé dans un sac de vipères avant d'être jeté à la mer. Il voyait déjà sa mère forcer ses portes, prête à la vengeance, armer ses esclaves, soulever les soldats, pleurer dans les bras du sénat et du peuple en leur dénonçant son naufrage, ses blessures, ses amis tués. Face à la colère et à la vengeance de la fille de Germanicus, qui invoquerait devant le peuple la maison des Césars et devant les soldats le souvenir de son père, quel appui lui resterait-il si Burrus et Sénèque…

— Ah ! Pourquoi Pétrone n'est-il pas ici pour me conseiller ? Pourquoi est-il parti en Bithynie ?

— Que se passe-t-il ? demanda Sénèque en montant sur le pont. Anicetus est de retour ?

— Oui. Asseyez-vous sur ces coffres. Par Jupiter, tout va de travers !

Ses cheveux tombaient sur son front par mèches pointues comme s'ils étaient sales.

Les yeux encore endormis et les muscles du visage relâchés, Burrus le regarda, surpris. Que se passait-il encore ? Néron les mit alors au courant de la chance inouïe d'Agrippine. Il interrogea Anicetus sur le déroulement des opérations, voulut connaître les plus petits détails. Après le récit du préfet de la flotte, ils demeurèrent un instant interloqués. Comment l'Augusta pouvait-elle être à ce point soutenue par les dieux ?

— L'Augusta sait nager, mais l'intérêt supérieur de Rome exige sa mort, dit Sénèque. Sa révolte entraînerait un massacre à Rome, peut-être même dans toutes les villes de l'Empire. Faut-il ouvrir une nouvelle époque de proscriptions et d'effusions de sang pour une femme si criminelle ? Ordonnons le meurtre aux soldats de la garde.

— Les prétoriens attachés à la maison des Césars et au souvenir de Germanicus n'oseront aucune violence contre sa progéniture. Puisque Anicetus a entamé cette affaire, qu'il l'achève ! suggéra Burrus avec un coup de tête bourru vers le préfet de la flotte.

— J'y mettrai un terme. Burrus a raison.

— Je pourrai alors dire que mon ancien précepteur m'a fait un magnifique présent, conclut Néron. Pars au plus vite et emmène avec toi les hommes les plus dévoués, car nous ne pouvons plus revenir en arrière. Ce serait la mort pour chacun d'entre nous. Une mort atroce ! Le messager de ma mère arrive. Je vais le recevoir. Agissons comme nous l'avons décidé.

Le *nomenclator* aida l'affranchi d'Agrippine à

monter sur le navire, tandis qu'Anicetus se laissait glisser dans la barque, prêt à rejoindre le rivage.

— Tu es donc envoyé par ma mère, lui dit Néron en le regardant défroisser son manteau d'un œil ironique.

— Divin César, ta mère... l'Augusta... m'envoie t'informer qu'un... accident lui est arrivé, mais elle est saine et sauve. Elle te demande de ne pas t'inquiéter... On l'a conduite dans sa villa de Baules.

— Tu éprouves des difficultés à parler. Tu es bègue ?

Agerinus était troublé par le regard fixe de Néron.

— Oui... divin..., reconnut-il en rougissant.

— Allons bon ! Il n'y a bien que ma mère pour embaucher des messagers bègues.

Il le regarda longuement sans parler. Mais oui ! Pourquoi n'y avait-il pas pensé plus tôt ?

— Tu vas rester ici jusqu'à demain, lui dit-il. Il est possible que j'aie besoin de toi.

Burrus s'étonna de cette décision. Quel plan trottait encore dans le cerveau fertile de Néron ?

— N'est-ce pas une bonne idée ? demanda Néron à Sénèque pendant que les gardes emmenaient Agerinus décontenancé dans la cale. Quand Anicetus aura tué ma mère, nous dirons au peuple qu'elle avait envoyé Agerinus pour me tuer. Ainsi, chacun croira qu'elle s'est elle-même donné la mort par remords d'avoir voulu assassiner son fils.

— Et Agerinus ?

— Couic ! dit simplement Néron en faisant mine de se trancher la gorge.

Le philosophe préféra se taire. Cette mise en

scène ne tromperait personne. Il constata seulement que le petit Néron de vingt et un ans s'engageait, sans faillir, sur la même voie que Caligula, et il eut presque peur de lui. Burrus resta muet de colère. Cet imbroglio ne lui disait rien qui vaille.

*
* *

L'aurore venait de naître ; le ciel était opalin, à peine teinté. Une foule entourait la propriété de l'Augusta. Elle était accourue de Baules pour prendre des nouvelles d'Agrippine. Par curiosité plus que par amitié. Une multitude de tuniques blanches se répandaient sur le rivage, sur les digues, dans les barques. Des enfants tendaient leurs mains vers la villa avec des rires, des vœux et des prières. On se repentait presque d'avoir conspué une femme proche de la divinité. Mille questions étaient posées pour mille réponses incertaines. Certains portaient des flambeaux. Agrippine était-elle vivante ? Que lui était-il arrivé ? On leur annonça qu'elle avait seulement besoin de repos. Une grande clameur monta du rivage.

— Quel est ce bruit ? demanda Agrippine à sa servante en remontant sur elle une couverture de laine.

— Ce sont les habitants de Baules qui sont venus aux nouvelles, répondit la jeune esclave en allumant une torche.

Elle avait fermé tous les volets pour que sa maîtresse pût se reposer plus longtemps.

— Il n'y a justement pas de nouvelles, et c'est

cela qui m'inquiète. Mais pourquoi Agerinus ne revient-il pas ? Si tout s'est bien passé, il devrait déjà être de retour.

— Il faut lui laisser le temps d'arriver.

Inquiète, la servante se leva pour regarder entre les volets.

— Non, je ne vois rien. À part les marins et les paysans qui te réclament.

— Fais-leur annoncer que j'irai leur parler dès que je serai habillée, sinon ils resteront autour de cette maison comme les Romains ont patienté à la mort de Claude, et envoie un messager à Pallas. J'espère qu'il n'est pas parti rejoindre son frère Félix en Syrie comme il l'avait décidé.

— Bien, maîtresse.

— T'es-tu occupée du testament d'Acerronie ? A-t-on mis les scellés sur ses biens ?

— Oui, maîtresse. Ses biens sont maintenant les tiens.

— Bon... Bon... Mais que fait donc Agerinus ?

— Je vais changer tes pansements. Ces bandelettes sont souillées de sang.

Agrippine lui adressa un sourire attendri. Elle réclama un miroir. Ses cheveux avaient séché en désordre et son maquillage avait coulé le long de ses joues sans qu'elle n'ait pris, en rentrant, la peine de l'essuyer. C'était bien la première fois qu'elle se négligeait. Il fallait que les circonstances fussent graves. Comme l'esclave revenait avec une cuvette et y versait une eau claire d'une lourde jarre, Agrippine lui demanda de lui mouiller un mouchoir en coton afin de s'éponger le front. Pendant ce temps, l'esclave déroula les bandelettes qui entouraient ses genoux, tamponna ses plaies avec un linge imbibé de décoction de selago et nettoya habilement sa blessure à l'épaule.

— Que se passe-t-il ? dit soudain Agrippine en posant le miroir serti de pierres précieuses sur le lit.

Les deux femmes se turent, à l'écoute.

— Rien. La foule s'est tue. Elle doit se retirer.

Un silence inquiétant pesa soudain sur la villa. Puis on entendit le fracas d'une porte brisée, des cris, des bruits de fuite. L'esclave se précipita vers la fenêtre. Une troupe venait d'arriver au galop en chassant tous les habitants.

— Qui est-ce ? Tu les reconnais ? lui demanda Agrippine.

— Non. Je ne les ai jamais vus. Ah, si ! Je crois bien reconnaître Anicetus.

— Par Jupiter !

Les serviteurs se sauvaient de toutes parts. Prise d'effroi en voyant deux enfants transpercés d'un coup d'épée, l'esclave se mit à trembler, puis elle laissa tomber le linge qu'elle tenait à la main et se précipita vers la porte.

— Que se passe-t-il ? demanda encore Agrippine en gardant le regard ferme sous l'arc profond des sourcils.

— Ils viennent de tuer deux enfants. Ce sont des assassins ! sanglota l'esclave apeurée en ouvrant la porte.

Mais, en cherchant à fuir, elle se retrouva nez à nez avec Anicetus.

— Laisse-la fuir. Cette enfant est morte de peur,

dit Agrippine à l'affranchi. Je m'étonne que le triérarque Herculeius et le préfet Anicetus me dérangent pendant mon repos. Si vous venez en messagers, vous pouvez annoncer à Néron que je suis remise. Si vous venez dans une intention criminelle, je ne crois pas que mon fils vous en ait donné l'ordre. Il ne commanderait jamais un matricide. Ce n'est ni un Oreste, ni un Alcméon. Mais vous êtes peut-être envoyés par Poppée ?

Herculeius s'avança vers elle sans répondre. Anicetus tenait son épée à la main.

— Tu es bien bavarde, lui dit-il. Penses-tu que ton pouvoir est absolu et que l'empereur pouvait laisser tes crimes impunis ?

— Mes crimes ?

— Oui, tes crimes ! Tu as fait tuer Narcisse, Domitia Lepida, Lucius Silanus, Claude, Lollia Paulina et bien d'autres. Tu as même envoyé Locuste au malheureux Junius Silanus, l'intendant des domaines du prince en Asie, alors qu'il était tellement inoffensif qu'on l'appelait tous « notre brebis d'or ». Mais Junius Silanus était un homme d'âge mûr, irréprochable et noble. Il était l'arrière-petit-fils d'Auguste et pouvait prétendre au trône…

Comme le peuple revenait entourer la villa d'Agrippine, Herculeius conseilla à l'affranchi de se hâter. Il plaqua les épaules d'Agrippine sur le lit et souleva sa tunique d'un geste brusque.

— Vous êtes donc venus me tuer comme une simple criminelle !

— Tais-toi ! lui dit Anicetus.

— Je réclame un procès.

L'affranchi éclata de rire.

— Et Lepida, a-t-elle eu un procès ? Elle a péri dans sa cellule. Quant à Narcisse…

— Narcisse s'est ouvert les veines.

— Quelle autre solution lui restait-il ? Tu l'avais fait emprisonner. Et on connaît la manière dont tu traites les prisonniers.

— Allons ! Finissons-en, dit Herculeius en giflant violemment Agrippine. Cette putain cherche à gagner du temps !

Agrippine le regarda froidement.

— Frappe ici ! dit-elle à Anicetus. C'est là que j'ai porté Néron. Respectez au moins mes dernières volontés.

Elle eut à peine le temps d'achever sa phrase ; l'affranchi la transperça d'un coup d'épée. Elle n'entendit plus qu'une galère crisser sur l'eau. Elle pencha la tête vers le jour qui pointait entre les volets, imagina la trirème d'Herculeius balançant jusqu'à Baies sa carène le long du rivage, la voile pourpre repliée. Elle vit Anicetus annoncer à son fils chéri, au seul être qu'elle ait aimé après son père et sa mère : « L'Augusta est morte. » Elle retint son cri en sentant la lame s'enfoncer dans son sein et ferma les yeux, transpercée de coups. Jamais elle n'avait montré sa souffrance à qui que ce fût. Deux subalternes n'auraient pas cette joie. N'était-elle pas en train de franchir le seuil du divin ? Elle revit alors l'image magnifique de son père triomphant auréolé d'or et lui sourit.

— Père, je t'ai vengé ; je viens vers toi. Aide-moi.

Mais elle murmura si faiblement que seul Germanicus l'entendit.

*
* *

Le bârû avait eu bien du mal à sortir de l'eau et à se débarrasser du cadavre d'Acerronie. Il avait finalement été repêché par ses assassins en criant haut et fort qu'il était envoyé par Poppée et Néron. On l'avait maintenu sous surveillance jusqu'à ce que Poppée s'en fût portée garante. Son séjour dans l'eau lui avait valu un bon rhume et une frayeur dont il n'était pas près de se remettre. Poppée s'en était occupée comme une mère attentionnée et l'avait recueilli dans le palais impérial de Baies. C'est là qu'il apprit la mort d'Agrippine de la bouche même de Poppée. Ses maux de tête et l'écoulement de son nez cessèrent aussitôt de lui occuper l'esprit. Il préférait l'exercer à des gymnastiques plus rentables. La mort d'Agrippine impliquait la fin de son gagne-pain. Poppée n'aurait plus besoin de lui. Aussi fit-il allégrement préparer sa litière pour gagner au plus vite le Palatin, car si Poppée était débarrassée d'Agrippine, une femme avait besoin de ses services : une femme inoffensive, crédule, vulnérable, une femme qui serait la cible de l'impitoyable Poppée que le bârû connaissait suffisamment pour la croire plus terrible encore qu'Agrippine. Et cette femme était Octavie.

Il arriva à Rome en deux jours.

La mort d'Agrippine n'était pas encore connue des Romains. Il se précipita chez lui, revêtit une tunique propre et gagna aussitôt le Palatin. C'était lui qui devait annoncer à Octavie la mort de sa belle-mère.

Quand Octavie vit s'avancer vers elle ce bârû au nez rouge qui l'observait à travers des paupières de grenouille, elle eut presque envie de rire.

— Tu as demandé à me voir, bârû ? lui dit-elle, étonnée. Mais qui es-tu donc ?

— Je viens du pays d'« entre-deux-fleuves », celui du Tigre et de l'Euphrate qui prennent leur source dans le massif du mont Niphatès, là où le printemps est éphémère et les palmiers majestueux, d'un pays qui fournit à Rome des céréales à l'infini. Je suis un prêtre comme te l'indique ma tenue, lui répondit doucement le bârû. Tu m'as peut-être déjà vu au palais, car Agrippine et Poppée m'ont parfois consulté. Je leur ai aussi appris des notions d'akkadien et d'araméen. Je souhaitais te parler car je lis dans les étoiles comme sur un papyrus et ton destin m'a été révélé par hasard.

— Oh ! tu sais, bârû, lui répondit Octavie en l'invitant à s'asseoir, mon destin ne m'intéresse pas. Il est tout tracé. Je vis dans cette chambre. Je lis, je tisse, je chante.

— Permets-moi de t'apprendre que ton destin va changer dès aujourd'hui. Sais-tu que l'Augusta est morte ?

Octavie le regarda de ses grands yeux innocents sans comprendre.

— Oui. L'Augusta est morte en ce début d'année, lui répéta le bârû. Elle n'a pas attendu la première lune suivant l'équinoxe du printemps.

— Mais comment peux-tu connaître un fait qui n'est pas encore parvenu jusqu'à nous ?

— Oh ! tout simplement parce que j'accompagnais Agrippine à Baies. Mais là n'est pas ce que je souhaitais t'apprendre.

Comme Octavie s'était levée pour appeler ses gardes, le bârû l'interrompit.

— Attends ! lui dit-il. Les autres seront bien vite informés de la mort d'Agrippine. Mais je tiens à t'apprendre dès maintenant... Enfin il faut tout d'abord que tu saches que c'est Néron qui a ordonné l'assassinat de sa mère, même s'il en est dit autrement.

Octavie étouffa un cri. C'était impossible. Mais elle le laissa parler et lui tendit un bijou de grand prix.

— C'est tout ce que je peux te donner maintenant, lui dit-elle, mais il vaut plus qu'un sac de sesterces. Révèle-moi ce que tu sais.

— Impératrice, lui dit-il en tombant à ses genoux, tu dois prendre garde à toi ! J'ai fait un rêve plus clair que l'eau du fleuve et examiné le foie d'un chevreau. Je l'ai comparé pendant des heures à mon foie en terre cuite. Les vents se sont levés. Poppée souhaite épouser Néron. Et Poppée est plus dangereuse qu'un bœuf à bosse ! L'empereur n'hésitera pas à te chasser du palais pour la satisfaire.

— Et sous quel prétexte ? demanda Octavie, subitement effrayée.

— Sous prétexte d'adultère.

Elle éclata de rire.

— Tu te moques de moi, bârû ! Néron me trompe au su de tous et je serais chassée pour adultère !

La voix du bârû devint à peine perceptible. Il se releva et marcha de long en large.

— J'ai observé l'armée d'Anu, les grands royaumes du ciel, les trente-trois étoiles du chemin d'Enlil, les vingt-trois du chemin d'Anu et les quinze de la voie d'Ea, les chèvres sauvages et les chèvres domestiques, étoiles fixes et mobiles. Avec mes tubes, ma clepsydre, mon *gnomon* et mon *polos* personnel, j'ai calculé qu'il y avait dix-huit mille *bêrû* hier de la constellation des Urukiennes à l'Étoile unique.

— Éclaire-moi…

— Je lis dans les étoiles grâce à mes maîtres Soudinès et Naburianos. Grâce aussi au *shanabi* Ea, dieu de l'étoile Dilgan, seigneur des eaux sur lesquelles flotte la terre, lieux de la sagesse. Il pleuvra sur toi du *kibtu* et du *kukku*, du blé et du son, du bonheur et du malheur. Méfie-toi de la bile d'Ea, des démons qui t'entourent. Le peuple t'aime et te soutient, mais Poppée est cruelle. Tu as trois ans pour l'empêcher d'épouser Néron. Ah ! Si tu avais été chaldéenne, ton sort aurait été bien différent. Chez nous, le mariage est sacré. Il est scellé selon le code de Hammurabi. Dès qu'un époux a versé du parfum sur la tête de sa femme, elle appartient à sa nouvelle famille tout en portant le voile des femmes libres. Si son mari vient à mourir, elle épouse son frère ou même son père ! L'épouse est respectée même si le mari a une *esirtu*. Quand il vit chez sa femme, il lui apporte le *dumaki* qui l'aide à entretenir sa maison.

Et ce n'est pas un adopté qui l'emporterait sur un enfant légitime !

— Mais qui es-tu donc pour savoir ce que fera Néron ?

— En te révélant mon nom, j'existe peut-être à tes yeux, mais je m'expose aussi à tes volontés. Je ne le dis jamais à personne. Je suis né sur notre disque terrestre entouré de montagnes sous le signe du Bélier, sous un signe de feu. Voilà pourquoi mon caractère est ouvert, franc, indépendant, et que je suis de taille modeste, maigre et brun. Ma couleur est le rouge et ma pierre l'améthyste. Je m'appelle du bon nom d'Emeru, du nombre de seize mille coudées, longueur du mur qui entourait notre maison. Je suis le fils de 21-11-53-10. Je suis un amêlu, un homme libre. Je descends de Nabuchodonosor par mon père, et j'ai à mon service deux shirku qui sont des chantres. À l'origine, c'étaient des esclaves et je les payais trente-quatre sicles pour quinze jours de travail, mais ils ont été vendus sur un marché étranger et ramenés en Parthie. Je les ai repris avec moi. Maintenant ils sont libres comme le veut notre loi. Nous avons été nommés par les grands prêtres du roi. Nous appartenons au clergé. Nous sommes des shangu. Je connais et interprète les volontés des dieux ; mes chantres maintiennent les fidèles en paix avec la divinité. Mon maître Emmerudanki régna soixante-douze mille ans. Dans mon pays, je suis au service du Grand Prêtre car je suis entré à l'intérieur du serment. Je tiens parfois le rôle de l'âshipu en exorcisant les démons et en jouant du balaggu et de l'halhallatu, ce que vous appelez « tambour » et

« flûte ». Nul n'est plus êrib biti que moi puisque je pénètre dans les sanctuaires quand je le désire. Tous les hauts personnages de l'État m'interrogent ; je suis le plus grand devin d'Asie, le nouveau Zarathoustra !

— Tu es alors issu du sang le plus pur et je suis honorée de te recevoir. Que sais-tu encore ?

— Oh ! Que Poppée est chrétienne et que les chrétiens se réunissent chaque soir dans les grottes des alentours de Rome. Tu connais le stoïcisme. Le christianisme triomphera bien plus longuement. Il prépare le siècle d'un certain Constantin en étendant de par le monde l'espérance et la charité. Les chrétiens attendront trois cents ans pour planter la croix sur le Palatin, mais elle y sera profondément enfoncée.

Octavie le regarda en écarquillant les yeux.

— Cela ne te concerne pas, lui dit le prêtre en souriant. Tu ne peux pas comprendre.

— Bârû, j'ai confiance en toi, lui dit Octavie en lui prenant les mains. Tu es sensé et omniscient. Acceptes-tu de m'aider ?

— Si tu me fais confiance.

— Je te fais confiance car je sais qu'on ne change pas le cours du destin. Mais un descendant de Nabuchodonosor doit être bien puissant !

Le bârû sourit en regardant la broche qu'Octavie venait de lui donner.

— J'essaierai de t'aider, lui dit-il, les yeux pétillants comme des pierres précieuses.

— Nous nous rencontrerons au palais.

— Non ! Surtout pas au palais ! Je te l'ai dit : Poppée me connaît.

— Alors, où ?

— J'habite rue du Poivre.

— Mais une impératrice ne peut traîner rue du Poivre…

« Messaline jouait bien la pute à Subure », se dit le bârû ; mais il respecta ses scrupules.

— Sous un manteau fermé, personne ne te reconnaîtra. Tu n'auras qu'à porter le vêtement ample et sans forme des Parthes. Tu viendras me voir quand Sin, le dieu-lune aux membres parfaits et à la barbe en lapis-lazuli vogue dans son fruit lunaire qui s'engendre lui-même, quand les étoiles dessinent des têtes de clous et des fronts de bœufs. Je nommerai tous les dieux contre Poppée ; je délierai les nœuds qui te tiennent liée à elle ; je brûlerai les mauvais esprits.

— J'ai peur, bârû. N'est-ce pas dangereux ?

« Toute une éducation à refaire, se dit encore le devin. Par Shala, quelle petite gourde ! »

« Tu en seras d'autant plus riche », crut-il entendre des cieux.

— C'est vrai, répondit-il en souriant et en regardant de nouveau la broche d'Octavie.

— Que dis-tu, bârû ?

— Rien. Mais non, ce n'est pas dangereux ! Pourquoi veux-tu que ce soit dangereux ? La magie est pour nous un remède plus sûr que la médecine. Je te protégerai en ce jour qui commence. Tu en as bien besoin. Car tu vois, chez nous, le jour commence au coucher du soleil et je veillerai sur toi pendant les douze périodes de deux heures qui bâtissent chaque journée.

— Je le crois aussi, reconnut Octavie en plongeant ses yeux d'enfant dans ceux du prêtre. Heureusement que Jupiter t'a envoyé vers moi !

*Octavie fut exilée puis assassinée dans l'île de Pandateria. On lui ouvrit les veines sur ordre de Poppée avant de l'étouffer dans un bain de vapeur et de la décapiter.*

# ANNEXES

## *Repères chronologiques*

*Années ap. J.-C.*

14. 19 août. Mort d'Auguste. Avènement de Tibère.
15. Naissance d'Agrippine.
19. Mort de Germanicus.
23. Séjan se dispose à perdre Agrippine Majeure et ses enfants.
26. Agrippine Majeure demande un mari sans pouvoir l'obtenir.
28. Mariage d'Agrippine et de Cneus Domitius Ahenobarbus.
30. 7 avril. Mort de Jésus-Christ.
33. Mort de Drusus, frère d'Agrippine Mineure, et mort d'Agrippine Majeure.
37. 16 mars. Mort de Tibère. Avènement de Caligula.
    15 décembre. Naissance de Lucius Domitius Ahenobarbus (futur Néron).
39. Agrippine, la mère de Néron, est exilée.

40. Mort de C. Domitius Ahenobarbus.
Naissance d'Octavie (du mariage Claude-Messaline).
41. 24 janvier. Assassinat de Caligula. Avènement de Claude.
12 février. Naissance de Britannicus.
48. Mort de Messaline.
49. Mariage de Claude et d'Agrippine.
50. 25 février. Adoption par Claude de Lucius Domitius Ahenobarbus qui prend le nom de Néron.
Agrippine devient Augusta.
51. Néron reçoit la toge virile. Naissance de Domitien.
53. Mariage d'Octavie et de Néron.
54. 13 octobre. Mort de Claude.
Avènement de Néron. Première guerre contre les Parthes.
55. Mort de Britannicus.
56. Au printemps, Paul est fait prisonnier à Jérusalem.
57. Deuxième guerre contre les Parthes. Transfert de Paul à Rome.
59. 19 mars. Assassinat d'Agrippine.
60. Troisième guerre contre les Parthes.
62. Mort de Burrus. Tigellin devient préfet du prétoire.
Retraite de Sénèque. Répudiation d'Octavie. Mariage de Néron et de Poppée. Procès et mort d'Octavie.
Mort de Pallas.

63. Janvier. Naissance de Claudia Augusta, fille de Néron et de Poppée.
Mai. Mort de Claudia Augusta.
Fin de la guerre contre les Parthes.
64. Nuit du 18-19 juillet. Incendie de Rome.
Été. Premières persécutions des chrétiens. Mort de saint Pierre.
65. Conspiration de Pison. Mort de Sénèque.
Mort de Poppée, enceinte d'un second enfant.
66. Mariage de Néron et de Statilia Messalina.
Disgrâce et mort de Pétrone.
67. Suicide de Corbulon. Mort de saint Paul à Rome.
68. 3 avril. Galba en Espagne et Othon en Lusitanie se proclament contre Néron.
8 juin. Galba est proclamé empereur par le sénat.
9 juin. Néron s'enfuit de Rome. Il est décrété ennemi de l'État. Il se donne la mort dans la villa de Phaon.
69. 15 janvier. Meurtre de Galba. Les prétoriens proclament Othon empereur de Rome.
14 avril. Bataille entre les armées d'Othon et de Vitellius. Défaite et mort d'Othon.
22 décembre. Prise de Rome par les légions de Vespasien. Mort de Vitellius.
Commencement du règne des empereurs flaviens.

## *Les empereurs romains du Ier siècle ap. J.-C.*

| | *Né* | *Début du règne* | *Âge au début du règne* | *Année de sa mort* |
|---|---|---|---|---|
| Auguste | 63 av. J.-C. | 27 av. J.-C. | 36 | 14 |
| Tibère | 42 av. J.-C. | 14 ap. J.-C. | 56 | 37 |
| Caligula | 12 ap. J.-C. | 37 ap. J.-C. | 25 | 41 |
| Claude | 10 av. J.-C. | 41 ap. J.-C. | 50 | 54 |
| Néron | 37 ap. J.-C. | 54 ap. J.-C. | 17 | 68 |
| Galba | 3 av. J.-C. | 68 ap. J.-C. | 71 | 69 |
| Othon | 32 ap. J.-C. | 69 ap. J.-C. | 37 | 69 |
| Vitellius | 12 ap. J.-C. | 69 ap. J.-C. | 57 | 69 |
| Vespasien | 9 ap. J.-C. | 69 ap. J.-C. | 60 | 79 |
| Titus | 39 ap. J.-C. | 79 ap. J.-C. | 40 | 81 |
| Domitien | 51 ap. J.-C. | 81 ap. J.-C. | 30 | 96 |

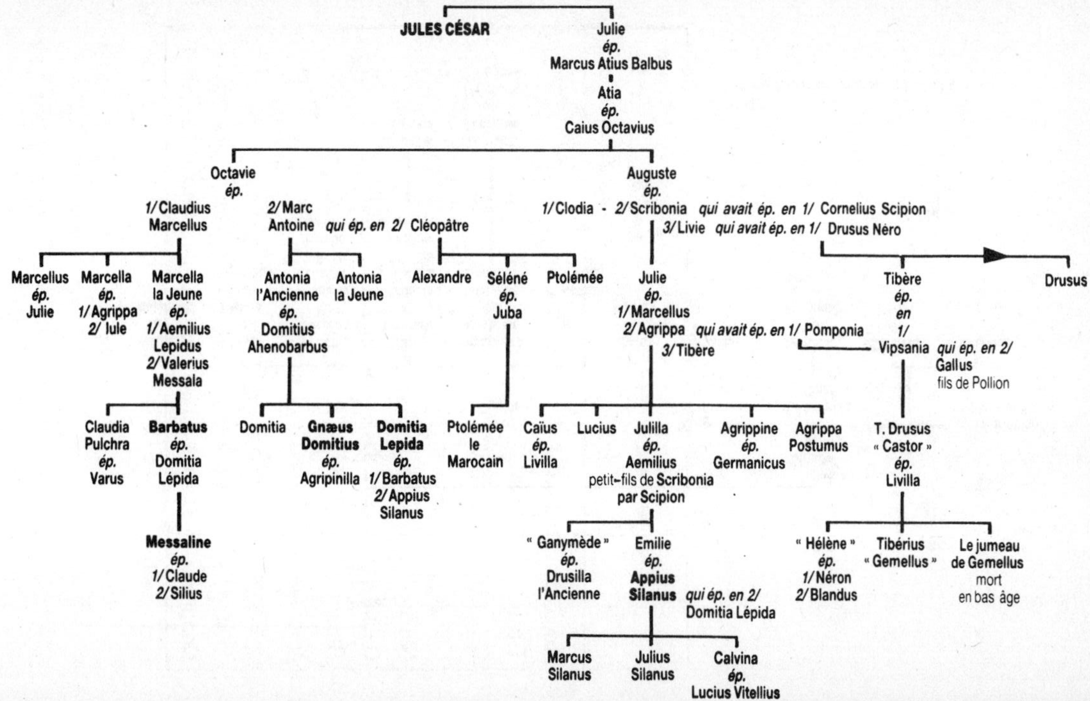
JULES CÉSAR
Julie ép. Marcus Atius Balbus
Atia ép. Caius Octavius
Octavie ép.
1/Claudius Marcellus
2/Marc Antoine qui ép. en 2/ Cléopâtre
Auguste ép.
1/Clodia - 2/Scribonia qui avait ép. en 1/ Cornelius Scipion
3/Livie qui avait ép. en 1/ Drusus Néro
Marcellus ép. Julie
Marcella ép. 1/Agrippa 2/ Iule
Marcella la Jeune ép. 1/Aemilius Lepidus 2/Valerius Messala
Antonia l'Ancienne ép. Domitius Ahenobarbus
Antonia la Jeune
Alexandre
Séléné ép. Juba
Ptolémée
Julie ép. 1/Marcellus 2/Agrippa qui avait ép. en 1/ Pomponia 3/Tibère
Tibère ép. en 1/ Vipsania qui ép. en 2/ Gallus fils de Pollion
Drusus
Claudia Pulchra ép. Varus
Barbatus ép. Domitia Lépida
Domitia
Gnæus Domitius ép. Agripinilla
Domitia Lepida ép. 1/Barbatus 2/Appius Silanus
Ptolémée le Marocain
Caïus ép. Livilla
Lucius
Julilla ép. Aemilius petit-fils de Scribonia par Scipion
Agrippine ép. Germanicus
Agrippa Postumus
T. Drusus « Castor » ép. Livilla
Messaline ép. 1/Claude 2/Silius
« Ganymède » ép. Drusilla l'Ancienne
Emilie ép. Appius Silanus qui ép. en 2/ Domitia Lépida
« Hélène » ép. 1/Néron 2/Blandus
Tibérius « Gemellus »
Le jumeau de Gemellus mort en bas âge
Marcus Silanus
Julius Silanus
Calvina ép. Lucius Vitellius

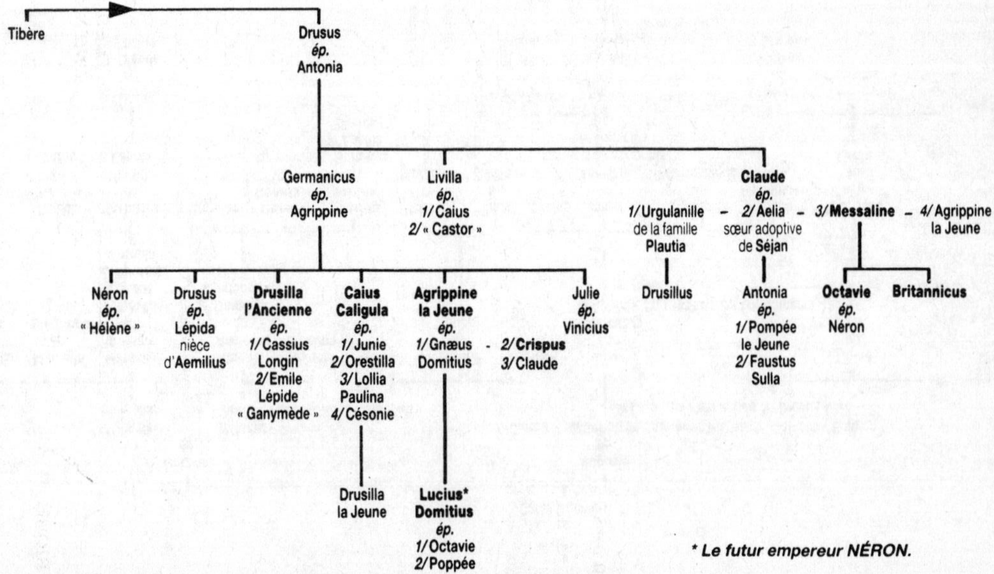


* *Le futur empereur NÉRON.*

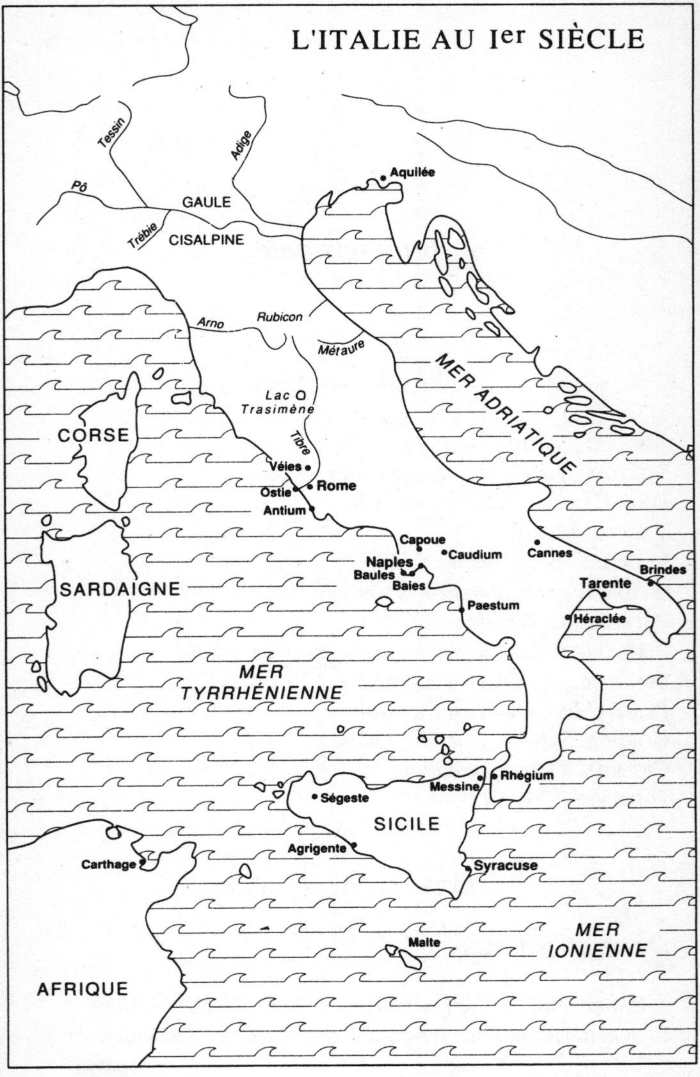
L'ITALIE AU Ier SIÈCLE
Tessin
Adige
Pô
GAULE
CISALPINE
Trébie
Aquilée
Arno
Rubicon
Métaure
MER ADRIATIQUE
Lac Trasimène
Tibre
CORSE
Véies
Rome
Ostie
Antium
Capoue
Caudium
Cannes
Naples
Baules
Baies
Brindes
Tarente
SARDAIGNE
Paestum
Héraclée
MER TYRRHÉNIENNE
Rhégium
Messine
Ségeste
SICILE
Agrigente
Carthage
Syracuse
MER IONIENNE
Malte
AFRIQUE

# *Bibliographie*


## TEXTES ANCIENS

JUVÉNAL, *Satires*.
SUÉTONE, *La Vie des douze Césars*.
DION CASSIUS, *Histoire romaine*.
TACITE, *Annales*.
MARTIAL, *Épigrammes*.
OVIDE, *L'Art d'aimer* ; *Les Amours*.
PÉTRONE, *Le Satiricon*.
PLUTARQUE, *La Vie des hommes illustres*.
SÉNÈQUE, *Les Œuvres morales*.
PLINE L'ANCIEN, *Histoire naturelle*.
HORACE, *Satires* ; *Épodes* ; *Odes*.
CICÉRON, *Correspondance*.
PROPERCE, *Élégies*.

## TEXTES CONTEMPORAINS

### *Ouvrages généraux*

J. CARCOPINO, *La Vie quotidienne à Rome*, Hachette, 1939.
L. JERPHAGNON, *Histoire de la Rome antique*, Tallandier, 1987.

Th. MOMMSEN, *Histoire romaine*, R. Laffont, 1985.
P. PETIT, *Histoire générale de l'Empire romain. Le Premier Siècle de notre ère.*
A. PAOLI, *La Vie quotidienne dans la Rome antique.*
G. CONTENAU, *La Vie quotidienne à Babylone*, Hachette.
G. GLOTZ, *Histoire générale.*
B. CUNLIFFE, *Rome et son Empire*, A. Colin, 1981.
A. AYMARD et J. AUBOYER, *Rome et son Empire*, P.U.F., 1954.
P. GRIMAL, *La Civilisation romaine*, Arthaud, 1960.
R. BLOCH, *La Divination dans l'Antiquité*, P.U.F., 1963.
P. GRIMAL, *La Vie à Rome dans l'Antiquité*, P.U.F., 1972.
J.-M. ANDRÉ, *L'Otium dans la vie morale et intellectuelle romaine*, P.U.F., 1966.
P. GRIMAL, *La Littérature latine*, P.U.F., 1965.
J.-M. ENGEL, *L'Empire romain*, P.U.F., 1973.
J.-M. ANDRÉ et A. HUS, *L'Histoire à Rome*, P.U.F., 1974.
R. AUGUET, *Les Jeux romains*, Flammarion, 1970.

### *Économie et Société*

G. CHARLES-PICARD et J. ROUGÉ, *Textes et documents relatifs à la vie économique dans l'Empire romain*, S.E.D.E.S., 1969.
R. MCMULLEN, *Les Rapports entre les classes sociales dans l'Empire romain*, Le Seuil, 1986.
L. HOMO, *Les Institutions romaines, de la cité à l'État*, Albin Michel.
J. TOUTAIN, *L'Économie antique*, Albin Michel, 1927.

### *Armée*

P. CONNOLY, *L'Armée romaine*, Chantecler, 1976.

### *Religion*

Y. LEHMANN, *La Religion romaine*, P.U.F., 1981.
G. DUMEZIL, *La Religion romaine archaïque*, Payot, 1966.
P. GRIMAL, *Dictionnaire de la mythologie grecque et romaine*, P.U.F., 1976.

M. Le Glay, *La Religion romaine*, A. Colin, 1971.
R. McMullen, *Le Paganisme dans l'Empire romain*, P.U.F., 1987.
M. Meslin, *Le Christianisme dans l'Empire romain*, P.U.F., 1970.
F. Cumont, *Les Religions orientales dans le paganisme romain.*

*Urbanisme*

P. Grimal, *Les Villes romaines*, P.U.F., 1977.
M. Clavel et P. Lévèque, *Villes et structures urbaines dans l'Occident romain*, A. Colin, 1971.
L. Borsari, *Topografia di Roma Antica*, Cisalpino.

*Philosophie*

L. Jerphagnon, *Vivre et philosopher sous les Césars*, Privat, 1980.
J.-M. André, *La Philosophie à Rome*, P.U.F., 1977.

*Mœurs*

P. Grimal, *L'Amour à Rome*, Les Belles-Lettres, 1979.
G. Fau, *l'Émancipation féminine dans la Rome antique*, Les Belles-Lettres, 1978.
C. Salles, *Les Bas-fonds de l'Antiquité*, R. Laffont, 1982.
J.-N. Robert, *Les Plaisirs à Rome*, Les Belles-Lettres, 1983.
H.-I. Marrou, *Histoire de l'éducation dans l'Antiquité*, Le Seuil, 1975.

*Médecine*

J. André, *Être médecin à Rome*, Les Belles-Lettres, 1987.
D. Gourévitch, *Le Mal d'être femme*, Les Belles-Lettres, 1984.
A. Esser, *César et les empereurs juliens et claudiens d'un point de vue biologique et médical*, Leyde, 1958.

*La conception de la mort*

J. PRIEUR, *La Mort dans l'Antiquité romaine*, Ouest-France, 1986.
Y. GISÉ, *Le Suicide dans la Rome antique*, Les Belles-Lettres, 1982.

*Personnages*

D. NONY, *Caligula*, Fayard, 1986.
E. CIZEK, *Néron*, Fayard, 1982.
G. CHARLES-PICARD, *Auguste et Néron, le secret de l'Empire*, Hachette, 1962.
P. GRIMAL, *Sénèque ou la conscience de l'Empire*, Les Belles-Lettres, 1978.
R. VERCEL, *Le Roman d'Agrippine*, Albin Michel, 1965.
C.-M. FRANZERO, *Néron*, Payot, 1955.
J. ROBICHON, *Néron ou la comédie du pouvoir*, Perrin, 1985.
P. VANDENBERG, *Néron, empereur et dieu*, R. Laffont, 1982.
J. ASSA, *Les Grandes Dames romaines*, Le Seuil.
M. BEULÉ, *Le Sang de Germanicus*, M. Lévy, 1869.
A. HERMANT, *Poppée, l'amante de l'Antéchrist*, Pardès.
F. PITTORRU, *Agrippina imperatrice*, Camunia.
E. THOMAS, *Pétrone, l'envers de la société romaine*.
G. FERRERO, *Les Femmes des Césars*, Plon, 1930.

*Dictionnaires*

Ch. DAREMBERG, E. SAGLIO, E. POMER, *Dictionnaire des antiquités grecques et romaines*, 1877-1918.
PAULY-WISSOWA, *Real-Encyclopedie der Klass.*

*Revues*

J. ASSA, «Les Dames romaines en voyage», *Miroir de l'Histoire*, mai 1958.

A. RÉNAC, « Néron », *Historia*, juin 1968.
A. RÉNAC, « Agrippine », *Historia*, nº 148.
A. RÉNAC, « Belle et cruelle Poppée », *Historia*, nº 134.
Numéro spécial : « Le Grand Siècle de la Rome antique », *Historia*, septembre 1987.

*Du même auteur :*

*L'Art aux yeux pers*, Le Cherche-Midi, 1980, *poésie*. Prix Jean Christophe.

*Torrent*, R.E.M., Lyon, 1983, *poésie*. Album avec interprétation au piano de Violaine Vanoyeke.

*L'Harmonie et les arts en poésie*, Monaco, 1985, *anthologie*.

*Le Mythe en poésie*, Monaco, 1986, *anthologie*.

*Cœur chromatique*, R.E.M., Lyon, 1986, *poésie*. Album avec accompagnement musical interprété au piano par Violaine Vanoyeke. Interprétations des textes avec Dominique Paturel.

*Clair de Symphonie*, J. Picollec, 1987, *roman*.

*Messaline*, Robert Laffont, 1988, *roman*. Traduit en espagnol, portugais, grec, coréen, bulgare, polonais…

*Le Druide*, Sand, 1989, *roman*.

*Au bord du Douro*, Lizier, Luxembourg, 1989, *poésie*.

*Les Louves du Capitole*, Robert Laffont, 1990, *roman*. Prix littéraire de l'été 1990. Traduit en espagnol, portugais…

*La Prostitution en Grèce et à Rome*, Belles Lettres, 1990, *histoire*. Traduit en espagnol, en grec, en japonais, en tchèque…

*Le Crottin du diable*, Denoël, 1991, *roman*. Prix de l'Association de l'assurance et des banques, 1992.

*Les Bonaparte*, Critérion, 1991, *histoire*.

*La Naissance des Jeux Olympiques et le sport dans l'Antiquité*, Belles Lettres, 1992, *histoire*.

*Les Grandes Heures de la Grèce antique*, Perrin, 1992, *histoire*. Repris au Grand Livre du Mois.

*Les Sévères*, Critérion, 1993, *histoire*.

*Les Schuller*, Presses de la Cité, 1994-1995, *romans* :

* *Les Schuller*, Presses de la Cité, 1994.

** *Le Serment des Quatre Rivières*, Presses de la Cité, 1995.

*Hannibal*, France-Empire, 1995, *histoire/biographie*.

*Paul Éluard, le poète de la liberté*, Julliard, 1995, *histoire/biographie*.

*Le Secret du pharaon* (série), L'Archipel, *romans* :

* *Le Secret du Pharaon*, L'Archipel, 1996. Traduit en espagnol, portugais, catalan, tchèque, slovaque, hongrois... Repris au Grand Livre du Mois (1996), par Succès du Livre (1997), à Presses Pocket (1997) et Le Chardon bleu (1997).

** *Une mystérieuse Égyptienne*, L'Archipel, 1997, *roman*. Traduit en espagnol, tchèque, portugais, hongrois, slovaque... Repris par Succès du Livre (1998), Presses Pocket (1999), Le Chardon bleu (1999).

*** *Le Trésor de la reine-cobra*, L'Archipel, 1999. Traduit en slovaque, tchèque, hongrois... Repris par Succès du Livre, Presses Pocket (1999).

*Quand les athlètes étaient des dieux, Les Jeux Olympiques de l'Antiquité*, Fleurus, collection « Encyclopédie Fleurus », 1996, *ouvrage pour la jeunesse*.

*Ramsès*, série radiophonique, 1995-1996.
*Périclès*, Tallandier, 1997, *histoire/biographie*. Traduit en portugais, espagnol… Repris au Grand Livre du Mois (1997).

*Les Histoires d'amour des pharaons* (série), Michel Lafon :
* *Les Histoires d'amour des pharaons : Néfertiti et Akhenaton ; Ramsès II et Néfertari ; Tiyi et Ramsès III ; César et Cléopâtre ; Antoine et Cléopâtre*, Michel Lafon, 1997. Traduit en italien, espagnol, turc, portugais, hongrois, tchèque… Repris au Grand Livre du Mois (1997), par Succès du Livre (1999), au Livre de Poche (1999).
** *Les Histoires d'amour des pharaons II : Ahmosis et Ahmès-Néfertari ; Tiâa et Aménophis II ; Tout-Ankh-Amon et Ankhsepaton ; Séthi II et Taousert*, Michel Lafon, 1999. Traduit en espagnol, portugais, hongrois, tchèque… Repris au Livre de Poche (2000).
Chaque histoire a été publiée au Chardon bleu, en 9 volumes (2000).

*La Passionnée*, Michel Lafon, 1997, *roman*. Traduit en espagnol…
*De la prostitution en Alsace* (collectif), Le Verger, 1997, *histoire*.
*Les Dynasties pharaoniques* (série), Tallandier, *histoire* :
* *Les Ptolémées, derniers pharaons d'Égypte*, Tallandier, 1998. Traduit en espagnol, portugais…
*Les Pharaons du Soleil* (saga-collection), Michel Lafon :
1) *La Pharaonne Hatchepsout* (trilogie), Michel Lafon, *romans* :
* *La Princesse de Thèbes*, Michel Lafon, 1998. Nouvelle édition, 1999. Traduit en portugais, hongrois, tchèque, turc… Repris au Livre de Poche (2000) et par

Succès du Livre (2002). Publié avec le livret « Apprenez les hiéroglyphes avec Hatchepsout ».
** *Le Pschent royal*, Michel Lafon, 1998. Nouvelle édition, 1999. Traduit en portugais, hongrois, tchèque, turc… Repris au Livre de Poche (2000) et par Succès du Livre (2002).
*** *Le Voyage d'éternité*, Michel Lafon, 1999. Traduit en portugais, tchèque, hongrois, turc… Repris au Livre de Poche (2000) et par Succès du Livre (2002).
– *La Pharaonne Hatchepsout* sous coffret (œuvre intégrale), 2002.
2) *Thoutmosis* (trilogie), Michel Lafon, *romans* :
* *Le Rival d'Hatchepsout*, Michel Lafon, 2000. Repris au Grand Livre du Mois, au Livre de Poche (2002) et par Succès du Livre.
** *L'Ibis indomptable*, Michel Lafon, 2000. Repris au Grand Livre du Mois et au Livre de Poche (2002).
*** *Au royaume du Sublime*, Michel Lafon, 2000. Repris au Grand Livre du Mois et au Livre de Poche (2002).
3) *Aménophis* (trilogie), Michel Lafon, *romans* :
* *Le Prince de lumière*, Michel Lafon, 2001. Repris au Grand Livre du Mois (2001) au Livre de Poche et par Succès du Livre.
** *Le Breuvage d'amertume*, Michel Lafon, 2001. Repris au Grand Livre du Mois, au Livre de Poche et par Succès du Livre.
*** *Vénérable Tiyi*, Michel Lafon, 2002. Repris au Grand Livre du Mois, au Livre de Poche et par Succès du Livre.
4) *Néfertiti et Akhenaton* (trilogie), Michel Lafon, *romans* :
* *La Belle est venue*, Michel Lafon, 2002. Repris par Le Grand Livre du Mois (2003) et Le Livre de Poche.

** *L'Horizon d'Aton*, Michel Lafon, 2002. Repris par Le Grand Livre du Mois et Le Livre de Poche.
*** *Le Faucon d'or*, Michel Lafon, 2003. Repris au Grand Livre du Mois et au Livre de Poche.
5) *Toutankhamon* (trilogie), Michel Lafon, *romans* :
* *L'Héritier*, Michel Lafon, 2003.
** *La Fille de Néfertiti*, Michel Lafon, 2004.
*** *Le Pharaon assassiné*, Michel Lafon, 2004.

*Violaine Vanoyeke, Les Pharaons mènent à la vie éternelle, autobiographie*, Michel Lafon, 2001. Repris au Livre de Poche, 2002.
*Zénobie, l'héritière de Cléopâtre, histoire*, Michel Lafon, 2002. Repris au Livre de Poche.
*Les Voluptueuses, de l'Égypte à Rome, histoire*, Michel Lafon, 2003. Repris au Grand Livre du Mois (2003) et au Livre de Poche.

*Discographie*

*Bach*, *Beethoven*, *Debussy*, *Chopin*, R.E.M., Lyon, Violaine Vanoyeke, piano.
*Chopin*, *Debussy*, *Schumann*, R.E.M., Lyon, Violaine Vanoyeke, piano.
*Torrent*, R.E.M., Lyon, Violaine Vanoyeke, piano.
*Cœur chromatique*, R.E.M., Lyon, Violaine Vanoyeke, piano.

Violaine Vanoyeke est l'auteur de nombreuses préfaces et articles parus dans des revues spécialisées et dans *Historia*, *Chroniques de l'Histoire*, *Le Spectacle du monde*, *Le Quotidien de Paris*, *L'Histoire*, *Science et Vie*, *France-Soir*, *Géo*, *Voyager*, *Version Femme*, *Vous et votre avenir*, *Croisières Magazine*, *Bon Voyage*…

Composition réalisée par INTERLIGNE

*Imprimé en France sur Presse Offset par*

BRODARD & TAUPIN

GROUPE CPI

La Flèche (Sarthe).
N° d'imprimeur : 32902 – Dépôt légal Éditeur : 64603-12/2005
Édition 01
LIBRAIRIE GÉNÉRALE FRANÇAISE – 31, rue de Fleurus – 75278 Paris cedex 06.

ISBN : 2 - 253 - 11512 - 6 31/1512/8